MICHAEL PEINKOFER

TIME LOCK
ZEITREBELLEN

Alle Abenteuer des Mystery-Thrillers **TIMELOCK**:

Zeitrebellen
Zeithüter (Sommer 2025)
Zeitmeister (Frühjahr 2026)

MICHAEL PEINKOFER

TIME LOCK

ZEITREBELLEN

BAND 1

Ravensburger

1 3 5 4 2

Originalausgabe
© dieser Ausgabe 2025, Ravensburger Verlag GmbH,
Postfach 2460, D-88194 Ravensburg

Text © 2025 by Michael Peinkofer
Die Veröffentlichung dieses Werkes erfolgt auf Vermittlung
der literarischen Agentur Peter Molden, Köln.

Umschlaggestaltung: ZeroMedia GmbH
Verwendete Bilder von Shutterstock/Mlap Studio, FinePic®

Alle Rechte vorbehalten

Printed in Germany

ISBN 978-3-473-58668-4

ravensburger.com/service

PROLOG

»Du wirst die Zukunft ändern!«

Die Worte scheinen überall zu sein, in seinem Kopf und um ihn herum, während rings um ihn Blitze zucken und die Nacht zum Tag machen.

»Nein!«, widerspricht er und schüttelt den Kopf. Tränen brennen in seinen Augen.

»Du *willst* die Zukunft ändern!«, beharrt die dunkle Gestalt, die hoch über ihm thront und mit glühenden Augen auf ihn starrt. »Denn nur du *kannst* die Zukunft ändern!«

»Niemals!«, ruft er in seiner Verzweiflung, und dann erinnert er sich an das Schwert in seiner Hand.

Sie kämpfen.

Klingen treffen aufeinander, Funken schlagen und fliegen hinaus in die sturmgepeitschte Nacht. Auge in Auge stehen sie einander gegenüber zum letzten, entscheidenden Kampf. Keinen von ihnen kümmert es, dass der Boden, auf dem sie stehen, nur wenige Handbreit misst und dass jeder Fehltritt den Tod bedeuten kann. Denn jenseits des rostigen Stahlträgers, auf denen sie fechtend balancieren, klafft die dunkle, alles verschlingende Tiefe!

Wäre es heller Tag, könnte man ringsum zahllose Gebäude sehen, Hochhäuser und Wolkenkratzer, die sich wie Bausteine aneinanderreihen; man könnte über die Flüsse blicken und hinaus auf die Bucht, wo die Freiheitsstatue ihre leuchtende Fackel hält. Doch die Dunkelheit, die über New York gekommen ist, ist schwärzer als jede Nacht. Nur die Blitze, die flackernd den Himmel teilen, reißen die Stadt und ihre Straßenschluchten für Augenblicke aus der Finsternis.

Er weiß, dass er keine Chance hat gegen diese Dunkelheit, und doch versucht er, sie zu bekämpfen, mit einem gekrümmten Schwert, das einst einem Samurai gehörte … Woher er das weiß, kann er nicht sagen, er erinnert sich nicht. Aber der Gedanke lässt ihn nicht mehr los.

Das Japan der Samurai.
Die Zeit der Maya.
Das antike Rom.
Das alte Ägypten.
Die letzte Eiszeit …

In diesem einen Augenblick scheint all dies zusammenzufinden, in dieser dunklen Nacht, hoch über den Dächern von New York City.

»Du hättest nicht kommen sollen!«, ruft die dunkle Gestalt mit den leuchtenden Augen ihm zu. »Nicht an diesen Ort – und nicht zu dieser Zeit!«

»Aber ich bin hier«, widerspricht er mit dem Mut der Verzweiflung, während er zugleich fühlen kann, wie die

Angst nach ihm greift und sein Herz fast zerquetscht. Wieder greift der Schatten mit den glühenden Augen an, wieder trifft Stahl auf Stahl. Gerade noch kann er die Attacke abwehren, aber die Wucht des Hiebes ist zu stark!

Er verliert das Gleichgewicht und beginnt zu schwanken. Das Schwert entwindet sich seinem Griff, verschwindet in der dunklen Tiefe. Einen hässlichen Moment lang versucht er, sich auf dem schmalen Träger auszubalancieren und vor dem Sturz in den Abgrund zu bewahren – aber dann ist der Schatten da und versetzt ihm einen Stoß.

Hilflos mit den Armen rudernd, stürzt er nach vorn ins Leere, kippt in die Tiefe, die ihn wie ein hungriges Monster verschlingt. Er sieht die Straßenschluchten und die winzigen Fahrzeuge unter sich, spürt das Kribbeln in seinem Magen, doch er kann nichts tun. Nicht einmal schreien kann er, Todesangst schnürt ihm die Kehle zu, während er rücklings stürzt und stürzt. Hoch über ihm steht sein Erzfeind auf der Spitze des noch unfertigen Gebäudes, in der einen Hand das Schwert, die andere zur Siegesfaust geballt, ein schwarzer Umriss, umgeben von flackernden Blitzen.

Und das Letzte, was er hört, ist sein triumphierendes Gelächter ...

1

DIE METROPOLE
Im Jahr 2025
Die Gegenwart ...

»Nein!«

Indem er jäh die Augen aufriss, fand J-4418 in die Wirklichkeit zurück. Für einen Moment war er erleichtert, dass da keine Nacht war, die ihn umgab, keine Blitze und kein Abgrund, der ihn verschlang. Stattdessen umgab ihn nur nüchternes Grau.

Er hatte geträumt.

Am hellen Tag.

Schon wieder ...

»Ja, J-4418?«, fragte eine Stimme, die so scharf war wie ein Messer. »Du willst etwas zum Unterricht beitragen?«

Erst jetzt wurde ihm bewusst, dass es sonst völlig still war im Raum und dass aller Augen auf ihn gerichtet waren – vermutlich deshalb, weil er im Moment seines Erwachens laut geschrien hatte ...

»Ich ... äh ... es tut mir leid«, stieß er hervor.

Manche der anderen, die ihn von allen Seiten anstarrten, grinsten hämisch. Sie alle hatten kurz geschnittene Haare. Sie alle trugen feuerrote Uniformen. Auch er selbst.

»Was tut dir leid?« Die Besitzerin der klingenscharfen Stimme trat in sein Blickfeld. Sie war groß und schlank und wie alle Lehrer am Institut in dunkles Grün gekleidet. Ihr Name war Dr. Wolff, doch die Schüler nannten sie schlicht »die Wölfin«. Und nicht nur, weil ihr kurzes Haar grau war und ihre Augen so kalt wie die eines Raubtiers. Sondern auch, weil es hieß, sie hätte schon den einen oder anderen Schüler gefressen ...

»Was genau tut dir leid, J-4418?«, fragte die Lehrerin für Geschichtskunde, während sie zwischen den Reihen auf ihn zukam ... fünf Reihen mit je fünf Schulbänken, die in exakten Linien ausgerichtet waren. »Dass du nichts Sinnvolles beizutragen hast? Oder dass du einmal mehr während meines Unterrichts geschlafen hast?«

»I-ich habe nicht geschlafen«, beeilte sich 4418 zu versichern. Ein paar der anderen lachten schadenfroh. »Ich habe nur ...«

»Was?«, hakte die Wölfin nach. Sie trat vor seine Bank und beugte sich weit zu ihm hinab. »Was hast du getan, J-4418? Möchtest du uns davon ...?« Sie verstummte plötzlich und der ohnehin schon strenge Ausdruck in ihrem Gesicht wurde noch härter, geradezu erbarmungslos. »Sind das Tränen, die ich da in deinen Augen sehe, J-4418?«

»Nei-nein«, beeilte er sich zu versichern. Mit dem Handrücken wischte er sich über die Augen, nur um festzustellen, dass sie tatsächlich feucht waren.

Der Traum!

Er hatte *geträumt*, Tränen in den Augen zu haben – aber warum, in aller Welt, waren sie jetzt tatsächlich nass?

Wieder lachten einige in der Klasse. Die Wölfin verzog angewidert das Gesicht. »Was habe ich über Tränen gesagt?«, erkundigte sie sich an die Klasse gewandt, wobei sich ihre Augen zu Schlitzen verengten. »A-1528?«

»Tränen sind Schwäche«, kam es aus der anderen Ecke des Klassenraumes wie aus der Pistole geschossen zurück. A-1528 war ein wenig älter als J-4418 und gehörte zu Dr. Wolffs erklärten Lieblingen. 4418 gehörte *nicht* dazu ...

»So ist es«, bestätigte die Wölfin, ohne dabei den Blick von J-4418 zu nehmen. »Und sollen wir Schwäche zeigen?«

»Nein, Dr. Wolff.«

»Warum nicht?«

»Weil ein Feind unsere Schwäche erkennen und ausnützen könnte«, kam die Antwort ohne Zögern. »Aber es ist wichtig, dass wir alle stark sind, dass die Gemeinschaft stark ist, damit auch Nimropia stark ist und damit der Lenker auf uns alle stolz sein kann. Deshalb müssen wir alle stets wachsam sein, denn Schwäche ist wie eine Seuche, die um sich greift, und das dürfen wir nicht zulassen. Keine Macht den Schwachen!«

»Sehr gut, A-1528.« Dr. Wolff nickte ihrem Schützling wohlwollend zu. A-1528 schien vor Stolz beinahe zu platzen.

»I-ich habe nicht wirklich geweint«, beeilte sich J-4418 zu versichern. »Ich hatte nur plötzlich so ein Brennen in den Augen und da habe ich ...«

»Ein Brennen in den Augen, natürlich«, sagte die Wölfin – und sie sagte es so, dass erneut einige lachten, am lautesten A-1528. »Ich werde dein Fehlverhalten dem Rektorat melden, wo man deine Bestrafung festsetzen wird … es sei denn, du kannst mir hier und jetzt den Grund dafür nennen, dass die Vereinigten Staaten von Amerika am Ende des letzten Krieges besiegt und der Obhut des Lenkers unterworfen wurden.«

»Wa-was?«

Dr. Wolff hatte sich aufgerichtet und die dürren Arme vor der Brust verschränkt. »Wenn du, wie du sagst, nicht geschlafen hast, sondern nur ein wenig abgelenkt warst, solltest du zumindest in groben Zügen wiederholen können, was ich der Klasse soeben erklärt habe«, fügte sie lauernd hinzu.

J-4418 hielt ihren bohrenden Blick nicht mehr aus.

Er starrte auf die blankpolierte Schulbank vor sich, während er merkte, wie sein Gesicht heiß wurde und er gleichzeitig fröstelte. Natürlich hatte er keinen blassen Schimmer von den Dingen, nach denen seine Geschichtslehrerin fragte, wie sollte er auch? Er hatte schließlich wieder diesen dämlichen Traum gehabt … aber das konnte er ihr ja unmöglich sagen. Also starrte er weiter auf den Tisch.

Und starrte und starrte.

Und schwieg …

Eine gefühlte Ewigkeit lang ließ die Wölfin ihn schmoren, während nicht nur sie, sondern auch die ganze Klasse auf ihn starrte. »A-1528«, sagte sie schließlich nur.

»Der Grund für die Kapitulation der Vereinigten Staaten war der Abwurf der Atombombe auf Washington D.C.

im Jahr 1946«, kam die Antwort erneut ohne Zögern. »Seither gehört Nordamerika zum Reich des Lenkers, es herrscht die *Pax Nimrodiana*.«

»Das ist richtig«, bestätigte die Wölfin, während sie 4418 einmal mehr mit ihrem Blick durchbohrte. Vielleicht wäre sie im nächsten Moment tatsächlich über ihn hergefallen und hätte ihn gefressen – hätte in diesem Moment nicht der schrille Ton der Klingel die Stunde beendet.

Dennoch blieben die Schüler alle unbewegt sitzen. Niemand hätte es gewagt, aufzustehen oder gar den Raum zu verlassen, ohne dass der Gruß gesprochen worden war ...

»Du hast Glück, J-4418, wie so oft«, sagte Dr. Wolff in die Stille, die nach dem Verstummen der Klingel entstand. »Doch keine Glückssträhne hält ewig«, sagte sie mit höhnischem Grinsen voraus. »Möge Nimrod uns lenken!«

»Möge Nimrod uns lenken!«, scholl es aus vierundzwanzig Kehlen zurück.

J-4418 bewegte nur artig den Mund.

Aber kein Laut kam dabei über seine Lippen.

2

KYOTO, JAPAN
Zur selben Zeit

Otaku zögerte.

Der Moment, in dem man nach einem Gegenstand griff, um ihn in seiner Tasche verschwinden lassen, war immer der entscheidende. Denn danach gab es keinen Weg mehr zurück.

Man war dann ein Dieb.

Nicht mehr und nicht weniger.

Aus welchen Gründen man klaute, war den Leuten ziemlich egal, wenn sie einen erwischten, danach fragte niemand – nicht auf der Straße, nicht bei der Polizei und die Wächter schon gar nicht. Man musste also sehr genau wissen, was man tat – wonach man griff, welchen Fluchtweg man anschließend einschlagen und wo man Unterschlupf suchen wollte … und natürlich, ob die Beute das Risiko wirklich wert war.

Was Letzteres betraf, brauchte Otaku nicht lange nachzudenken. Er hatte Hunger, einen besseren Grund zu klauen gab es nicht. Die Grauen Wächter sahen das allerdings ganz anders: Wer auf dem Nishiki-Markt beim

Klauen erwischt wurde, hatte keine Gnade zu erwarten, ganz gleich, worum es sich bei dem Diebstahl handelte. Erwachsene wanderten sofort ins Gefängnis, Kinder und Jugendliche wurden in eine staatliche Lehranstalt gesteckt – und wenn es einen Ort gab, an den Otaku niemals, niemals gehen wollte, dann war es die Anstalt.

Sie nannten es »Schule«.

Aber es war sehr viel mehr als das.

Man bekam dort die Haare geschnitten, wurde in eine rote Uniform gesteckt und von seinen Freunden getrennt. So ziemlich alle Kinder, die Otaku einmal gekannt und mit denen er in den Straßen gespielt hatte, waren früher oder später in einer Anstalt verschwunden. Und wenn er ihnen irgendwann zufällig wiederbegegnet war, waren sie nicht mehr dieselben gewesen. Man hatte sie zu Bürgern gemacht, zu ergebenen Untertanen des Lenkers, die keine Fragen stellten und mit dem zufrieden waren, was täglich über die großen Bildschirme flimmerte – und wenn Otaku eins ganz sicher wusste, dann dass Hana und er niemals so werden wollten.

Nein, sagte er entschlossen zu sich selbst.

Sie würden ihn nicht erwischen.

Niemals ...

In geduckter Haltung, die Kapuze seines löchrigen Hoodies über den Kopf gezogen, kauerte er unter dem Verkaufstisch – genau dort, wo sich das Gemüse befand. Ringsum sah er Beine, die hektisch auf und ab gingen. Manchmal blieben Beinpaare stehen, wenn ihre Besitzer etwas kauften, nur um gleich darauf wieder weiterzugehen. Dazu war lautes Stimmengewirr zu hören, wie immer auf dem Markt.

Inmitten all dieses Treibens würde niemand auf eine Hand achten, die von unter dem Tisch emporgriff und sich ein paar Tomaten krallte ... hoffte Otaku wenigstens.

Vorsichtig spähte er aus seinem Versteck, und als er halbwegs sicher war, dass niemand hinsah, langte er auch schon zu!

Der erste Griff brachte ihm gleich zwei schöne fleischige Tomaten ein, der zweite eine große Paprika. Rasch ließ er beides in seinem Beutel verschwinden. Noch mal so eine Ausbeute, sagte er sich, und Hana und er würden einen vollen Magen haben ... wenigstens bis zum nächsten Tag.

Schon griff er erneut hinauf und bekam eine weitere Paprika zu fassen – als plötzlich etwas nach seiner Hand schnappte.

»Hab ich dich, du elender Dieb!«

Otaku holte erschrocken Luft, als sich die Pranke eines Erwachsenen wie ein Schraubstock um sein Handgelenk legte. Im nächsten Moment wurde er auch schon aus seinem Versteck gezerrt.

»Ich habe ihn, ich habe ihn!«, rief der Mann, der ihn festhielt und offenbar der Besitzer des Marktstandes war. »Diesmal habe ich dich erwischt, du elender Dieb!«

Für einen Moment war Otaku so erschrocken, dass er nicht wusste, was er tun sollte. Blut schoss ihm ins Gesicht und sein Herzschlag hämmerte derart, dass er ihn im Kopf hören konnte. Dann, noch bevor der Verkäufer – ein kleiner Mann, der beinahe ebenso breit war wie hoch – die Wächter rufen konnte, holte Otaku aus und trat ihm mit aller Kraft gegen das Schienbein.

»Auuu!«, jammerte der Verkäufer und lockerte seinen Griff für einen Augenblick. Das genügte Otaku, um sich loszureißen und die Flucht zu ergreifen. »Da läuft er, der Dieb!«, rief der Mann. »Lasst ihn nicht entkommen!«

Mehrere Passanten drehten sich nach Otaku um, aber ehe sie reagieren und nach ihm greifen konnten, war er schon an ihnen vorbei. Jetzt machte es sich bezahlt, dass er sich seinen Fluchtweg vorher genau überlegt hatte!

In gebückter Haltung huschte er auf die andere Seite der Budenstraße, tauchte unter zwei fleischigen Pranken hindurch, die nach ihm greifen wollten, und rettete sich mit den Beinen voran unter den nächsten Verkaufstisch. Dass er dabei durch die Überreste einer Wassermelone schlitterte, die irgendjemand hatte fallen lassen, war ihm herzlich egal. Kaum war er unter dem Tisch, huschte er auf allen vieren weiter, vorbei an Dutzenden Beinpaaren, die alle wild durcheinanderrannten.

»Wo ist er denn hin?«

»Ich habe ihn nicht gesehen!«

»Die Grauen! Wo bleiben die Grauen?«

Otakus Herz schlug ihm bis zum Hals. Wenn er mit jemandem ganz und gar nicht zusammentreffen wollte, dann waren das die Grauen Wächter. Einem dicklichen Gemüseverkäufer zu entkommen, war eine Sache. Aber bei den Wächtern, die ihren Namen den weiten grauen Mänteln verdankten, die sie stets trugen, war das nicht so einfach möglich. Wen sie erst in den Klauen hatten, den ließen sie nicht wieder los – dann hieß es ab in die Anstalt, ob man nun wollte oder nicht.

Wieselflink kroch Otaku ans Ende des Verkaufstisches. Mit einem Blick vergewisserte er sich, dass niemand hinsah, dann huschte er unter dem Tisch hervor und tauchte in die Menge der Menschen, die auf dem Markt von Kyoto einkauften.

Zuerst ging alles gut.

Wie ein Aal schlängelte er sich zwischen den Erwachsenen hindurch und glaubte schon, endlich aufatmen zu können – als er wieder jemanden rufen hörte: »Dort drüben ist er! Der mit der Kapuze!«

Und diesmal waren es nicht nur ein paar aufgebrachte Verkäufer, die die Verfolgung aufnahmen.

Es waren die Grauen Wächter!

Ein gepanzerter Einsatzwagen war vorgefahren und grobschlächtige Kerle sprangen daraus auf die Straße, jeder an die zwei Meter groß und so breit wie eine Tür. Ihre Arme waren lang und kräftig, die Gesichter kantig, die Köpfe kahlrasiert. Alle trugen verspiegelte Sonnenbrillen, sodass man ihre Augen nicht sehen konnte. Und obwohl es ein heißer Sommertag war, trugen sie wie immer ihre grauen Mäntel, die fast bis zum Boden reichten.

Der Anblick der Grauen versetzte Otaku in Panik.

Auf dem Absatz fuhr er herum und begann zu laufen. Jetzt war es kein Spiel mehr, sondern ein Rennen auf Leben und Tod, das er sich mit den Wächtern lieferte! Grimmig stürmten die grauen Riesen durch die Menschenmenge, die ihnen eingeschüchtert Platz machte, während Otaku aufpassen musste, dass ihn keine der Hände zu fassen bekam, die von allen Seiten nach ihm schnappten.

Atemlos rannte er, das Herz schlug ihm bis zum Hals. Er spürte, wie die Wächter in seinem Rücken aufholten. Sie riefen ihm etwas zu, aber es waren keine verständlichen Wörter, sondern mehr ein wütendes Brüllen, wie aus der Kehle eines Raubtiers.

Otaku rannte noch schneller.

Sein Ziel hatte er fest im Blick – den Parkplatz auf der anderen Seite des Marktes, wo sich ein Lieferwagen an den anderen reihte. Wenn es ihm gelang, die Transporter zu erreichen, war er so gut wie gerettet. Aber das musste er erst mal schaffen …

Schnell wie der Blitz huschte er hin und her, sprang hier über Marktstände und rutschte dort unter ihnen hindurch. Ein Fass, das bis zum Rand mit Zwiebeln gefüllt war, riss er im Vorbeilaufen um. Hunderte von Zwiebeln ergossen sich über den Boden, hüpften und kullerten. Der Wächter, der ihm am dichtesten folgte, rutschte darauf aus und fiel hin. Aber wenn Otaku gehofft hatte, dass die anderen Grauen dadurch aufgehalten würden, so hatte er sich gründlich geirrt. Mit einer fast übermenschlichen Reaktionsschnelle sprangen die Wächter über den Gestürzten hinweg. Fünf, sechs Meter weit setzten sie durch die Luft und verfolgten Otaku dann weiter – und kamen ihm gefährlich nahe.

Otaku hatte das Gefühl, ihren Atem in seinem Nacken zu spüren, glaubte schon, dass sie jeden Augenblick nach ihm greifen und ihn packen würden – als er endlich die Lieferwagen erreichte! Mit den Beinen voraus ließ er sich zu Boden gleiten und schlitterte unter einen Transporter – und von dort weiter zum nächsten. Otakus Ziel war das rostige Regengitter, das dort in den Asphalt eingelassen war.

Mit einem kurzen Eisenstab, den er eigens zu diesem Zweck dabeihatte, hebelte er das Gitter aus seiner Verankerung, dann glitt er mit den Beinen voraus in die dunkle Öffnung.

Obwohl es im Schacht dunkel war, fand sein rechter Fuß einen Halt, und Otaku verharrte, um das Gitter an seinen Platz zurückzuschieben.

Einer der Wächter stieß etwas hervor, das wie eine Frage klang. Die anderen antworteten mit einem wütenden Knurren, das kaum etwas Menschliches an sich hatte.

Am ganzen Körper zitternd, kletterte Otaku in die Tiefe. Der Schacht war so eng, dass kein Erwachsener durchklettern konnte, trotzdem atmete er es erst auf dem Grund des Schachts erleichtert auf.

Früher oder später würden die Wächter sicher herausfinden, wie und wohin er so plötzlich verschwunden war, aber bis dahin würde er schon weit weg sein. Er hatte es geschafft, war in Sicherheit – aber diesmal war es knapp gewesen.

Verflixt knapp ...

Im spärlichen Licht, das von oben einfiel, betrachtete Otaku mit einem schiefen Grinsen seine Beute. Zwei Tomaten und eine Paprika. Nicht gerade üppig, aber für heute musste es reichen. Mit einer entschlossenen Geste stieß er die Kapuze zurück, sodass sein wirres, blau gefärbtes Haar zum Vorschein kam. Dann machte er sich durch das Labyrinth der Kanalisation auf den Weg zurück zum Versteck.

Hana wartete sicher schon.

3

LEHRANSTALT 118, METROPOLE
Unterdessen

Nach dem Geschichtsunterricht bei Dr. Wolff war Mittagspause.

Zusammen mit den anderen Schülern von Lehranstalt 118 fand J-4418 sich im Speisesaal ein, einer großen Halle mit fensterlosen Wänden. Licht fiel nur durch das gläserne Dach herein, durch das man die grauen Wolken über der Hauptstadt sehen konnte – und den Turm der Anstalt, an dessen Spitze das purpurfarbene Banner mit der Pyramide flatterte – die Fahne von Nimropia und Nimrod dem Lenker.

Den Lenker selbst hatte schon lange niemand mehr gesehen. Manche behaupteten, dass er seine Pyramide im Herzen der Stadt schon seit Jahren nicht mehr verlassen hätte. Doch seine Fahne wehte überall, nicht nur in der Metropole, sondern auch in allen anderen Städten, war allgegenwärtig.

So wie die Grauen Wächter.
Die Anstalten.
Und die Lehrer …

Nacheinander fanden sich die Klassen, die jeweils aus genau 25 Jungen und Mädchen bestanden, im Speisesaal ein. Die Schüler nahmen sich Teller und stellten sich an der Essensausgabe an. Niemand drängelte, es gab keinen Tumult. Einerseits, weil die Kameras an den Decken alles aufnahmen und man fürs Drängeln bestraft wurde. Andererseits aber auch, weil es niemand eilig hatte, zur Ausgabe zu kommen.

Klar, das Zeug, das sie dort verteilten, machte einen vollen Magen. Aber es schmeckte scheußlich.

Beklommen sah J-4418 auf den braunen Brei, den der Koch ihm auf den Teller klatschte. Früher hatte er noch herauszufinden versucht, was drin war – Getreide, vermutlich auch Gemüse, ab und zu vielleicht sogar etwas Fisch oder Fleisch. Irgendwie brachten sie es fertig, dass das Zeug nach nichts aussah und nach noch weniger schmeckte. Aber wenn man nichts anderes bekam, dann aß man es.

An richtige Nahrung konnte sich 4418 kaum erinnern. Damals war er noch ein kleiner Junge gewesen und hatte bei seinen Eltern gelebt. Auch an sie konnte er sich kaum noch erinnern. Mehr als flüchtige Eindrücke waren ihm nicht von ihnen geblieben.

An einem der langen Metalltische waren Plätze frei. Er setzte sich und begann zu löffeln, und schließlich bekam er Gesellschaft. Es war T-7516, der einzige Freund, den er in der Anstalt hatte ... wenn es so etwas hier überhaupt hab.

»Mann, was es heute wieder alles zu futtern gibt«, meinte T-7516, während er seinen Teller abstellte und sich neben J-4418 setzte. »Braunbrei, frisch aus der Dose! Bin gespannt, wonach er heute schmeckt – mehr nach nichts oder doch eher nach überhaupt nichts.« Er grinste, probierte einen Löffel und machte ein nachdenkliches Gesicht. »Nach überhaupt nichts, würde ich sagen – was meinst du?«

J-4418 sah ins Gesicht des Freundes, auf dessen Kopf trotz des kurzen Haarschnitts ein Wirrwarr von blonden Locken wucherte. T-7516 war in der Lage, die Dinge so zu nehmen, wie sie nun einmal waren, und oft konnte er sogar noch darüber lachen. Er grübelte nicht so viel wie 4418, das machte die Sache einfacher für ihn …

»Sag mal, was war denn heute los mit dir?«, wollte 7516 wissen, während er drauflosspachtelte. Der Löffel in seiner Hand rotierte wie die Schaufeln eines Raddampfers. »Bist du wirklich im Unterricht eingeschlafen?«

»Natürlich nicht«, erwiderte J-4418, der lustlos in seinem Essen stocherte. »Ich hatte nur wieder den Traum.«

»Denselben?«, fragte T-7516 mit vollem Mund.

J-4418 nickte.

Der andere schluckte runter und sah ihn mit großen Augen von der Seite an. »Das ist nicht gut.«

»Denkst du, das weiß ich nicht?«

»Weißt du noch, der Typ aus dem Schlafsaal nebenan? Seine Nummer weiß ich nicht mehr, irgendwas mit einer Acht. Aber der hatte auch immer Albträume und hat nachts im Schlaf geredet. Irgendwann haben die Wächter ihn dann abgeholt und wir haben ihn nie wieder gesehen.«

»Es ist kein Albtraum und ich rede auch nicht im Schlaf«, verteidigte sich J-4418.

»Aber du pennst mitten im Unterricht. Wenn dir das noch mal passiert, dreht die Wölfin durch.«

J-4418 biss sich auf die Lippen. »Wird es nicht«, behauptete er trotzig.

»Woher willst du das wissen?« T-7516 schaufelte wieder. »Waf, wenn ef noch flimmer wird?«

»Es wird nicht schlimmer«, stellte J-4418 klar. Wieder stocherte er in seinem Brei, dann schob er den Teller beiseite.

»Isst du das noch?«, fragte T-7516, der seine Portion schon aufgefuttert hatte.

»Nein, kannst du haben.«

»Danke, Alter.«

T-7516 zog den Teller zu sich heran und futterte weiter. Auf eine schräge Weise schien es ihm doch irgendwie zu schmecken.

»Kann ... ich dich was fragen, Mann?«, begann J-4418 vorsichtig.

»Logif.«

»Hast du dich je gefragt, wer deine Eltern waren?«

»Was?« T-7516 verschluckte sich beinahe am Brei. Er ließ den Löffel sinken und starrte seinen Freund verständnislos an.

»Deine Eltern«, beharrte J-4418. »Hast du dich nie gefragt, wer sie waren?«

»Nein«, sagte T-7516 schnell, »weil man das nicht darf! Und du solltest nicht über solche Sachen reden«, fügte er hinzu, während er sich nervös umblickte. Aber von den anderen Schülern, die mit ihnen am Tisch saßen und ihren

Brei löffelten, schien niemand etwas mitbekommen zu haben. Und von den Lehrern, die die Aufsicht hatten, glücklicherweise auch niemand. »Wir brauchen unsere Eltern nicht, das weißt du ganz genau. Der Lenker sorgt besser für uns, als sie es jemals könnten, und er wird immer für sein Volk da sein.«

»Das ist, was sie uns erzählen. Dabei hat keiner von uns den Schatten je gesehen ...«

»Mensch!«, zischte T-7516 erschrocken. Jetzt schien sogar ihm der Appetit vergangen zu sein, denn er aß nicht mehr weiter. »Was ist denn heute los mit dir? So was darfst du nicht sagen! So darfst du den Lenker nicht nennen, das ist strengstens verboten!«

»Weiß ich«, knurrte J-4418.

Der andere schüttelte den Kopf, dass die blonden Locken wackelten. »Woher kommen all diese komischen Gedanken in deinem Kopf? Hat das was mit diesem Albtraum zu tun?«

»Es ist kein Albtraum. Es ist mehr wie ...« J-4418 suchte nach dem passenden Wort. »... wie eine Erinnerung.«

»Eine Erinnerung? An was?«

»Weiß ich nicht. Aber ich sehe diese Dinge so deutlich vor mir, als wären sie wirklich geschehen. Verstehst du das?«

»Nö«, gab T-7516 offen zu.

»Vergiss es.« J-4418 winkte ab. »Aber manchmal, da kommt es mir vor, als ob ...«

»Als ob was?«, hakte sein Freund nach.

»Na ja.« J-4418 zögerte, war sich nicht sicher, ob er es sagen sollte ... und *wie* er es sagen sollte. »Als ob das alles hier einfach nicht richtig wä...«

»Sieh an, wen haben wir denn da?«, sagte plötzlich jemand hinter ihm.

J-4418 fuhr auf seinem Metallstuhl herum.

A-1528 stand vor ihm und er war nicht allein. Einige Jungs und Mädchen aus der Klasse waren bei ihm. Sie waren ihm willenlos ergeben und folgten ihm auf Schritt und Tritt. Sie nannten sich »Fünfzehner«, weil sie alle eine 15 in ihren Namen hatten.

»Wenn du mich fragst, dann ist nur eins hier nicht richtig, und das ist dein Kopf«, meinte A-1528 und lächelte dabei – natürlich lächelte er, auf den Kameras durfte es ja nicht aus aussehen, als ob er Stunk anfing. Seine Meute grinste dazu.

»Lasst mich in Ruhe«, knurrte J-4418.

»Gerne.« A-1528 grinste über sein ganzes blasses Gesicht. Er war schon sechzehn und damit nicht nur älter als J-4418, sondern auch einen Kopf größer. Und unter seinem roten Overall zeichneten sich eisenharte Sehnen und Muskeln ab. Nicht nur in Geschichtskunde war er der beste, sondern auch im Kampfsport ... »Schließlich hast du nachher noch eine wichtige Verabredung beim Rektor, nicht wahr? Stell dir vor, wir wissen schon, was deine Strafe sein wird.«

J-4418 gab sich Mühe, sich seinen Ärger nicht anmerken zu lassen. Aber innerlich kochte er ...

»Soweit wir gehört haben, darfst du heute die Klos im

ersten Stock schrubben«, rieb ihm der andere hämisch unter die Nase.

»Na und? Das macht mir nichts aus.«

»Dann ist es ja gut.« A-1528 setzte wieder sein Kameralächeln auf. »Es könnte nämlich sein, dass der eine oder andere von uns heute vergessen wird runterzuspülen. Und verstopft werden die Toiletten wohl auch sein ...«

Wieder lachten sie alle – und J-4418 ballte die Fäuste. Sein Puls beschleunigte sich, Schweiß trat ihm auf die Stirn. Am liebsten wäre er aufgesprungen und hätte sich auf A-1528 gestürzt. Dass dieser größer und stärker war als er, war ihm in diesem Moment ziemlich egal ...

»Tu's nicht«, redete T-7516 ihm halblaut zu. »Das ist es nicht wert ...«

»Da hörst du's – du solltest tun, was dein Aufpasser sagt«, tönte A-1528 weiter. »Ist auch besser, wenn ein anderer für dich die Entscheidungen trifft, so dämlich, wie du bist.«

J-4418 hörte das Blut in seinem Kopf rauschen.

Ihm war klar, dass der Ältere es nur darauf anlegte, ihn zu ärgern. Und er wusste auch, wie es später auf den Videoaufnahmen aussehen würde, wenn er jetzt aufsprang und A-1528 eins auf die Nase gab. Und dass seine Strafe dann noch um einiges schlimmer ausfallen würde ... aber das alles war ihm in diesem Moment gleichgültig.

Er wollte nur, dass das höhnische Lachen aufhörte und das dämliche Grinsen über ihm endlich verschwand!

»Autsch«, sagte T-7516 plötzlich. Er sprang auf und hielt sich den Bauch.

»Was ist denn mit dir los?« A-1528 sah ihn fragend an.

»Aua«, wiederholte T-7516 und krümmte sich. »Ich hab plötzlich Bauchweh! Übles Bauchweh ...«

»Kein Wunder!«, rief jemand. »Du hast ja auch zwei Portionen gefressen!«

Die anderen am Tisch begannen zu lachen, und je mehr T-7516 stöhnte und sich krümmte, desto mehr im Saal bekamen mit, was los war. Sie sprangen von ihren Stühlen auf und schauten neugierig herüber, dann kamen auch zwei von den Lehrern und schließlich die Sanitäter.

Das Durcheinander war so groß, dass A-1528 gar nicht mehr daran dachte, J-4418 zu ärgern. Und J-4418 wiederum war so besorgt um T-7516, dass er seine Wut ganz vergaß. Später, als die Sanitäter den noch immer jammernden Freund auf eine Bahre luden und hinaustrugen, um ihn auf die Krankenstation zu bringen, zwinkerte T-7516 ihm in einem kurzen, unbeobachteten Moment zu. Und J-4418 begriff.

T-7516 hatte gar kein Bauchweh.

Er spielte nur Theater, damit J-4418 keinen Blödsinn machte und etwas tat, was er später bereuen würde – spätestens dann, wenn er zwei Wochen lang die Toiletten schrubbte.

Vielleicht, sagte sich J-4418, hatte er in Anstalt 118 ja doch einen Freund.

4

KYOTO, JAPAN
Zur selben Zeit

Otaku war immer froh, wenn er die Kanalisation verlassen und in den alten Tunnel der Untergrundbahn wechseln konnte – erstens konnte er hier aufrecht gehen und zweitens war die Luft sehr viel besser. Allerdings konnte es furchtbar laut werden und die rostigen alten Gleise bebten, wenn nebenan auf der neuen U-Bahn-Strecke ein Zug durchfuhr.

Und es gab Ratten.

Große, haarige Biester, die so groß wie Katzen waren. Die einen sagten, die Ratten würden so groß, weil sie hier unten reichlich Fressen fanden; andere behaupteten, man hätte an der DNS der Tiere herumexperimentiert und sie dann hier unten ausgesetzt, damit sie die Bewohner der Unterwelt vertrieben: All jene, die sich weigerten, die Lehranstalten und Bürotürme zu besuchen und das zu tun, was der Lenker ihnen vorgab.

Es war ein karges, schmutziges Leben fernab vom Tageslicht. Aber es war auch ein Leben in Freiheit – jedenfalls hatte Otaku es immer so empfunden.

Endlich erreichte er die alte Haltestelle.

Viele Menschen wohnten hier unten, hatten sich Behausungen aus Karton und alten Möbelstücken errichtet. Ab und zu veranstalteten die Wächter eine Durchsuchung und nahmen fest, wen sie finden konnten – dann musste man flink sein und sich rasch eine neue Bleibe suchen. In letzter Zeit war es zwar ruhig geblieben, aber das konnte sich täglich ändern.

Otakus vorübergehendes Zuhause befand sich in einer ehemaligen Wartungskammer. Die Elektronik hatte man bereits vor langer Zeit entfernt, nur noch die Schaltkästen waren da, die er und Hana als Schränke für ihre spärliche Habe nutzten. Und es gab sogar eine Tür, die sich absperren ließ!

Es war mit Abstand die luxuriöseste Bleibe, die Otaku je gehabt hatte. Als er endlich das Nebengleis mit der Wartungskammer erreichte, klopfte er erschöpft gegen die Tür.

Dreimal lang.

Dann viermal ganz kurz.

Und noch einmal lang.

Es war das Klopfzeichen, das sie am Vortag vereinbart hatten. Kurz darauf wurde der Dornschlüssel von innen herumgedreht. Das Schloss sprang auf und Otaku drückte das rostige, quietschende Türblatt nach innen und trat ein.

»Guten Morgen!«, scholl ihm eine dünne Stimme voller Freude entgegen – und obwohl der spärliche Schein einer Notlampe die einzige Beleuchtung war, hatte es den Anschein, als würde in der kleinen Kammer die Sonne aufgehen.

Hana war schon wach.

Sie war erst acht Jahre alt, hatte aber trotzdem schon die Decken zusammengerollt, sauber gemacht und sogar schon frisches Wasser geholt.

Überhaupt war sie ungewöhnlich reif für ihr Alter. Aber das ließ sich über die meisten Kinder und Jugendlichen sagen, die hier unten in den Tunneln hausten und sich vor den Wächtern versteckten. Wenn man täglich um das Überleben kämpfte, wurde man ziemlich schnell erwachsen.

»Morgen, Krümel«, erwiderte Otaku den Gruß.

»Hast du Frühstück mitgebracht?« Sie stellte sich auf die Zehenspitzen und linste neugierig nach seinem Schnappsack. Dabei drehte sie aufgeregt an ihrem Spielzeug, das sie so gut wie nie aus den Händen legte.

»Hast du schon Wasser geholt?«, fragte er dagegen.

»Und ob.« Sie nickte und warf sich stolz in die schmale Brust. »Ziemlich gut, oder?«

»Du weißt, dass du nicht allein zur Quelle gehen sollst.«

»Ich war nicht allein«, verteidigte sich Hana ein bisschen beleidigt. »Himari war dabei.«

»Trotzdem«, beharrte er.

Er zog die schäbigen Stiefel aus und stellte sie neben die Tür, dann ließ er sich erschöpft in seine Ecke sinken.

»Gibt's jetzt Frühstück?«, fragte sie.

Er nickte müde und griff nach dem Sack mit dem Diebesgut. »Du bist eine Nervensäge, weißt du das?«

»Gleichfalls.« Sie grinste über ihr ganzes Gesicht, das so gar keine japanischen Züge an sich hatte. Wie die meisten Kinder im Untergrund konnte sich auch Hana nicht an ihre Eltern erinnern, aber sie musste aus einem anderen Land nach Japan gekommen sein, denn ihre Augen waren groß und ihr Haar hatte die Farbe von Kastanien. Manche feindeten sie deshalb an, aber Otaku war das egal. Er liebte die Verschiedenheit, so wie er die Farben liebte. Deshalb hatte er meist auch blaue Haare.

Das Mädchen legte den Kopf schief und sah ihn fragend an. »Es war knapp, oder? Beinahe hätten sie dich geschnappt …«

»Pffft«, machte er mit einer abfälligen Handbewegung. »Woher willst du denn das wissen?«

»Du bist müde, und das bist du nur, wenn du schnell laufen musstest. Und schnell laufen musst du nur, wenn sie hinter dir her waren«, rechnete Hana mit verblüffender Logik vor.

»Du bist ganz schön schlau, weißt du das?«

»Bin ja auch deine Schwester«, erwiderte sie lächelnd.

Otaku erwiderte das Lächeln. Auch wenn jeder äußere Anschein dagegensprach, sie waren wirklich wie Geschwister. Das Schicksal hatte sie zu solchen gemacht.

»Du musst gut aufpassen, hörst du? Ich habe doch sonst niemanden außer dir!« Hanas Blick nahm einen ängstlichen Ausdruck an, während sie weiter mit ihrem bunten Würfel spielte. Das Ding war gerade so groß, dass es in ihre Hände passte, und hatte von jeder Seite drei Ebenen, um die es sich drehen ließ. Ziel des Spiels war es vermutlich, alle Felder mit derselben Farbe auf eine Seite zu bringen, aber Otaku konnte sich nicht erinnern, dass es ihr jemals gelungen war. Überhaupt war es ein seltsames Spielzeug, das er noch nie zuvor gesehen hatte. Vermutlich stammte es noch von ihren Eltern, und das war wohl auch der Grund, warum sie es so gut wie nie aus den Händen legte.

»Keine Sorge«, versicherte er. »Ich komme immer zurück.«

»Aber es ist gefährlicher geworden«, beharrte sie.

»Du brauchst keine Angst zu haben.« Er sah sich in ihrem kleinen Zuhause um. »Hier drin sind wir sicher.«

»Und wenn sie doch mal wieder kommen? Die Grauen Wächter, meine ich.«

»Dann sind wir in kürzester Zeit hier weg.«

»Ich will nicht, dass sie uns fangen«, erwiderte Hana leise. »Dann würden sie uns trennen und uns in rote Anzüge stecken. Und dir würden sie die blauen Haare abschneiden«, fügte sie hinzu, auf seinen Kopf deutend.

»Das wird nicht passieren.«

»Und es würde mir niemand mehr Geschichten vorlesen«, sagte sie leise und setzte sich ihm gegenüber. »Ich liebe deine Geschichten, weißt du?«

Otaku nickte. »Ich weiß.«

»Kannst du mir nachher eine erzählen?«

»Welche denn?«, fragte er.

»Die vom Aschenputtel und dem goldenen Schuh.«

»Ach nein.« Otaku schüttelte den Kopf. »Nicht die schon wieder ...«

»Bittebitte«, quengelte sie. »Das ist meine Lieblingsgeschichte. Das Mädchen darin hat keine Eltern mehr, richtig? Genau wie wir ...«

»*Hai*«, stimmte Otaku leise zu. »Genau wie wir.«

»Aber trotzdem geht die Geschichte am Ende gut aus«, beharrte Hana.

»Stimmt auch«, gab er zu. Hoffentlich fragte sie ihn als Nächstes nicht, ob auch ihre Geschichte gut ausgehen würde. Darauf wusste er nämlich keine Antwort. »Also schön«, gab er sich geschlagen. »Ich erzähle sie dir gleich nach dem Essen.«

»Du hast also Frühstück mitgebracht?« Ihre Augen leuchteten wieder.

»Natürlich, was denkst du denn?« Er griff in den Sack und holte die beiden Tomaten und die Paprika hervor, die er mit Mühe erbeutet hatte. Dass er dabei tatsächlich um ein Haar geschnappt worden war, sagte er nicht. So wie er verschwieg, dass es tatsächlich immer schwieriger wurde, Essen zu besorgen, und die Gefahr, von den Grauen Wächtern geschnappt zu werden, immer größer.

Er gab Hana die Hälfte der Beute ab. Schweigend saßen sie nebeneinander im Halbdunkel und aßen.

5

LEHRANSTALT 118, METROPOLE
In der Nacht ...

An diesem Abend kam J-4418 erst spät ins Bett. Wie die Fünfzehner vorausgesagt hatten, war ihm Toilettendienst aufgebrummt worden und A-1528 und seine Bande hatten alles getan, damit es länger dauerte. Mitternacht war schon vorbei, als er sich todmüde in den zweiten Stock schleppte, wo sich die Schlafräume befanden. Sein Rücken schmerzte und die Arme taten ihm vom Schrubben so weh, dass er das Gefühl hatte, sie würden jeden Moment abfallen.

Auf den Test, den sie am nächsten Tag schreiben würden, hatte er sich natürlich nicht vorbereiten können. Neben einer schlechten Bewertung würde er sich vermutlich eine weitere Bestrafung einhandeln. Aber sich zu beschweren, hätte nichts genutzt. Dr. Wolff glaubte ihm ohnehin kein Wort und so hatte 4418 irgendwann beschlossen, einfach alles zu tun, was von ihm verlangt wurde. Er tröstete sich damit, dass es zumindest eines gab, was sie nicht kontrollieren konnten.

Seine Gedanken ...

Obwohl er von oben bis unten nach Toilette roch, durfte er um diese Zeit nicht mehr duschen. Er wusch sich Gesicht und Hände, dann schleppte er sich in den Schlafsaal. Licht zu machen wagte er nicht aus Sorge, A-1528 und seine Kumpane zu wecken, die auch in dem Saal schliefen und ihn nur wieder schikanieren würden.

Sein ID-Armband leuchtete matt an seinem Handgelenk. In seinem spärlichen Schein tastete er sich durch die Dunkelheit zu dem metallenen Etagenbett; das obere Stockwerk war seins, im unteren lag T-7516 und tat keinen Muckser, vermutlich schlief er tief und fest. Mit buchstäblich letzter Kraft kletterte 4418 ins Bett, zog die Decke über sich und wollte einschlafen ...

»Hey«, drang es flüsternd von unten.

T-7516 schlief wohl doch noch nicht.

»Hey«, erwiderte 4418.

»Wie war's?«

»Halb so schlimm, das hab ich dir zu verdanken.«

»Schon in Ordnung.«

»Und ... wie ist es dir ergangen?«

»War nicht so wild«, versicherte der Freund. »Den Nachmittag über haben sie mich zur Beobachtung auf der Krankenstation behalten. Aber da meine Bauchschmerzen plötzlich weg waren, haben sie mich wieder gehen lassen.«

»Danke noch mal.«

Eine Pause entstand, in der es völlig still wurde.

Nicht mal ein Schnarchen war zu hören.

»Darf ... ich dich was fragen?«

4418 kniff die Augen zusammen. Er war todmüde und

wollte eigentlich nur schlafen. Aber nach der Sache von heute Mittag hatte der Freund definitiv was gut bei ihm. »Klar doch«, versicherte er deshalb.

»Du hast heute was gesagt, was mir nicht mehr aus dem Kopf will ...«

»Nämlich?«

»Du hast gesagt, dass die Dinge nicht richtig sind. Was hast du damit gemeint?«

»Nichts«, versicherte J-4418 und gähnte. »Hab ich nur so dahingesagt.«

»Nein, es war dir ernst damit, das konnte man merken. Komm schon, ich habe dir da rausgeholfen, jetzt musst du auch ehrlich sein.«

4418 nickte – damit hatte der Freund vermutlich recht. Anderseits gab es unter den Schülern der Lehranstalten ein ungeschriebenes Gesetz, nämlich dass man keinem anderen Schüler vertrauen durfte.

Vertrauen, so hieß es, war eine Schwäche. Wer anderen vertraute, der verlor selbst die Kontrolle, lieferte sich diesen Menschen aus. Nur dem Lenker durfte man vertrauen, so hieß es. Und natürlich seinen Vertretern.

Den Magistraten.

Den Rektoren.

Den Lehrern.

In der Dunkelheit des Schlafsaals huschte ein verwegenes Grinsen über das Gesicht von 4418. Er hatte noch nie viel auf das gegeben, was ihnen hier eingetrichtert wurde – warum also nicht 7516 vertrauen? Noch dazu, wo er heute so viel für ihn getan hatte?

»Also schön«, erklärte er sich flüsternd bereit, »ich werde es dir verraten. Ich meinte damit, dass mir in letzter Zeit manches ... unwirklich vorkommt.«

»Unwirklich?«

»Ja, so als ob es ... gar nicht wirklich existieren würde.«

»Tatsächlich? Und was genau?«

»Ganz verschiedene Dinge, auch solche, die ich manchmal auf Bildern oder im Fernsehen sehe. Die Pyramide des Lenkers zum Beispiel. Oder die Statue von Nimrod dem Sieger, die davorsteht«, erklärte 4418. »Irgendetwas ist daran falsch. Oder auch der Gruß, du weißt schon, dass Nimrod uns lenken möge ...«

»Wie kann ein Gruß denn falsch sein?«

»Das weiß ich auch nicht, aber mein Gefühl sagt mir, dass etwas damit nicht stimmt. So wie mit Nimrod selbst ...«

»Was soll das nun wieder heißen?«

»Hast du den Lenker schon mal gesehen? Außer im Fernsehen, meine ich?«

»Nein, das nicht«, räumte T-7516 ein, »aber ...«

»Irgendetwas mit ihm ist nicht in Ordnung«, tat J-4418 seine Meinung kund. Es war das erste Mal, dass er so offen aussprach, was er sich schon seit einer ganzen Weile dachte ... und es fühlte sich gut an. Es tat gut, einem Freund die Wahrheit zu sagen.

»Woher willst du das denn wissen, dass was nicht in Ordnung ist?«, wollte T-7516 von ihm erfahren.

»Ich sag dir ja, ich weiß es nicht. Es ist ... nur ein Gefühl.«

»Aber irgendjemand muss dich doch auf diese Ideen gebracht haben ... ich meine, ich hatte solche Gedanken noch nie!«

»Das glaube ich dir, aber ...«

Etwas tief in J-4418 warnte ihn plötzlich. Die Art, wie der andere ihm Fragen stellte, während er sich gleichzeitig zu verteidigen schien, kam ihm auf einmal komisch vor. Er antwortete nicht und wieder senkte sich bleierne Stille drückend über den Schlafsaal.

»Hey?«, fragte J-4418 und beugte sich seitlich aus dem Bett, um einen Blick ins untere Stockwerk zu werfen. Aber es war so dunkel, dass er nichts sehen konnte, und eine Antwort bekam er auch nicht. »Was ist los da unten?«, flüsterte er. »Bist du eingepennt?«

Eine Antwort bekam er noch immer nicht.

Dafür ging plötzlich die Beleuchtung an.

Schlagartig war der Schlafsaal in gleißend helles Licht getaucht. J-4418 schoss von seinem Lager hoch. Er war so geblendet, dass er die Augen mit den Händen abschirmen musste. Als er blinzelnd wieder einen Blick riskierte, sah er, dass nichts so war, wie es hätte sein sollen.

Die anderen Stockbetten des Schlafsaals waren alle leer.

Nur T-7516 lag noch in der Koje unter ihm und sah mit einem bedauernden Blick zu ihm herauf. »Tut mir leid, Mann«, sagte er leise. »Aber das hast du dir echt selbst zuzuschreiben ...«

»Was meinst du?«

»Ist das nicht offensichtlich?«, fragte eine schneidend scharfe Stimme von der anderen Seite des Bettes.

J-4418 fuhr herum.

Dr. Wolff stand auf der anderen Seite, in ihrer ganzen hageren Erscheinung, die Arme vor der Brust verschränkt. Und sie war nicht allein.

Rektor Radowan war bei ihr.

Anders als die Wölfin hatte er die Arme auf dem Rücken verschränkt, so als mache er einen Spaziergang und hätte nur ganz zufällig vorbeigesehen. Doch der Blick, mit dem er J-4418 durch die Gläser seiner schwarzen Hornbrille musterte, war kalt und drohend.

»I-ich habe nichts getan«, beeilte sich 4418 zu versichern. »Die Strafarbeit habe ich beendet, wie es angeordnet war, erst vor einer halben Stunde ...«

»Um die Strafarbeit geht es nicht«, beeilte sich Radowan zu versichern. »Nicht dieses Mal.«

»Wo-worum dann?«, fragte 4418, der noch immer nicht begriff.

»E-es tut mir leid, ehrlich«, beteuerte T-7516 leise und fast ein bisschen weinerlich. »Aber du musst dir unbedingt helfen lassen, das denke ich ganz ehrlich ...«

4418 sah zuerst zu ihm, dann wieder zu Wolff und Radowan. Er sah den strengen, erbarmungslosen Ausdruck in ihren Gesichtern – und endlich begriff er.

»Du ... du hast ihnen von unserem Gespräch heute Mittag erzählt ...«

»Das muss man«, verteidigte sich T-7516. »Verdächtige Vorfälle muss man melden, weil man sonst Schwierigkeiten kriegt, und die will ich nicht, klar?«

»Glasklar«, bestätigte 4418, während er sich selbst einen Idioten schalt. »Das heute Mittag ist tatsächlich nur Theater gewesen – aber du hast nicht *ihnen* etwas vorgespielt, sondern *mir*! Um dir mein Vertrauen zu erschleichen …«

»Da-das musste ich doch«, stammelte der andere ein wenig hilflos. »Schließlich hast du ein paar schlimme Dinge über den Lenker gesagt!«

»T-7516 hat vorbildlich gehandelt, wie ein wahrer Patriot«, stellte Dr. Wolff fest.

»Ja«, pflichtete 4418 grimmig bei und schickte einen vernichtenden Blick ins untere Bett. »Und ich Trottel war so dämlich zu denken, ich hätte einen Freund.«

»Würdest du auf das hören, was man dich an dieser Einrichtung lehrt, so wüsstest du, dass man niemandem vertrauen kann, J-4418«, beschied die Wölfin ihm kalt. »Aber du scheinst zu den Unbelehrbaren zu gehören.«

4418 erwiderte nichts mehr. Trotzig kauerte er in seinem Bett und hatte das Gefühl, in einen bodenlosen Abgrund zu stürzen. Da überwand er sich endlich einmal dazu, jemandem zu vertrauen – und schon im nächsten Moment erwies sich dieser Jemand als elender Verräter.

»Ich denke, es ist an der Zeit für ein Gespräch in meinem Büro«, sagte Rektor Radowan. Seine Stimme war anders als die der Wölfin, weich und irgendwie ölig. Aber deshalb nicht weniger bedrohlich.

4418 spürte Furcht in sich hochkriechen. Gespräche im Rektorat waren berüchtigt. Wer dazu bestellt wurde, war danach meist nicht mehr derselbe …

Die Tür zum Schlafsaal platzte krachend auf und zwei

grün uniformierte Schuldiener traten ein. Sie warteten nicht erst, bis J-4418 aus seinem Bett kletterte, sondern packten ihn und zerrten ihn heraus. Dass er sich dabei haufenweise blaue Flecke holte, war ihnen ziemlich egal.

»Bringt ihn in mein Büro«, hörte er Rektor Radowan sagen, während sie ihn bereits Richtung Ausgang bugsierten. »Dort wird er mir einige Fragen beantworten ...«

6

Rektor Radowans Büro befand sich in dem Turm, der hoch über Lehranstalt 118 aufragte.

Durch die Fenster, die nach allen vier Seiten blickten, konnte man das gesamte Gelände überblicken – jedenfalls am hellen Tag. Jetzt waren nur blaugraue Gebäudeblocks zu erkennen. Im Licht einiger Scheinwerfer reihten sie sich ebenso exakt aneinander wie die Tische und Bänke in den Klassenräumen und die Betten in den Schlafsälen.

Allerdings gab es hier nicht nur schäbige Möbel aus kaltem Metall, sondern auch solche aus Holz: einen großen Schreibtisch in der Mitte und Schränke an den Wänden. Auch Decke und Wände waren mit Holz getäfelt, ein dunkelroter Teppich bedeckte den Boden. Hier roch es nicht nach Feuchtigkeit oder nach Rost wie in den Schlafsälen, sondern nach Wachs und Pfefferminz ... und auch nach Macht, fand 4418.

Das Herz schlug ihm bis zum Hals, als die Schuldiener ihn grob auf den Stuhl setzten, der vor dem Schreibtisch stand und dagegen ganz klein und mickrig aussah. An beiden Handgelenken legten sie ihm metallene Armbänder an, zusätzlich zu seinem ID-Band, das er ohnehin schon trug. Dann verließen die beiden Uniformierten den Raum, nur Rektor Radowan und Dr. Wolff blieben bei ihm. Laut Anstaltsordnung hatte bei einem Gespräch zwischen Rektor und Schüler stets ein Lehrer als Zeuge dabei zu sein – 4418 sah nicht, wie ihm das helfen sollte. Falls innerhalb dieser Wände etwas geschah, was nach dem Gesetz nicht passieren durfte, würde die Wölfin sich lieber die Zunge abbeißen, als jemals ein Wort darüber zu verlieren.

»Nun«, meinte Rektor Radowan in seinem öligen Tonfall, während er sich in den großen Ledersessel hinter seinem Schreibtisch sinken ließ, »dann wollen wir keine Zeit verlieren, J-4418. Es ist schließlich schon spät, nicht wahr?«

»Wenn Sie es sagen.« 4418 verzog keine Miene. Mit aller Kraft versuchte er, sich seine Furcht nicht anmerken zu lassen. In Wirklichkeit hatte er Angst.

Ziemlich sogar ...

Eine endlos scheinende Weile saß Radowan nur da und starrte ihn an. 4418 hatte das Gefühl, vom Blick des Rektors durchbohrt zu werden.

»Wahrscheinlich«, sagte Radowan dann, »fühlst du dich jetzt verraten und alleingelassen. Aber dein Klassenkamerad T-7516 hat alles richtig gemacht. Er will dir nur helfen, das ist dir hoffentlich klar? Er sorgt sich um dich, so wie wir alle«, fügte der Rektor hinzu und machte eine Geste, die ihn und Dr. Wolff einschloss.

»Das wusste ich nicht«, erwiderte 4418 wahrheitsgemäß.

»Das Wohl unserer Schüler liegt uns sehr am Herzen. Doch damit wir dir helfen können, musst du verstehen, dass die Schuld nicht bei uns liegt, sondern bei dir. Begreifst du das, J-4418? Ist dir klar, dass du gegen das Gesetz verstoßen hast?«

»Sie meinen, weil ich 7516 vertraut habe?«

»Nein.« Radowan schüttelte den Kopf und etwas wie ein Lächeln spielte um den Mund mit dem schwarzen Oberlippenbart. »Ein Verstoß gegen die Regeln der Anstalt ist eine Sache – ich spreche von einem Verstoß gegen das Gesetz des Lenkers.«

»Sie meinen ... ein Verbrechen?« 4418 sah zuerst ihn, dann die Wölfin fragend an.

»Ganz recht«, bestätigte diese mit ihrer schneidenden Stimme. »Uns ist zu Ohren gekommen, dass du Schmähworte gegen den Lenker geäußert hast. Unter anderem soll das S-Wort gefallen sein ...«

»Sie meinen das Wort ... ›Schatten‹?«

Rektor Radowan zuckte merklich zusammen. »In der Tat«, bestätigte er. »Woher hast du dieses Wort?«

»I-ich weiß nicht«, erwiderte 4418. »Man hört es immer wieder ...«

»Wo?«, verlangte Radowan zu wissen. Sein Blick wurde bohrend.

»A-auf der Straße ... überall. Wieso?«

Der Rektor antwortete nicht. Dafür starrten Dr. Wolff und er auf den Computerbildschirm auf dem Schreibtisch.

4418 hatte keine Ahnung, was sie dort sahen, aber besonders schlau schienen sie daraus nicht zu werden, denn sie tauschten fragende Blicke.

»Vielleicht«, wandte sich Radowan an seine Kollegin, »sollten Sie unserem Schüler hier kurz erklären, was es mit den Armbändern auf sich hat, die er trägt.«

»Mit Vergnügen«, versicherte die Wölfin mit kaltem Lächeln. »Diese Armbänder messen deine Körperfunktionen, J-4418. Deinen Puls, deine Temperatur sowie weitere Veränderungen in deinem Metabolismus.«

»Wa-was?« 4418 verstand nur jedes zweite Wort.

»Auf diese Weise«, fuhr die Lehrerin unbeirrt fort, »können wir erkennen, ob du die Wahrheit sagst oder lügst, verstehst du?«

Erschrocken sah J-4418 auf seine Handgelenke. Er hatte Gerüchte darüber gehört, dass Radowan eine Vorrichtung besaß, die die Schüler den ›Wahrsager‹ nannten. Aber er hatte keine Ahnung gehabt, dass sie aus zwei schlichten Metallspangen bestand …

»Ich würde dir also raten, jede meiner Fragen wahrheitsgemäß zu beantworten«, forderte der Rektor ihn auf. »Denn wenn du mich belügst, werde ich es sofort bemerken und es wird unweigerlich eine Strafe nach sich ziehen.«

»U-und wenn ich die Wahrheit sage?«

»Dann hast du nichts zu befürchten.«

»Das heißt, Sie … lassen mich laufen?«, wollte 4418 wissen. »Ohne Bestrafung?«

»Für das Nachplappern verbotener Parolen wirst du auf jeden Fall mit zwei Wochen Toilettendienst bestraft«, schnappte Dr. Wolff. »Aber *darüber hinaus* hast du nichts zu befürchten.«

»*Wenn* du die Wahrheit sagst«, schränkte Radowan ein.

»Verstanden«, versicherte 4418. Unwillkürlich musste er wieder an den Jungen aus dem benachbarten Schlafsaal denken, der über Nacht spurlos verschwunden war. Ob er auch von einem Kameraden verraten worden war? Ob man ihn ebenfalls an den Wahrsager angeschlossen hatte? Schweiß trat 4418 auf die Stirn, während er gleichzeitig fröstelte.

»Gut, dann fangen wir an«, meinte Rektor Radowan mit einem Tonfall, als wollte er Vokabeln abfragen. »Du hast T-7516 gefragt, ob er sich an seine Eltern erinnere …«

»Das hat er Ihnen erzählt?«

»Beantworte nur meine Fragen«, beharrte Radowan. »Also?«

»Ja«, gab 4418 leise zu. »Das habe ich.«

»Wieso?«

»Wieso nicht?«

»Denkst du manchmal an deine Eltern?«

»Nein, nicht wirklich.« 4418 schüttelte den Kopf. »Ich meine, ich erinnere mich ja nicht einmal richtig nicht an sie, wie soll ich da an sie denken?«

»Du würdest dich aber gerne an sie erinnern?«

4418 zögerte. Was sollte er jetzt sagen? Wenn er log, würden sie es merken, also blieb er besser bei der Wahrheit. »Ich denke schon«, sagte er.

»Warum?«

»Weil ich gerne wissen würde, wer sie waren.«

»Inwiefern ist das für dich von Bedeutung?«

»Ich weiß es nicht«, gab 4418 nach kurzem Zögern bekannt.

»Wirklich nicht? Hast du nie darüber nachgedacht?«

»Nein. Es war nur eine Idee.«

Der Rektor und die Wölfin sahen auf den Bildschirm. Erneut verständigten sie sich mit Blicken. Es war schrecklich, nicht zu wissen, was sie dort sahen oder was sie dachten. Die Ungewissheit nagte an 4418.

Und mit ihr die Angst ...

»Du hast zu deinem Kameraden gesagt, dass dir manches komisch vorkommt«, setzte Radowan endlich die Befragung fort. Er hatte offenbar eine ganze Liste, die er abarbeitete, Punkt für Punkt.

»Das stimmt«, räumte 4418 ein. Was sollte er sonst auch tun?

»Die Statue des Lenkers beispielsweise und die Große Pyramide.«

»Ja, manchmal.«

»Wer hat dich auf diesen Gedanken gebracht?« Der Rektor hob den Blick und sah 4418 direkt an.

»Niemand«, beteuerte dieser.

»Bleib bei der Wahrheit«, ermahnte die Wölfin ihn. »Woher hast du das?«

»Von niemandem, ich ...«

»Wo hast du es gehört?«, hakte Radowan nach. »Oder hältst du uns im Ernst für so dämlich zu denken, dass ein Vierzehnjähriger von sich aus solch aufrührerische Gedanken hat?«

4418 hielt dem forschenden Blick des Rektors stand – und plötzlich wurde ihm etwas klar.

Er war nicht hier, weil Radowan und Wolff ihn verdächtigten, all diese gefährlichen Ideen zu haben! Sie waren der Ansicht, dass er sie irgendwo aufgeschnappt hatte, von den Verbrechern, von denen ab und an im Fernsehen die Rede war, den Staatsgegnern, den Feinden des Lenkers ... den Rebellen.

Für Hinweise, die zur Festnahme dieser Abtrünnigen führten, zahlten die Grauen Wächter hohe Belohnungen. Vermutlich war es das, was Radowan und die Wölfin wollten. Um ihn selbst ging es ihnen gar nicht ... Aber wie nutzte er das am besten für sich aus? 4418 verkrampfte innerlich.

Er musste ihnen die Wahrheit sagen – und sie dabei gleichzeitig in die Irre führen ...

»Vermutlich haben Sie recht«, räumte er ein. »Diese Gedanken, diese verbotenen Ideen, waren ganz plötzlich in meinem Kopf. Fast wie in einem Traum, verstehen Sie?«

»Hab ich's mir doch gedacht«, sagte Rektor Radowan selbstgefällig. »Du hast es irgendwo aufgeschnappt ...«

4418 zögerte. »Wenn ich es irgendwo gehört habe«, sagte er und überlegte sich jedes einzelne Wort genau, »dann kann ich mich nicht daran erinnern, wann und wo das gewesen sein sollte. Oder von wem ...«

»Bist du sicher?«, fragte die Wölfin verdrießlich, wobei sie immer wieder auf den Bildschirm spähte. »Denk gefälligst sorgfältig nach!«

»Das tue ich, Dr. Wolff. Aber sosehr ich mir auch darüber den Kopf zerbreche, es fällt mir nichts ein«, versicherte 4418 wahrheitsgemäß. »Ich kann Ihnen nicht sagen, wo ich von diesen Dingen gehört habe«, fügte er hinzu.

Dass er es deshalb nicht sagen konnte, weil es nie dazu gekommen war, behielt er für sich.

Wieder sahen die beiden auf den Monitor und wieder wechselten sie Blicke.

»Es dürfte kaum Vierzehnjährige geben, die solche schrägen Gedanken haben«, beteuerte 4418. »Jeder weiß, dass es verboten ist, über diese Dinge zu sprechen.«

»Dennoch hast du es getan ...«

»Weil es mir nicht mehr aus dem Kopf ging«, erwiderte er – und auch das war nicht gelogen. »Ich dachte, T-7516 würde mich verstehen.«

»Das hat er – und er ist damit direkt zu mir gekommen«, erwiderte der Rektor. »Du solltest ihm dankbar dafür sein.«

»Das fällt mir nicht gerade leicht«, versicherte 4418 – und das war nun wirklich die absolute Wahrheit.

Sie stellten ihm noch weitere Fragen.

Dabei ging es jedes Mal um die Dinge, über die er mit 7516 gesprochen hatte, und jedes Mal gelang es ihm, mit der Wahrheit zu antworten ... oder zumindest einem Teil davon. Jedenfalls vermied er es, die beiden zu belügen, sodass die Blicke, mit denen sie auf ihren Bildschirm guckten, mit der Zeit immer ratloser wurden.

»Das Programm sagt, dass ich die Wahrheit sage, nicht wahr?«, fragte 4418. »Weil es nämlich die Wahrheit *ist*«, versicherte er. »Ich meine, ich bin ein schlechter Schüler, richtig? Ich habe keine Ahnung von der Welt da draußen und von Geschichte schon gar nicht. Wie sollte ich mir das alles ausdenken?« Er sah zuerst Radowan, dann die Wölfin fragend an.

»Das ist wahr«, musste Dr. Wolff zugeben. »Er ist wirklich schlecht. Eine Schande für seine Klasse.«

»Da sehen Sie's.« 4418 nickte bekräftigend.

»Also schön.« Der Rektor seufzte und sah noch einmal auf den Bildschirm. »Schön«, wiederholte er dann, auch wenn es ziemlich frustriert klang. »Wir machen Folgendes: Du wirst in deinen Schlafsaal zurückkehren, aber leise und ohne Aufsehen zu erregen, deine Mitschüler befinden sich inzwischen ebenfalls wieder dort. Sollte jemand aufwachen und dir Fragen stellen, wirst du sagen, dass du deine Strafarbeit eben erst beendet hast.«

»Verstanden«, sagte 4418.

Radowan nickte, worauf Dr. Wolff vortrat und ihm die Armbänder wieder abnahm. »Verschwinde«, raunte sie ihm zu.

Als 4418 aufstand, merkte er erst, wie heftig sein Herz tatsächlich schlug und wie weich seine Beine waren. Zunächst fürchtete er, dass sie unter ihm nachgeben und er der Länge nach auf den Parkettboden schlagen würde. Aber irgendwie schaffte er es, sich aufrecht zu halten und zur Tür zu staksen.

»J-4418?«, rief Rektor Radowan, als er bereits auf der Schwelle stand.

»Ja?« 4418 drehte sich noch einmal um.

»Ich kann sehen, dass du dich fürchtest«, sagte Radowan zufrieden, »und das ist gut so. Denn wenn du doch irgendwelche verbotenen Verbindungen unterhalten solltest, so werden wir das herausfinden, Junge – und dann werden es das nächste Mal nicht die Schuldiener sein, die dich nachts aus dem Bett holen, sondern die Grauen Wächter. Hast du das verstanden?«

4418 schwieg einen Moment, während ihn ein eisiger Schauder durchrieselte. »Ich habe verstanden«, sagte er dann und nickte. Damit wollte er sich abwenden.

»Hast du nicht noch etwas vergessen?«, fragte Dr. Wolff.

»Möge Nimrod uns lenken«, sagte 4418 leise.

»Möge Nimrod uns lenken!«, erwiderten die Wölfin und Rektor Radowan. Dann durfte er endlich gehen.

An den Schuldienern vorbei, die vor der Tür Wache hielten und ihn kritisch beäugten, ging er zur Treppe und stieg wieder zum Schlafsaal hinab. Ihm war elend, das Blut rauschte in seinen Ohren und seine Knie waren noch immer so weich, dass er sich am Geländer festhalten musste.

Aber eine Lektion hatte er in dieser Nacht gelernt.

Dass er niemals wieder jemandem vertrauen durfte.

Nicht in dieser Anstalt.

Und auch sonst nie mehr.

7

KYOTO, JAPAN
Zur selben Zeit

»Nein, bitte nicht!«
Mit einem Aufschrei schreckte Hana aus dem Schlaf. Otaku, der in der Enge der Wartungskammer neben ihr kauerte, erwachte ebenfalls. So wie fast jede Nacht ...
»Alles in Ordnung«, beruhigte er sie und fasste ihre kleinen Hände, die in der Dunkelheit suchend umhertasteten. »Es war nur ein Traum, Krümel. Nur ein Traum ...«
Hana atmete stoßweise. Ihre Hände waren eiskalt und nass von Schweiß. Es verging fast keine Nacht, in der sie nicht schlecht träumte. Vermutlich hing es mit der Vergangenheit zusammen, mit Dingen, an die sie sich nicht mehr bewusst erinnerte, aber die dennoch einst passiert waren. So ziemlich jeder, der hier im Untergrund lebte, hatte solche Albträume.
Bis auf Otaku.
Warum das so war, wusste er selbst nicht. Vielleicht lag es daran, dass er so viele Geschichten kannte. Manchmal kam es ihm so vor, als wären diese Geschichten seine Vergangenheit. Sie waren *sein* Leben ...

Allmählich beruhigte sich Hanas Atem.

»Geht es wieder?«, fragte Otaku leise.

»*Hai*. Aber es war schrecklich«, flüsterte sie zitternd.

»Wieder derselbe Traum?«

»*Hai*.«

»Wieder die große Stadt?«

»*Hai*.«

»Die unheimliche Gestalt mit den leuchtenden Augen?«

Die Antwort war Schweigen. Vermutlich nickte sie, doch in der Dunkelheit konnte er es nicht sehen.

»Tut mir leid«, versicherte er. »Aber du musst dir keine Sorgen machen. Es ist nur ein Traum. Er kann dir nichts tun.«

»U-und die dunkle Gestalt?«

»Die auch nicht«, beteuerte Otaku – und wünschte sich zugleich, er wäre seiner Sache wirklich so sicher gewesen. »Hier unten kann uns nichts passieren.«

Wieder eine Weile Schweigen. Dann: »Hab dich lieb, großer Bruder.«

»Hab dich auch lieb, Krümel. Und jetzt schlaf wieder.«

»Erzählst du mir noch eine Geschichte?«

»Welche denn?«

»Die vom Grinch, der Weihnachten gestohlen hat.«

»Ausgerechnet.« Otaku schnaubte. »Es ist doch gar nicht Weihnachten.«

»Es ist nie mehr Weihnachten«, wandte sie ein und hatte natürlich recht damit. Es gab kein Weihnachtsfest mehr, seit die Regierung es weltweit verboten hatte. Stattdessen wurde jetzt im Dezember das Fest des Lenkers gefeiert und in den Anstalten auf der ganzen Welt gab es Geschenke für die Kinder. Nimrod hatte das Weihnachtsfest gestohlen, genau wie der Grinch in der Geschichte. Aber anders als der Grinch hatte er es nicht mehr zurückgebracht.

In Büchern und Geschichten allerdings lebte Weihnachten weiter, denn in der Fantasie war alles möglich. Sie machte aus zwei Tomaten und einer Paprika ein reichhaltiges Frühstück; sie sorgte dafür, dass eine schmutzige alte Wartungskammer zu einer Wohnung wurde und ein dürres kleines Mädchen namens H-1776 zu Otakus kleiner Schwester.

Das war Hanas offizielle Bezeichnung.

H-1776.

Wofür das »H« tatsächlich stand, wusste Otaku nicht, aber weil sie so gerne Geschichten hörte und *hanashi* das japanische Wort dafür war, hatte er sie so genannt – oder kurz Hana –, und der Name hatte ihr gefallen. Überhaupt tat sie gerne so, als ob Kyoto ihre Heimat wäre, vermutlich deshalb, weil sie sich dann weniger fremd fühlte.

Den Tag ihrer allerersten Begegnung würde Otaku nie vergessen. Spindeldürr war sie gewesen und völlig abgemagert, ihr einziger Besitz der bunte Würfel, der bis zum heutigen Tag ihr liebstes und einziges Spielzeug war. Aus ihren großen blauen Augen hatte sie ihn Hilfe suchend angesehen und er hatte ihr einen Apfel geschenkt, den er gerade erst stibitzt hatte – danach war sie ihm nicht mehr von der Seite gewichen, fast wie ein Schatten.

Sechs Jahre lag das zurück.

Er war ihre Familie geworden.

Und sie war seine …

»Na schön«, erklärte er sich einverstanden und wartete, bis sie sich wieder hingelegt hatte. Dann deckte er sie mit der schäbigen, aber warmen Decke zu und begann mit ruhiger Stimme seinen Vortrag: »Alle Whos dort in Whoville liebten Weihnachten sehr, doch dem Grinch in seiner Höhle, dem lag das sehr quer …«

8

LEHRANSTALT 118, METROPOLE
Unterdessen

Den Rest der Nacht tat J-4418 kaum ein Auge zu.

Nicht nur, weil es eine ganze Weile dauerte, bis sein Herzschlag sich wieder beruhigte und das Rauschen in seinem Kopf endlich nachließ. Sondern auch, weil sich tausend Gedanken darin jagten.

Da war natürlich der Verrat von T-7516.

Bei seiner Rückkehr in den Schlafraum hatte 4418 ihn keines Blickes gewürdigt und war fest entschlossen, das auch weiterhin nicht zu tun. Er war sich überrumpelt vorgekommen und ausgeliefert, und das von jemandem, den er für seinen Freund gehalten hatte. Von A-1528 und seinen Kumpanen hätte 4418 nichts anderes erwartet und er wäre besser darauf vorbereitet gewesen. So jedoch hatte es ihn völlig unvorbereitet getroffen und er konnte von Glück sagen, dass die Sache so glimpflich ausgegangen war. Die Wölfin würde ihn jetzt allerdings noch misstrauischer beäugen als je zuvor.

Die anderen Gedanken, die 4418 sich machte, während er wach im Bett lag und in die Dunkelheit starrte, galten dem, was Rektor Radowan gesagt hatte ... und *wie*. In all den Jahren, die 4418 nun schon Anstalt 118 besuchte, hatte er den Rektor nie so unruhig erlebt. Etwas schien ihm ziemliche Sorgen zu bereiten und ganz sicher ging es dabei nicht um ein paar seltsame Gedanken, die ein Schüler hatte. Die Vorstellung, dass dort draußen Menschen waren, die nicht an Nimrod den Lenker und die Ordnung der Pyramide glaubten, schien Radowan nervös zu machen.

4418 hatte mit diesen Leuten nie etwas zu tun gehabt. Er hielt sie für Gesetzlose wie jeder andere, hatte aber noch nie so ganz genau darüber nachgedacht. Dass Radowan und Wolff dachten, er könnte tatsächlich etwas mit den Rebellen zu tun haben, erschreckte ihn, denn es machte ihm klar, wie schnell man in Nimropia für etwas bestraft werden konnte, das man nicht getan hatte. Wie viele Unschuldige, fragte er sich, mochten wohl in den Gefängnissen sitzen, von denen es in der Hauptstadt so viele gab?

Seltsame Gedanken, über die er laut geredet hatte, hatten ihm den ganzen Ärger eingetragen. Im Lauf der Nacht wurden sie noch seltsamer. Und als 4418 gegen Morgen doch noch kurz einschlief, von Müdigkeit und Erschöpfung überwältigt, da vereinte sich alles zu einem haarsträubenden Traum, in dem einmal mehr eine dunkle Gestalt eine Rolle spielte.

Punkt 6:00 Uhr wurden sie geweckt.

Die Schuldiener pflegten zu diesem Zweck eine schwere Eisenkugel durch die Gänge der Anstalt zu rollen, was für infernalischen Lärm sorgte. 4418 fuhr für gewöhnlich erschrocken und mit pochendem Herzen aus dem Schlaf und war normalweise sofort hellwach – an diesem Morgen allerdings fühlte er sich jedoch müde und elend, als er sich aus dem Bett wälzte, sein Zeug aus dem Spind holte und zum Waschraum ging.

»Mensch«, meinte T-7516, als er ihn sah, »da bist du ja wieder! Bin ich froh, dich zu sehen! Ich dachte schon ...«

4418 hörte nicht zu, sah nicht mal in seine Richtung. Schweigend kümmerte er sich um sein Waschzeug.

»Mann, ich kann gut verstehen, wenn du sauer auf mich bist«, versicherte 7516. »Aber du musst verstehen, dass ich keine Wahl hatte, als es zu melden. Wenn einer so daherredet wie du, dann ...«

4418 ließ ihn einfach stehen.

Die anderen Jungs im Waschraum ließen ihn in Ruhe, sie wussten ja nichts von seinem nächtlichen Ausflug und dabei sollte es auch bleiben. 4418 wusch sich und putzte sich die Zähne, dann schlüpfte er in seine Uniform und ging in den Speisesaal, wo sie wie jeden Morgen mit den Mädchen zusammenkamen. Dass eine neue Schülerin in Lehranstalt 118 gekommen war, bekam er in dem allgemeinen Durcheinander nicht mit. Überall wurde geredet und geschnattert. Irgendjemandem fiel das Tablett mit dem Getreidebrei runter, die Schüssel zersprang in tausend Scherben. Das Mädchen, dem das Missgeschick passiert war, beteuerte, nichts dafür zu können und gestoßen worden zu sein – sie wurde trotzdem für den Nachmittag zum Arbeitsdienst verdonnert. Nicht zur Strafe, wie es hieß, sondern weil der Verlust der Schüssel ersetzt werden müsse. Getreu dem Motto der Schule, das in großen Buchstaben über dem Eingang des Speisesaals zu lesen stand:

**VERANTWORTUNG
FÜR DIE GEMEINSCHAFT**

J-4418 kümmerte sich nicht um den Zwischenfall. Das Erste, was man hier lernte, war, sich nicht um anderer Leute Kram zu kümmern. Am besten war es, nicht aufzufallen, den Kopf unten und den Mund geschlossen zu halten und nicht die Aufmerksamkeit der Schuldiener – oder gar der Lehrer – zu erregen. Als er 7516 von seinen seltsamen Gedanken erzählt hatte, hatte 4418 gegen dieses Gebot verstoßen, und prompt hatte es sich gerächt. Also würde er sich künftig wieder daran halten.
  Ohne Ausnahme.
  Der Schultag verging ohne nennenswerte Zwischenfälle. Wenn man davon absah, dass er die Gesellschaft von T-7516 weiter mied und dieser zunehmend verzweifelt wurde. Sollte er, dachte 4418, schließlich hatte er sich sein Vertrauen erschlichen und ihn verraten ... andererseits musste er immer wieder an das denken, was Rektor Radowan gesagt hatte. Aus seiner Sicht hatte T-7516 nichts Schlimmes getan, hatte sogar helfen wollen ... vielleicht, in ein, zwei Wochen, wenn seine Wut verraucht war, würde 4418 wieder mit ihm reden. Vorher aber nicht, das hatte er sich fest vorgenommen.
  Nach der Schule musste er sich bei Dr. Wolff einfinden – zur Bestrafung für die Dinge, die er gesagt und gedacht

hatte und die man nicht sagen (und vermutlich auch nicht denken) durfte. Sie führte ihn zur Besenkammer, gab ihm Kübel und Schrubber und wies ihn an, die Toiletten im ersten Stock blitzblank zu reinigen.

»Schon wieder?«, fragte er. »Die habe ich doch erst gestern sauber gemacht.«

»Dann ist dir vielleicht entgangen, wie schmutzig es dort schon wieder ist«, konterte die Wölfin kalt. »A-1528 hat mir gesagt, dass einem seiner Kameraden dort wohl ein Missgeschick passiert ist, wenn du verstehst ...«

Damit ließ sie ihn stehen.

Die lauten Tritte ihrer Stiefel verhallten den Korridor hinab. Der Atem von 4418 stampfte, am liebsten wäre er sofort zu A-1528 gegangen und hätte ihm den Putzlappen ins Gesicht geschleudert. Aber natürlich hätte das alles nur noch schlimmer gemacht.

Nicht auffallen, sagte er sich.

Den Kopf unten halten.

Den Mund geschlossen.

Seine große Klappe hatte ihm eben erst Ärger eingetragen, noch einmal durfte es nicht dazu kommen oder er würde Bekanntschaft mit den Wächtern schließen.

Und das war keine gute Idee ...

Er füllte den Eimer mit Wasser und schleppte ihn zu den Toiletten. Der Gestank, der ihm von dort entgegenschlug, war unbeschreiblich. 1528 und seine Leute hatten ganze Arbeit geleistet. Den Boden mit dem Mob zu wischen, genügte nicht, 4418 musste eine Bürste zur Hilfe nehmen und auf den Knien umherrutschten, um den Boden zu säubern. Und als wäre das allein noch nicht elend genug, bekam er dabei auch noch Gesellschaft.

Eine ganze Gruppe von Mitschülern kam den Gang herab. 4418 verdrehte die Augen, als er die helle, rechthaberische Stimme von A-1528 erkannte. Schon im nächsten Moment lugte dieser zur offenen Tür herein, das blasse Gesicht zu einem breiten Grinsen verzogen.

»Nanu? Schon wieder bei der Arbeit?«

Die anderen lachten. Dass die üblichen Verdächtigen dabei waren und 4418 verspotteten, war nicht weiter schlimm. Dass nun auch T-7516 bei ihnen war und nicht weniger laut lachte, tat dagegen verdammt weh. Offenbar hatte er keine Zeit verloren, sich neue Freunde zu suchen ...

4418 ließ sich dennoch nichts anmerken – worauf A-1528 einen Schritt weiter ging, und das wörtlich. In seinem roten Overall trat er über die Schwelle, die Hände tief in den Taschen vergraben. »Mann«, meinte er, während er sich grinsend umblickte, »da hat jemand eine ziemliche Sauerei hinterlassen.« Die anderen prusteten.

»Ja«, stimmte 4418 zu, ohne vom Boden aufzublicken. »Und ich denke, wir wissen beide, wer das war.«

»Wie bitte?« Der andere beugte sich halb zu ihm hinab. »Willst du wirklich Ärger anfangen? Nach der Geschichte von vergangener Nacht?«

Jetzt blickte 4418 doch auf, sah in das grinsende Gesicht, das über ihm schwebte. Da er kein Wort darüber verloren hatte, was letzte Nacht geschehen war, konnte es nur 7516 gewesen sein, der ihn einmal mehr verpfiffen hatte. 4418 schenkte ihm einen vernichtenden Blick.

»Weißt du«, sagte er, »eigentlich wollte ich dir verzeihen, aber jetzt nicht mehr, du Mistkerl.«

»Hört euch das an«, tönte A-1528, noch ehe der Gescholtene etwas erwidern konnte. »Also, wenn einer auf den Knien rumrutscht, um die Scheiße von anderen Leuten aufzuwischen, sollte er niemanden einen Mistkerl nennen – sonst könnte es passieren, dass jemand das hier tut«, fügte er hinzu und stieß dabei den Eimer mit dem Schmutzwasser um. Es schepperte metallisch und die stinkende braune Brühe ergoss sich bis in den letzten Winkel über den Boden der Toilette. »Oje«, machte 1528 in schlecht gespieltem Bedauern. »Ich fürchte, jetzt musst du alles noch mal machen. Aber wenigstens wissen wir jetzt, wofür das ›J‹ in deiner Nummer steht – nämlich für ›Jauche‹!«

Die anderen brachen in kreischendes Gelächter aus und zeigten mit dem Finger auf 4418. Er merkte, wie ihm Tränen hilfloser Wut in die Augen stiegen. Alles in ihm drängte ihn dazu, die Fäuste zu ballen und sich auf seine Peiniger zu stürzen. Aber er hatte Radowans Warnung noch im Kopf und einfach keine Lust, wegen dieser Idioten Ärger mit den Wächtern zu bekommen.

So schwer es ihm auch fallen mochte …

»Und wofür das ›A‹ in deiner Nummer steht, wissen wir jetzt auch, A-1528«, sagte plötzlich jemand, als sich die Meute allmählich wieder beruhigte, »nämlich für ›Arschloch‹.«

Das Gelächter brach jäh ab und alle fuhren herum.

Das Mädchen, das vor ihnen stand, war seit diesem Morgen neu an ihrer Schule, aber da sie in eine andere Klasse ging, war sie niemandem aufgefallen.

Bis jetzt.

Breitbeinig stand sie da, im schwarzen Achselshirt, das Oberteil ihres Overalls um die Hüften geknotet. Ihr rabenschwarzes Haar war im Nacken kurz geschnitten, nach vorn wurde es länger, vermutlich sogar ein wenig mehr, als erlaubt war. Das Gesicht, das es umrahmte, war hübsch – sonnengebräunte Haut und große dunkle Augen, die A-1528 kritisch musterten. Ihre Arme, die ziemlich durchtrainiert aussahen, hatte sie trotzig vor der Brust verschränkt.

4418 schätzte, dass sie ein wenig älter war als er selbst. Und sehr viel cooler ...

»Hä?« A-1528 starrte sie an, als wäre sie eine Außerirdische, die vor seinen Augen aus ihrem UFO gestiegen war. »Und wer bist du, verdammt noch mal?«

»Diejenige, die dir in den Hintern tritt, wenn du den Kerl hier nicht in Ruhe lässt.«

A-1528 schnaubte verächtlich. »Ist das dein Ernst?«

»Schätze schon.« Sie nickte.

1528 lachte leise. Die Blicke seiner Kumpane waren wie gebannt auf ihn gerichtet, jeder war gespannt, was nun geschehen würde. »Also gut«, meinte er großmütig, »du bist neu in dieser Einrichtung, also will ich nicht so sein und dir kurz die Regeln erklären: Solange du brav die Klappe hältst und das machst, was man dir sagt, hast du hier kein Problem. Aber es gibt ein paar Leute, mit denen du dich nicht anlegen solltest.«

»Tatsächlich? Und wen meinst du? Dich etwa?«

»Zum Beispiel.« 1528 nickte. »Dich mit mir anzulegen, kann dir leicht Schwierigkeiten einbringen, so wie unserem Toilettentaucher hier«, meinte er mit einem Seitenblick auf 4418. »Oder aber es bringt dich direkt auf die Krankenstation.«

»Oh.« Sie hob die schmalen Brauen. »Dann sollte ich wohl vorsichtig sein.«

»Auf jeden Fall.« Er nickte. »Und jetzt verpiss dich und lass uns hier weitermachen.«

»Nein«, erklärte sie schlicht.

»Was war das?«

»Ich habe Nein gesagt. Ihr Typen hattet euren Spaß, jetzt lasst ihn in Ruhe und verzieht euch.«

A-1528 lachte wieder.

Es war ein leises, hinterhältiges Lachen. 4418 hatte es schon früher gehört – und stets war danach jemand in der Krankenstation gelandet …

»Schön«, meinte er, »du willst es wohl nicht anders. Macht Platz, Leute«, forderte er seine Kumpane auf, worauf sie auf den Gang zurückwichen und um ihn und das Mädchen einen Kreis bildeten. Zwei von ihnen huschten davon, um an der Tür Wache zu stehen, falls ein Lehrer kam. Ein dritter deckte die Überwachungskamera ab.

»Du … willst dich mit mir prügeln?«, fragte das Mädchen zweifelnd. »Echt jetzt?«

»Warum nicht?« Er schlüpfte ebenfalls aus dem Oberteil des Overalls und wiegte den Kopf hin und her, um den Nacken zu dehnen.

»Weil es total bescheuert ist?«, schlug sie vor.

»Das hättest du dir überlegen sollen, bevor du Stunk angefangen hast«, erwiderte er und ballte die Hände bereits zu Fäusten. »Also?«

4418 hielt den Atem an.

Selbstverteidigung stand auf dem Lehrplan, sie alle wurden darin unterrichtet, und es kam auch vor, dass Jungs gegen Mädchen kämpften. Allerdings war A-1528 der beste Kämpfer des Jahrgangs, sogar die Älteren hatten Angst vor ihm. Obwohl er das Mädchen kaum kannte, hatte 4418 plötzlich Angst um sie ...

»Lasst es gut sein«, bat er, mehr an das Mädchen gewandt. »Es sieht wirklich schlimmer aus, als es ist. Ich werde das alles nachher aufwischen und dann ...«

»Vergiss es«, fiel 1528 ihm ins Wort. »Sie hat das Maul zu weit aufgerissen, jetzt kriegt sie es gestopft.«

»Kann's kaum erwarten«, erwiderte das Mädchen, machte aber keine Anstalten, die Fäuste zu heben oder sich ebenfalls zu verteidigen.

»Dann los.« 1528 grinste. »Darf ich bitten?«, fragte er, als würde er sie zum Tanz auffordern – und damit griff er an. Mit einem Satz sprang er vor und schlug mit den Fäusten zu – doch seine Hiebe trafen nur leere Luft. Denn das Mädchen pendelte blitzschnell mit dem Oberkörper zurück und wich den Schlägen aus.

»Hoppla«, sagte sie.

1528 fand das nicht komisch. Er biss die Zähne zusammen und griff abermals an, diesmal mit einem Roundhouse-Kick, mit dem er sie treffen wollte. Elegant wirbelte er auf einem Bein um seine Achse, während er das andere hochriss und damit zuschlug – doch er traf wieder nicht.

Das Mädchen tauchte kurzerhand unter seinem Bein hindurch und versetzte ihm gleichzeitig mit beiden Händen einen Stoß nach vorn. 1528 verlor das Gleichgewicht, taumelte und krachte gegen die Wand. Es sah ziemlich komisch aus, aber niemand wagte zu lachen.

»Ich warte«, erklärte das Mädchen. »Wann wolltest du noch mal angreifen?«

1528 verlor keine Zeit. Mit einem Sprung setzte er auf sie zu und brachte mehrere Tritte an, die sie jedoch mühelos abwehrte. Dann schlug sie zu, nur ein einziges Mal – aber dieser Hieb traf ihn direkt auf die Nase.

1528 stieß einen gequälten Laut aus. Wankend wich er zurück, während er seine Nase befühlte und dann seine Finger betrachtete. Es war Blut daran!

Seine Gefolgsleute reagierten unterschiedlich. Die einen sahen beschämt zu Boden, anderen war das Entsetzen anzusehen. Wieder andere, die ihn eigentlich nicht leiden konnten und nur so taten, weil sie sich vor ihm fürchteten, hatten Mühe, sich ein Lachen zu verkneifen. Anders als 4418, der jetzt von einem Ohr zum anderen grinste.

»Du ... du ...«, stieß 1528 hervor, während seine Gegnerin und er sich umkreisten. Es war offensichtlich, dass er sich die Sache anders vorgestellt hatte, und das machte ihn wütend. Am ganzen Körper bebend, war er nicht mehr Herr seiner selbst – und machte einen entscheidenden Fehler.

Gerade in dem Moment, als das Mädchen vor der offenen Toilettentür stand, griff 1528 erneut an. Wie von einem Katapult geschleudert, sprang er auf sie zu, setzte mit den Beinen voran durch die Luft, um sie brutal zu treffen – doch einmal mehr überraschte sie ihn.

In einer fließenden Bewegung glitt sie beiseite und wich dem Angreifer aus, der daraufhin ins Leere segelte, geradewegs durch die offene Tür – und hinein in die braune Brühe, die er selbst ausgeschüttet hatte. Und weil das Zeug glitschig war und er solchen Schwung hatte, rutschte er bei der Landung aus und landete rücklings darin, schlitterte noch bis zu den Waschbecken, wo er sich den Kopf anschlug und halb benommen liegen blieb.

Für einen Augenblick schien die Zeit stillzustehen.

Ungläubig starrten die Kumpane von 1528 zunächst auf ihren besiegt am Boden liegenden Anführer, dann auf das Mädchen, das ihn scheinbar so mühelos dorthin befördert hatte. Ein paar von ihnen schienen zu überlegen, ob sie ihren Anführer rächen sollten (oder zumindest den Versuch unternehmen), aber ihr Verstand sagte ihnen wohl, dass es klüger war, sich nicht mit dieser Gegnerin anzulegen. Sie beschränkten sich schließlich darauf, in die Toilette zu stürmen, ihr schmutztriefendes Oberhaupt aufzuklauben und sich dann aus dem Staub zu machen.

Kopfschüttelnd sah das Mädchen ihnen hinterher. »Was für ein Trottel«, sagte sie. Sie hatte noch nicht mal Schweiß auf der Stirn.

»Ein ziemlich gefährlicher Trottel«, gab 4418 zu bedenken. »Alle haben Angst vor ihm.«

»Ich nicht.«

»Hab ich gesehen.« Er grinste. »Danke.«

»Gern geschehen.« Sie lächelte und deutete auf sich selbst. »Ich bin übrigens N-5778 ... Namira«, verbesserte sie sich schnell.

4418 zuckte zusammen. »Wir dürfen hier keine ...«

»... keine Namen haben«, ergänzte sie unbeeindruckt. »Schon klar. Und wie heißt du?«

»J-4418«, erwiderte er. »Wofür das ›J‹ steht, hast du ja gehört«, fügte er leiser hinzu.

»Der Kerl redet nur Blödsinn«, war sie überzeugt. »Ich werde dich Jason nennen«, sagte sie dann. »Wie klingt das für dich? Bist du damit einverstanden?«

4418 überlegte einen Moment, dann nickte er.

Und wie er einverstanden war!

Denn auch wenn er den Grund dafür nicht nennen konnte – im Gegensatz zu so vielem, das ihm seltsam und unwirklich vorkam, fühlte sich dieser Name durch und durch richtig an.

Jason.

Das passte zu ihm.

9

Der Alltag in Lehranstalt 118 ging weiter.

Erst später wurde J-4418 bewusst, dass jener Tag alles verändert hatte. Und nicht nur, weil er von da an einen richtigen Namen hatte.

Sondern auch wegen Namira.

Zwar ging sie nicht in dieselbe Klasse wie er, doch wann immer ihre Stundenpläne es erlaubten – in den Pausen, bei den Mahlzeiten oder in der wenigen Freizeit, die man ihnen ließ –, waren sie zusammen. Für 4418, der sich jetzt Jason nannte, hatte das gleich zwei Vorteile, denn zum einen war er nun nicht mehr allein und zum anderen ließen A-1528 und seine Bande ihn seitdem in Ruhe.

Zwei Wochen lang hatte er sich jeden Tag nach dem Unterricht bei Dr. Wolff einfinden müssen, die ihm einen Vortrag über seine Rechte und Pflichten gegenüber der Gemeinschaft hielt und ihm dann Putzeimer und Schrubber in die Hand drückte; und zwei Wochen lang reinigte er die Toiletten, die Duschen und die Abflussrohre, wobei es allerdings keine Zwischenfälle mehr gab. Sowohl A-1528 als auch sein Gefolge hielten sich jetzt von ihm fern, dafür schaute Namira ab und zu bei ihm vorbei. Manchmal half sie ihm sogar bei seiner Arbeit, obwohl das bei Strafe verboten war.

Dabei unterhielten sie sich – über diese Anstalt und andere, auf denen Namira bereits gewesen war; über die Schüler dort und die Lehrer; über den Unterricht und die Prüfungen. Doch wann immer sie ihn nach persönlichen Dingen fragte, schwieg Jason beharrlich.

Auch wenn Namira ihm gegen A-1528 und seine Bande geholfen hatte und mit ziemlicher Sicherheit der netteste Mensch war, dem er je begegnet war, hielt er sich an das Versprechen, das er sich selbst gegeben hatte: niemals wieder jemandem zu vertrauen.

Wenn Sporttraining auf dem Stundenplan stand, wurden stets vier Klassen – eine Hundertschaft – zusammen unterrichtet. Im Grunde gab es nur drei Disziplinen: Ausdauerläufe zum Aufbau von Fitness und Kondition; Fußball als Mannschaftssport zur Stärkung der Gemeinschaft; und natürlich das Training in angewandter Selbstverteidigung.

Dr. Yun war ihr Lehrer in diesem Fach – ein muskelbepackter, kahlköpfiger Mann, den sie hinter vorgehaltener Hand Dr. Death nannten, weil er ständig davon sprach, wie man tödliche Schläge ausführte. Meist lief der Unterricht so ab, dass er ihnen zunächst eine neue Bewegungs- oder Schlagfolge beibrachte. Anschließend trainierten sie diese auf dem Innenhof der Anlage, der zugleich ein großer Sportplatz war. Danach mussten jeweils zwei Schüler den Freikampf üben und Dr. Yun ging durch die Reihen und beobachtete alles mit kritischem Blick.

»Bereit für eine neue Lektion?«, fragte Namira grinsend, während sie von einem Bein auf das andere tänzelte wie ein Boxkämpfer im Ring.

»Immer«, versicherte Jason.

Offiziell hatte der Kampf auf der Toilette natürlich nie stattgefunden, aber unter den Schülern hatte sich dennoch herumgesprochen, dass Namira es A-1528 ordentlich gezeigt hatte. Die Folge war, dass sich kaum einer mit ihr zu trainieren traute – außer Jason. Zwar hatte er schon ein paar Treffer von ihr einstecken müssen, doch ihm war klar, dass er viel von ihr lernen konnte.

Während rings um sie bereits gekämpft wurde, umkreisten die beiden einander noch, taxierten gegenseitig ihre Bewegungen.

»Worauf wartest du?«, forderte Namira ihn auf. »Greif endlich an!«

»Du zuerst«, feixte er. Die erste Lektion, die er von ihr gelernt hatte, besagte, dass es besser war, defensiv zu bleiben und den Gegner dazu zu verleiten, Fehler zu begehen.

Jetzt griff sie an!

Mit einem Sprung setzte sie auf ihn zu, das linke Bein ausgestreckt. Mit einer raschen Drehung wich er ihr aus. Namira landete geschmeidig und fuhr herum, ein breites Grinsen im Gesicht.

»Gut gemacht«, lobte sie.

»Ich hab eine gute Lehrerin«, meinte er achselzuckend.

Wieder griff sie an und diesmal kam es zum Schlagabtausch. In rascher Folge prasselten Fäuste und Handkanten auf ihn ein und er reagierte, indem er die Hiebe blockte. Dann, blitzschnell, ging sie in die Hocke und fegte ihn mit einem Fußtritt von den Beinen. Jason stieß eine Verwünschung aus, als er auf der Matte landete.

»Nicht aufgeben«, ermunterte sie ihn und hielt ihm die Hand hin, um ihn wieder auf die Beine zu ziehen. »Du hast dich echt wacker geschlagen.«

»Wo hast du das gelernt?«, fragte er, während er stöhnend wieder hochkam.

»An ... meiner vorigen Schule«, erwiderte sie. »Der Lehrer da war ziemlich gut.«

»Und warum bist du dort nicht mehr?«

Namira sah ihn an. »Ist geheim«, erwiderte sie achselzuckend. »Ich könnte es dir sagen, aber dann müsste ich dich töten.«

»Dr. Death würde es gefallen«, meinte Jason mit Blick auf den Lehrer, der gerade zwei Schülern beibrachte, wie man *richtig* zuschlug ...

»Wahrscheinlich«, stimmte Namira zu und beide grinsen. »Nein, wirklich«, sagte sie dann, jetzt wieder ernst, »ich würde dir gerne etwas über mich zeigen.«

»Was denn?«

Sie sah jetzt ebenfalls zu Dr. Yun hinüber. »Kann ich dir nicht sagen. Es wäre besser, wenn du mitkommen würdest.«

»Wohin?«

»In die Stadt.«

Jason zuckte mit den Schultern. »Am Wochenende ist Ausgang.«

»Weiß ich ... und ehrlich gesagt hatte ich gehofft, dass wir beide vielleicht etwas zusammen unternehmen könnten«, erwiderte sie und sah ihn aus ihren dunklen Augen an.

Jason stand da wie vom Donner gerührt.
Niemandem vertrauen, redete er sich ein.
Keine Freunde mehr.
Was, wenn sie ihn hinters Licht führen wollte, so wie 7516? Wenn es nur wieder eine Falle war?

»Einverstanden«, hörte er sich selbst sagen, »wir könnten ...«

»Wird hier auch gekämpft oder nur geredet?« Dr. Yun trat hinzu, in seinem schwarzen Kampfanzug. Sie erschraken, denn keiner von ihnen hatte ihn kommen sehen.

»Wir kämpfen«, versicherte Namira, die als Erste die Sprache wiederfand. »Ich habe J-4418 nur ein wenig Zeit gegeben, um sich zu erholen.«

»Wovon?«

»Von dem Tritt, den sie mir versetzt hat«, erwiderte Jason ehrlich. »Hat mich direkt von den Beinen geholt.«

»Tatsächlich?« Yun hob eine Braue. »Das will ich sehen.«

»Noch mal?«, fragte Namira wenig begeistert.

»Los jetzt«, verlangte der Lehrer.

Sie gingen beide in Kampfposition. Diesmal griff Jason an. Er wollte Namira Gelegenheit geben, zu zeigen, was in ihr steckte und wie gut sie in Selbstverteidigung war – doch was war das? Die Blöcke, mit denen sie seine Schläge konterte, waren ungenau und kraftlos, fast so, als wollte sie sich gar nicht richtig verteidigen!

Verwirrt wollte Jason mit ihr Blickkontakt aufnehmen, aber sie wich ihm aus. Und plötzlich, ohne dass er es eigentlich gewollt hatte, landete er einen harten Treffer. Sein Faustschlag traf sie in die Magengrube und sie ging keuchend zu Boden. Jason verbeugte sich und hielt den Kampf für beendet.

»Los, worauf wartest du?«, fragte Dr. Yun. »Gib ihr den Rest!«

»Aber sie liegt doch schon am Boden! Sie ist besiegt ...«

»Bewegt sie sich noch?«

Jason sah nach Namira, die am Boden lag und sich vor Schmerz krümmte. Er nickte.

»Dann bring zu Ende, was du angefangen hast. Der Einzelne zählt nichts, J-4418. Nur die Gemeinschaft.«

Jason nickte und wandte sich Namira zu, beugte sich zu ihr hinab. Alles in ihm sträubte sich dagegen, eine Gegnerin zu schlagen, die bereits am Boden lag. Aber wenn er es nicht tat, dann würden sie beide bestraft werden, das stand fest ...

»Tu es«, raunte sie ihm zu und sah ihn durchdringend an. »Ist in Ordnung.«

»Verdammt, J-4418! Worauf wartest du?«, tönte Dr. Death hinter ihm. »Oder soll ich es tun?«

Jason schloss die Augen.

Keine Freunde.

Niemandem vertrauen.
Noch einmal atmete er tief durch.
Dann schlug er zu.

10

UNTERWELT VON KYOTO, JAPAN
Zur selben Zeit

»Himari-san?«

Otaku hatte sich vorgebeugt und an den schäbigen Deckel geklopft, als handle es sich nicht um ein Stück schmutzige Wellpappe, sondern um eine richtige Tür.

»Himari-san? Bist du zu Hause?«

»Ja, Blaukopf«, drang es von drinnen.

Hana grinste, sie fand das ziemlich lustig.

Otaku weniger.

Schließlich rumpelte es im Inneren des großen, mit morschen Dachlatten verstärkten Kartons, der Himaris Zuhause war, so wie die alte Wartungskammer Otakus und Hanas zu Hause war. Dann schwang der Deckel auf und das verkniffene Gesicht einer alten Frau tauchte auf. Es war von Falten zerfurcht, das spärliche graue Haar darüber war zu einem Dutt gebunden.

»Guten Morgen, Blaukopf!«, rief sie und entblößte ihr kaum noch vorhandenes Gebiss zu einem freundlichen Lächeln. »Schön, dass ihr mich besuchen kommt, du und der Krümel …«

»Hallo, Himari-san«, sagte Otaku und verbeugte sich höflich. »Geht es dir gut?«

»Na ja, geht so.« Sie rieb sich den Rücken, über dem sie, wie die meisten Bewohner des alten U-Bahnhofs, gleich mehrere Lagen Kleidung trug. Das meiste davon war löchrig und schäbig. »In Nächten wie diesen plagen mich meine alten Knochen«, fügte sie hinzu.

»Das tut mir leid«, sagte Otaku.

»Wollt ihr reinkommen? Ich habe gerade Tee gemacht«, bot Himari an – was nichts anderes bedeutete, als dass sie Wasser erhitzt hatte, in das sie Teekräuter gab, die sie irgendwo aus dem Abfall gefischt hatte.

»Nein, danke«, wehrte Otaku höflich, aber bestimmt ab. »Aber ich wollte dich fragen, ob Hana den Vormittag über bei dir bleiben könnte …«

»Ach ja?« Die alte Dame schloss ein Auge, aus dem anderen sah sie den Jungen kritisch an. »Und was springt dabei für mich heraus?«

»Na ja, ich … ich wollte zum Markt gehen. Vielleicht könnte ich dir ein paar Rüben mitbringen oder …«

»Ich mach doch nur Spaß, Blauköpfchen.« Sie stieß ihn an und schenkte ihnen ein weiteres zahnloses Lachen. »Die kleine Dame darf zu mir kommen, wann immer sie will, wir sind nämlich Freundinnen, nicht wahr?«

»*Hai*«, versicherte Hana und grinste über ihr ganzes Kindergesicht.

»Was nicht heißen soll, dass ich mich über ein paar Rüben nicht freuen würde«, fügte Himari augenzwinkernd hinzu, »aber es muss nicht sein.«

»*Arigato*, Himari-san«, sagte Otaku und verneigte sich noch einmal. Dann beugte er sich zu Hana hinab, die ihn herzlich umarmte. Anschließend huschte er auch schon die Stufen der alten U-Bahn-Station hinauf zur Oberfläche.

»Viel Glück und pass gut auf dich auf«, rief Hana ihm hinterher, aber er wandte sich nicht mehr um, und für einen Moment war sie traurig.

»Komm, meine Kleine«, meinte Himari, nahm sie an der Hand und zog sie kurzerhand in ihre Behausung.

Von außen mochte der alte Karton, den sie bewohnte, furchtbar schäbig aussehen, aber im Inneren hatte sie es sich richtig gemütlich gemacht, wie Hana fand: Es gab einen kleinen Tisch mit geblümten Kissen, auf denen man Platz nehmen konnte, eine Kochstelle mit elektrischem Strom, den sie von irgendwoher bezog, und sogar Bilder an den Wänden. Die meisten davon stammten von Hana, die die alte Dame sehr mochte und schon viele Bilder für sie gemalt hatte. Bei Himari gab es nämlich Stifte und Papier, was ein weiterer Grund dafür war, dass Hana sie gerne besuchte.

Von allen Leuten, die in der alten Bahnstation lebten, war Himari wahrscheinlich am längsten hier. Ihr erwachsener Sohn war von den Grauen Wächtern verhaftet und mitgenommen worden, worauf sie ihr Heim verloren hatte. Seither lebte sie wie so viele andere im Untergrund, und weil sie schon so lange da war, wurde sie von allen geschätzt und geachtet.

»Magst du vielleicht ein Tässchen Tee, wenn dein blauhaariger Bruder es schon nicht zu schätzen weiß?«

»Gerne«, sagte Hana und nahm auf einem der geblümten und unzählige Male geflickten Kissen Platz.

»Möchtest du ein Bild malen?«, fragte Himari, während sie Tee in zwei schartige Becher goss. »An der Wand ist immer noch Platz.«

»Später vielleicht.« Hanas Blick war starr auf den Würfel gerichtet, den sie einmal mehr in ihren kleinen Händen drehte und der mal wieder ihre ganze Aufmerksamkeit in Anspruch nahm.

»Weißt du, das wollte ich dich schon immer mal fragen«, sagte die alte Frau, während sie mit den Tassen zum Tisch kam und sich ebenfalls setzte. Die Decke in dem kleinen Raum wäre hoch genug gewesen, um aufrecht zu gehen, aber Himari ging dennoch gebückt. Gram und die Last des Alters hatten die alte Dame gebeugt. Es dauerte eine Ewigkeit, bis sie sich auf eins der Kissen niedergelassen hatte. Zum Aufstehen würde Hana ihr helfen müssen, anders ging es nicht.

»Was wolltest du mich fragen?« Hana sah sie aufmerksam an.

»Dieser Würfel – was hat es mit ihm auf sich?«

Hana zuckte mit den Schultern. »Es ist ein Spiel.«

»Aha. Und was muss man dabei tun?«

»Man dreht daran und versucht, alle Farben wieder zusammenzubringen.«

»Klingt nicht sehr schwer.«

»Ist es aber.« Hana seufzte. »Ich hab es jedenfalls noch nie geschafft.« Sie hörte auf zu drehen und hielt der alten Frau den Würfel hin. »Willst du es auch mal versuchen?«

»Lieber nicht.«

Die Antwort kam so schnell und entschlossen, dass Hana sich darüber wunderte. Fast hätte man meinen können, Himari fürchte sich vor diesem harmlosen Spielzeug ...

»Ist alles in Ordnung?«, wollte das Mädchen wissen.

Himari lächelte schwach. »Dir kann man nichts vormachen, oder? Du siehst die Menschen einfach an und durchschaust sie bis zum Grund.«

»Otaku sagt, dass ich immer träume und deshalb nie was mitkriege«, entgegnete Hana.

Das Lächeln der alten Frau wurde noch breiter. »Dein großer Bruder ist ein Trottel«, sagte sie dann. Es war nicht beleidigend gemeint, sie stellte es nur fest. »Er ist ein liebenswerter Kerl und er kümmert sich gut um dich, ich mag ihn sehr. Aber er ist ein Trottel.«

»Warum sagst du das?«

»Weil es die Wahrheit ist. Ich denke, du bist sehr viel klüger als er – oder konnte er den Würfel schon einmal lösen?«

»Nein.« Hana schüttelte den Kopf. »Aber er hat es auch noch nie versucht.«

»Genau das meine ich.« Die alte Dame lächelte und nahm einen Schluck Tee. »Aber ich kannte mal jemanden, der es konnte«, flüsterte sie dann.

»Ehrlich?« Vor Überraschung hörte Hana glatt auf zu drehen. »Wer war das?«

»Mein lieber Sohn«, entgegnete Himari und wie immer, wenn die Rede auf ihn kam, wurde sie für einen Moment traurig.

»Den die Wächter geholt haben und von dem du seither nie wieder etwas gehört hast?«

Die alte Frau nickte langsam.

»Am Abend, als er verhaftet wurde, da hatte er so einen Würfel dabei«, sagte sie. »Und er war sehr aufgeregt und sagte, er hätte etwas Wichtiges herausgefunden.«

»Du meinst, wie man den Würfel löst?«

»Das weiß ich nicht, wir hatten an jenem Abend keine Zeit, uns zu unterhalten, und ich habe den Würfel nur kurz gesehen. Aber ich weiß noch genau, dass alle Seiten jeweils nur eine Farbe hatten.«

»Dann war dein Sohn sehr klug, Himari.«

»Das war er ... aber seither stelle ich mir eine Frage.«

»Und die wäre?«

»Was hat es mit diesem Würfel auf sich?«, entgegnete die alte Dame und deutete auf Hanas Lieblingsspielzeug.

»Nichts.« Hana zuckte mit den Schultern. »Es ist einfach nur ein Rätsel, das man lösen muss.«

»Das man lösen muss«, wiederholte die alte Dame rätselhaft und lächelte dann wieder. »Ich glaube, eines Tages wird es dir gelingen.«

»Meinst du?«

»Allerdings.« Himari nickte. »Es ist etwas Besonderes an dir, Krümel, das kann ich fühlen. Etwas ganz Besonderes ...«

11

DIE METROPOLE
Einige Tage später

Am Sonntag hatten sie freien Ausgang.

Das heißt, so frei waren sie nun auch wieder nicht. Ihre roten Uniformen mussten die Schüler von Lehranstalt 118 auch außerhalb der Schule tragen. Und sie trugen ihre ID-Bänder an den Handgelenken, die sie nicht ablegen konnten und die dem Rektorat stets verrieten, wo sie waren. Aber immerhin durften sie sich bewegen, ohne dass ihnen ein Lehrer dabei über die Schulter sah.

Wegen der Strafdienste war es Jason an den vergangenen Wochenenden verboten gewesen, die Einrichtung zu verlassen. Jetzt durfte er zum ersten Mal nach fast einem Monat wieder raus – es tat so gut, den feucht riechenden Beton der Anstalt endlich zu verlassen, sich unter blauem Himmel zu bewegen und warme Frühlingsluft zu atmen!

Mit der Untergrundbahn fuhren Namira und er ins Zentrum der Metropole. Dort besuchten sie den großen Basar, der an allen Tagen der Woche geöffnet hatte und auf dem es Spezialitäten aus aller Welt zu kaufen gab. Die verschiedensten Gerüche tränkten die Luft und es herrschte ein Gewirr aus Dutzenden von Sprachen – anders als in der Lehranstalt, wo nur die Amtssprache Interanto erlaubt war. Als er an die Schule gekommen war, hatte Jason sie erst lernen müssen.

Vor einem Eisstand blieben sie stehen.

Ihnen lief das Wasser im Mund zusammen, aber als Schüler hatte Jason kein Geld, woher auch? Kleidung und Schulzeug bekam er von der Anstalt, alles andere war unnötig, hieß es.

»Magst du eins?«, fragte Namira.

Er sah sie überrascht an. »Du ... hast Geld?«

»Ein bisschen.« Sie nickte. »Aber sag's nicht weiter, in Ordnung?«

Er nickte und sie bestellte zwei große Becher Meloneneis, die sie aus der Tasche ihres Overalls bezahlte. Jason sah sie staunend an. Dieses Mädchen hörte einfach nicht auf, ihn zu überraschen.

»Hier«, sagte sie und gab ihm seinen Becher.

Er hielt seine Zunge daran und hätte vor Glück am liebsten laut gejubelt. Ganz sicher war es das Beste, was er je gekostet hatte. »Danke«, sagte er strahlend.

»Gern geschehen«, erwiderte sie.

Löffelnd und schleckend gingen sie weiter.

»Eigentlich müsste ich dich einladen«, meinte Jason schließlich.

»Wieso?«

»Na ja ... wegen des Schlags, den ich dir verpasst habe.«

Sie sah ihn von der Seite an und er konnte den blauen

Fleck über ihrer Wange sehen. »Schon gut«, beteuerte sie. »Ist halb so schlimm, wirklich.«

»Warum hast du dich nicht gewehrt, als Yun zugesehen hat?«, fragte er. »Du hättest mich doch leicht fertigmachen können.«

Sie lächelte. »Vielleicht wollte ich das ja nicht.«

»Und warum nicht?«

»Ist mein Geheimnis«, versicherte sie zwischen zwei Löffeln Eis. »Ich könnte es dir sagen, aber dann ...«

»Schon klar.« Er seufzte.

Sie verließen das Gewirr der Verkaufsstände und Läden, vor denen sich weite Baldachine spannten, und standen plötzlich vor einer großen Werbetafel. Ein riesiger Elefant mit gewölbten Stoßzähnen und zottigem braunem Fell war darauf zu erkennen. Darüber stand:

**BESUCHEN SIE DIE MAMMUTS
IM ZOO DER METROPOLE**

»Schon gesehen?«, fragte Namira schleckend.

Jason schüttelte den Kopf.

»Ein paar Mädchen aus meiner Klasse sind heute hingefahren. Würdest du auch gerne? Ich hab noch Geld übrig ...«

Jason zögerte einen Moment.

»Nein«, sagte er dann leise.

»Warum nicht?«

»Weil ...« Er zögerte – was hätte er ihr sagen sollen? Dass ihn jedes Mal, wenn er ein Plakat wie dieses sah, ein unangenehmes Gefühl beschlich? Nicht nur bei den Mammuts ging es ihm so, auch bei den Säbelzahntigern im Zirkus. Was er dabei empfand, konnte er selbst nicht sagen, aber es wühlte ihn auf und verfolgte ihn bis in seine Träume. Ein Gefühl, als ob etwas schrecklich falsch wäre, ohne dass er wusste, was genau ...

»Was denn?«, fragte Namira. »Du hast doch nicht etwa Angst vor den Viechern?«

»Quatsch«, widersprach er und für einen Moment überlegte er tatsächlich, ihr die Wahrheit zu sagen, schließlich sollte sie ihn nicht für einen Feigling halten.

Aber er entschied sich dagegen.

Zusammen Eis essen war eine Sache.

Ihr zu vertrauen etwas völlig anderes.

Da Namira weiter darauf bestand, ihm etwas zeigen zu wollen, folgten sie der breiten, von Palmen und purpurnen Fahnen gesäumten Prachtstraße, die schließlich über den blau schimmernden Fluss führte. An ihrem Ende ragte, schon von Weitem sichtbar, die Große Pyramide auf, die nicht nur der Sitz der Regierung und der Wohnort des Lenkers war, sondern auch das Symbol des Reiches. Hier war das Zentrum der Macht von Nimropia.

Hier wurden alle wichtigen Dinge beschlossen.

Hier entstand Geschichte.

Je näher sie der Pyramide kamen, desto riesenhafter ragte sie vor ihnen auf – und desto besser wurde sie bewacht. Gepanzerte Fahrzeuge standen auf beiden Seiten der Straße, Drohnen schwirrten durch die Luft. Soldaten in gefleckten Kampfanzügen patrouillierten auf und ab.

Und dann waren da die Wächter ...

In ihren grauen Mänteln säumten sie die Bürgersteige und kontrollierten die Personalien der Passanten, auch Jason und Namira mussten ihre ID-Bänder vorzeigen. Der Mann, der sie kontrollierte, ehe sie die Brücke verlassen durften, war ein wahrer Riese. Zwar hatte er nichts zu beanstanden, doch fühlte sich Jason unwohl unter seinem Blick. Auch die Grauen Wächter kamen ihm seltsam vor, beinahe so seltsam wie die Mammuts im Zoo. Ihre Anwesenheit schien einfach falsch zu sein, aber er wäre nicht in der Lage gewesen, den Grund dafür zu erklären.

Inzwischen waren Einzelheiten an der Pyramide zu erkennen. Die gepanzerten Tore wurden von Soldaten bewacht und die unzähligen verspiegelten Fenster reflektierten das Licht der Mittagssonne.

»Wusstest du, dass sie beinahe vierhundert Meter hoch ist?«, fragte Namira.

»Ich dachte immer, es wären um die zweihundert«, wandte Jason ein.

»Du hast wohl noch nie von den Gerüchten gehört?«

»Von welchen Gerüchten?«

Namira sah sich verstohlen um und senkte dann ihre Stimme. »Dass nur die Hälfte von Nimrods Bauwerk wirklich zu sehen ist und es in Wahrheit noch einmal genauso tief und spitz in den Boden reicht.«

»Ach so?« Jason gab sich unwissend. In Wahrheit hatte auch er von diesen Gerüchten gehört, wollte es aber nicht zugeben. »Warum sollte der Lenker das tun?«

»Ich weiß nicht.« Sie zuckte mit den Schultern, während

sie im Vorbeigehen sowohl Jasons als auch ihren eigenen leeren Becher in einen Mülleimer warf.

»Danke für deinen Beitrag, Bürgerin N-5778«, bedankte sich der Mülleimer mit plärrender Automatenstimme – die ID-Bänder machten es möglich.

»Vielleicht ... finden in den tiefen Stockwerken der Pyramide ja irgendwelche Dinge statt«, meinte Namira leise.

»Was denn für Dinge?«

»Ich weiß nicht«, wiederholte sie und sah ihn von der Seite an. »Verbotene Dinge«, sagte sie dann trotzdem.

»Kann ich mir nicht vorstellen.« Jason schüttelte den Kopf. »Die Grauen Wächter würden das nicht zulassen.«

»Du verstehst mich nicht«, erwiderte sie. »Ich meine, dass ... dass es vielleicht die Grauen Wächter sind, die dort verbotene Dinge tun.«

Ihre Stimme war zuletzt nur noch ein Flüstern, trotzdem sah Jason sich erschrocken um. So etwas auszusprechen – es auch nur zu denken – konnte einem Ärger eintragen.

Mächtigen Ärger ...

»Hast du mich deshalb hergeschleppt?«, fragte er. »Um mir verbotenes Zeug zu erzählen?« Es klang genervter, als er es beabsichtigt hatte, und schon im nächsten Moment tat es ihm leid. »Entschuldige«, sagte er, »aber es ist gefährlich, so was zu sagen.«

»Du hast Angst«, stellte sie fest. »Schon klar, alle haben Angst.«

»Nein, ich ...« Er brach ab, weil ihm keine Verteidigung einfiel. Es stimmte – er hatte Angst. Vor den Wächtern. Vor Rektor Radowan. Vor Dr. Wolff ... »Was war es, das du mir zeigen wolltest?«, wechselte er stattdessen das Thema.

»Komm mit«, forderte sie ihn auf. Sie verließen den Bürgersteig und traten hinaus auf den weiten Platz, der sich vor der Pyramide erstreckte.

Da er für Fahrzeuge gesperrt war, tummelten sich hier viele Menschen – Bewohner der Hauptstadt, aber auch Reisende, die von weither kamen, um die Metropole mit eigenen Augen zu sehen. Wer in seinem Beruf gut arbeitete und sich um die Gesellschaft verdient machte, der durfte die Welt bereisen und andere Länder sehen.

In der Mitte des Platzes erhob sich die bronzene Statue des Lenkers, beinahe fünfzig Meter hoch: In triumphierender Pose stand er da, die emporgereckte Hand zur Faust geballt, und blickte zur Spitze der Pyramide. Unter seinem rechten Fuß war das Wrack eines feindlichen Panzers, der im letzten Krieg vernichtet worden war.

»Nimrod der Erste«, las Jason die Inschrift vor, die mit großen Lettern in den steinernen Sockel gemeißelt war, »Lenker des Reiches, Lenker der Welt …«

»… und ein Schatten«, fügte Namira hinzu.

Wieder sah Jason sich erschrocken um. Aber die anderen Leute, die sich um die Statue tummelten, waren mehr damit beschäftigt, sich selbst vor dem riesigen Monument zu fotografieren. Zugehört hatte glücklicherweise niemand.

»Das wollte ich dir zeigen«, sagte Namira und legte den Kopf in den Nacken, um an dem Koloss emporzublicken. Die Sonne ließ die Bronze glänzen, als würde sie glühen.

»Das Standbild? Das hab ich schon gesehen.«

»Wirklich?« Erneut sah sie Jason von der Seite an. »Was siehst du, wenn du das Ding anschaust?«

»Na ja ... Nimrod den Lenker, oder nicht?«

»Das meine ich nicht. Ich will wissen, was du *wirklich* siehst. Was du dabei empfindest ...«

»Was ich dabei ...?« Jason starrte sie fassungslos an. Der süße Nachgeschmack vom Meloneneis war plötzlich bitter und schal auf seiner Zunge. »Ich weiß nicht, was du ...«

»Es ist nicht, wie es sein sollte, oder?«, hakte sie nach und sah ihn prüfend dabei an. »Etwas stimmt nicht daran.«

Jason starrte sie an, überrascht und entsetzt zugleich. Dann wandte er sich abrupt ab und ging weg.

»Warte!«, rief sie und lief ihm nach.

»Lass mich in Ruhe«, verlangte er.

»Warum, was meinst du? Ich ...«

Er blieb stehen und fuhr wütend herum. »Verarschen kann ich mich allein, dazu brauche ich dich nicht«, fuhr er sie an.

Namiras dunkle Augen wurden schmal, verwirrt schüttelte sie den Kopf. »Wie meinst du das? Was habe ich ...?«

»Noch mal falle ich nicht auf so einen Mist herein«, stellte er klar. »Zuerst T-7516 und jetzt du! Großartig, wie ihr es immer wieder schafft, euch bei jemandem einzuschleimen, nur um ihn dann zu verpfeifen!«

»Aber ... das habe ich nicht vor!«

»Blödsinn!«, regte Jason sich nur noch mehr auf. »Du bist ein Spitzel! Die Wölfin hat dich geschickt!«

»Wer?«

»Dr. Wolff«, stellte er klar. »Sie und Rektor Radowan haben mir gesagt, dass sie mich im Auge behalten werden. Also glaub nicht, dass ich so dämlich bin, dir auf den Leim zu gehen!«

Namira sagte nichts mehr. In ihrem roten Overall stand sie vor ihm und sah ihn aus ihren großen Augen an ... und plötzlich standen Tränen darin.

»Scheiße«, flüsterte sie.

»Was? Bist du sauer, dass ich dich durchschaut habe?«

»Nein, ich ... ich kann das nicht.«

»Was kannst du nicht?«

»Ich habe gedacht, wir hätten mehr Zeit«, erwiderte sie, während ihr Tränen über die Wangen rannen, »aber offenbar haben wir die nicht ... Du hast recht, Jason.«

»Womit?«

»Ich bin nicht, was ich zu sein behaupte – aber du bist es ebenfalls nicht.«

»Hä?« Er starrte sie verständnislos an. »Was soll das nun wieder bedeuten?«

Einen endlosen Augenblick lang betrachtete Namira ihn. Sie sah seltsam aus dabei, traurig und erleichtert zugleich. Und dann sagte sie die Worte, die er niemals wieder vergessen sollte: »Dein wahrer Name ist Jason Wells. Und du bist nicht, was du denkst ...«

12

Jason starrte Namira an.

Schweiß trat ihm auf die Stirn und das Herz schlug ihm bis zum Hals, während er sich fragte, wie er nur so dämlich hatte sein können. Im nächsten Moment machte er auf dem Absatz kehrt und begann zu laufen.

»Nein«, rief sie ihm hinterher. »Warte!«

Er hörte nicht auf sie.

Hals über Kopf rannte er, suchte sich einen Weg durch die Menge der Touristen, die die Statue und die Pyramide bestaunten. Als er flüchtig über die Schulter sah, konnte er sehen, dass Namira die Verfolgung aufgenommen hatte. Er biss die Zähne zusammen und rannte schneller, und als er sich das nächste Mal umblickte, war sie weg.

Jason blieb dennoch nicht stehen, er konnte es nicht. Er wollte weg, einfach nur weg, während seine Gedanken sich im Kreis drehten und ihm Bilder durch den Kopf gingen ...

Ihre wie zufällige erste Begegnung.

Namira, wie sie A-1528 verprügelte.

Wie sie gemeinsam zu Mittag aßen.

Wie sie zusammen lachten.
Wie sie trainierten.
Wie sie Eis aßen.

Es war zu schön gewesen, um wahr zu sein. Und im Nachhinein fragte er sich, wie er das nicht hatte sehen können.

Jason war wütend, nicht so sehr auf Namira, sondern auf sich selbst. Er war gewarnt worden und hatte sich vorgenommen, niemandem mehr zu vertrauen. Aber in diesem Augenblick, da er ziellos durch die Straßen der Hauptstadt rannte, wurde ihm klar, dass er es eben doch getan hatte.

Eine innere Stimme hatte ihm gesagt, dass Namira anders war, dass sie kein Speichellecker war wie T-7516 und auch nicht für das Rektorat spionierte ... und er war so dämlich gewesen, auf diese innere Stimme zu hören.

Er rannte immer noch.

Die von purpurnen Fahnen gesäumte Allee hatte er längst verlassen, irrte jetzt durch Nebenstraßen, in denen er noch nie zuvor gewesen war und in denen er sich auch nicht auskannte. Dennoch lief Jason immer weiter, von seiner Wut getrieben – bis ihn irgendwann seine Lungen im Stich ließen und er stehen bleiben musste. Vornübergebeugt und auf die Knie gestützt, rang er keuchend nach Atem. Dabei nahm er aus dem Augenwinkel plötzlich eine Bewegung wahr ...

Jason blickte auf – nur um zu sehen, wie eine dunkel gekleidete Gestalt hinter einer Hausecke verschwand.

Erst jetzt fiel ihm auf, dass die Gegend, in die er in seinem Zorn gelaufen war, ziemlich heruntergekommen war. Die Fassaden der Häuser waren schäbig, Putz und Farbe blätterte ab. Überall lag Müll herum, es roch miefig und nach Fäulnis. Es war wohl eines der Viertel, um die sich der angeblich so fürsorgende Lenker nicht ganz so fürsorgend kümmerte. Wieder eine Gestalt, diesmal auf der anderen Straßenseite. Ihr Kopf war mit einem Schal verhüllt und sie trug eine Sonnenbrille. Sonst war niemand unterwegs.

Keine Einwohner.

Keine Besucher.

Die Gasse war menschenleer.

Jason stieß eine Verwünschung aus, während er sich langsam wieder aufrichtete. Geradewegs in ein solches Viertel zu marschieren, noch dazu, wenn man einen knallroten Overall trug, war keine besonders gute Idee. Zwar hieß es immer, dass es in der Hauptstadt kein Verbrechen gebe, aber er hatte nicht vor, es darauf ankommen zu lassen.

Als aus einem tiefen Hauseingang eine weitere Gestalt spähte, deren Gesicht mit einem Tuch verhüllt war, beschloss Jason, dass es Zeit war zu verschwinden.

Er machte kehrt und begann wieder zu laufen, in die Richtung, aus der er gekommen war.

Allerdings gab es zwei Probleme: Erstens wusste er nicht mehr, welchen Weg er genommen hatte. Und zweitens hatte er sich so dabei verausgabt, dass seine Beine noch immer weich waren und sein Atem schon auf den ersten Metern wieder zu rasseln begann. Falls die vermummten Kerle ihn verfolgten, würde er nicht lange …

Jason warf einen Blick über die Schulter. Da! Der Typ aus dem Hauseingang – ein ziemlicher Hüne mit verflixt breiten Schultern – rannte ihm tatsächlich hinterher. Und aus einer Seitenstraße kamen in diesem Moment noch zwei weitere gelaufen.

Keine Frage: Sie hatten es auf ihn abgesehen!

Jason war darüber so erschrocken, dass er gar nicht nach dem Warum fragte. Vermutlich hatte es mit Dr. Wolff zu tun, mit dem Rektor und damit, was er Namira erzählt hatte. Wobei ... *hatte* er ihr überhaupt etwas erzählt? War es nun auch schon verboten, sich zu treffen, sich zu unterhalten und miteinander zu lachen? Und was hatte sie gemeint, als sie sagte, er wäre nicht das, was er denke ...?

Die Frage verfolgte ihn ebenso wie die vermummten Kerle. Abrupt bog er in eine Seitengasse ein, um sie abzuschütteln. Sein Atem ging stoßweise und er hatte heftiges Seitenstechen. Lange würde es nicht mehr gehen ...

Auf einem wilden Zickzackkurs führte die Gasse zwischen den Häusern hindurch. Immer wieder zweigten Nebengänge ab, die dunkel und feucht waren, weil kaum je ein Sonnenstrahl hineindrang. Es war ein wahres Labyrinth, sodass Jason sich zwar nur noch schlimmer verirrte, jedoch auch hoffen konnte, seine Verfolger loszuwerden.

Doch plötzlich verließ ihn das Glück.

Die Gasse endete an einer glatten Wand aus Lehm, die weder Fenster noch Vorsprünge besaß, an denen man emporklettern konnte. Er saß in der Falle!

Er wollte zurücklaufen, aber in diesem Moment hörte er bereits Stimmen. Sekundenbruchteile später kamen zwei der Vermummten die Gasse herab. Einer von ihnen – der Hüne aus dem Hauseingang – trat bedrohlich auf Jason zu.

»Bleib stehen!«, rief dieser und nahm Kampfhaltung ein. »Oder du wirst es bereuen!«

Der Hüne musterte ihn aus dunklen Augen, die im Zwielicht der Gasse glänzten. Dann brummte er etwas Unverständliches – und griff im nächsten Moment an!

Jason reagierte blitzschnell.

Den ersten Hieb wehrte er ab, aber dann ging der Hüne plötzlich in die Knie und fegte ihn von den Beinen. Genau wie Namira es getan hatte! Mit dem Rücken schlug er hart auf dem schmutzigen Straßenpflaster auf und wunderte sich noch, wie all das zusammenhängen mochte – als sein Gegner bereits über ihm war und ihm ein feuchtes Tuch auf Mund und Nase presste.

Ein scharfer, beißender Geruch stach Jason bis hinauf in die Stirn. Im nächsten Moment verlor er das Bewusstsein.

13

Als Jason die Augen wieder aufschlug, tat ihm der Kopf weh. Den beißenden Gestank hatte er noch immer in der Nase, aber ihm war klar, dass einige Zeit vergangen sein musste, denn er war nicht mehr in der Gasse. Stattdessen lag er auf einer Pritsche, irgendwo über ihm hing eine Glühbirne und verbreitete fahles Licht. Dann erschien über ihm ein Gesicht, das mit großen Augen auf ihn herabblickte.

Namira ...

»Schätze, jetzt sind wir quitt«, sagte sie und deutete auf den blauen Fleck in ihrem Gesicht.

»Also doch«, stieß Jason mühsam hervor. Er erschrak darüber, wie dünn und krächzend seine Stimme klang. »Verräterin ...«

Sie seufzte. »Ich habe es dir schon gesagt: Es ist anders, als du denkst. Aber ich erwarte nicht, dass du mir glaubst. Zu viel ist geschehen.«

»Kannst du laut sagen«, knurrte er. »Du hast mich von diesen Typen betäuben und verschleppen lassen. Für wen arbeitet ihr? Für die Wölfin?«

»Dr. Wolff hat nichts damit zu tun«, sagte eine andere, tiefe Stimme und eine weitere Person trat an Jasons Lager.

Es war der Hüne, der ihn in der Gasse überwältigt hatte. Jason erkannte ihn an seinen breiten Schultern und der Körperhaltung wieder. Seine Vermummung hatte der Mann abgelegt, sodass jetzt sein Gesicht sichtbar war. Sein Haar und Bart waren schwarz, die Schläfen silber. Seine Haut war hellbraun, ebenso wie seine Augen, die Jason irgendwie bekannt vorkamen. Für einen Moment glaubte er, eine Ähnlichkeit zu Namira zu erkennen, aber natürlich war das nur Einbildung, vermutlich wegen der Kopfschmerzen, die ihn plagten.

»Was war das für ein Zeug, das ihr mir gegeben habt?«, wollte er wissen. »Und warum bin ich hier?«

»Eins nach dem anderen«, sagte der Hüne. »Zuerst möchte ich mich in aller Form für die unfreundliche Behandlung entschuldigen. Aber du hast uns leider keine Wahl gelassen.«

»Na klar.« Jason verdrehte die Augen, was die Kopfschmerzen nur noch schlimmer machte. »Natürlich bin ich wieder schuld. Was für eine Strafe wird es diesmal sein?«

»Keine Strafe, Jason Wells.«

Jason Wells ...

Da war wieder dieser Name, den er noch nie zuvor gehört hatte ... und doch hörte er sich irgendwo tief in seinem Inneren vertraut an. Das war schräg. Ziemlich schräg ...

»Für wen arbeitet ihr dann, wenn nicht für die Wölfin?«, fragte Jason, an Namira gewandt. »Für Radowan?«

Der Hüne seufzte. »Ich fürchte«, sagte er dann zu Namira, »unser junger Freund sieht die Dinge noch nicht in der richtigen Größenordnung.«

»Für wen dann?«, hakte Jason nach, den jetzt ein eisiger Schauer durchlief. »Die Grauen Wächter?«

Der Hüne lächelte dünn. »Ob es dich beruhigt, weiß ich nicht, aber ich kann dir sagen, dass sich die Grauen in diesem Augenblick vermutlich mehr für mich als für dich interessieren.«

»Warum?«, wollte Jason wissen. Er hob den Kopf, was ebenfalls wehtat, und schaute sich um. Das Gewölbe, in dem er sich befand, war fensterlos, die Glühbirne die einzige Beleuchtung. Im Hintergrund waren weitere Gestalten zu sehen, vermutlich jene, die ihn verfolgt hatten. Auch sie trugen jetzt keine Masken mehr und so konnte er sehen, dass sie völlig unterschiedlich waren, Männer und Frauen jedes Alters und jeder Hautfarbe.

»Was für ein Verein ist das hier?«, fragte er. »Wer sind diese Typen?«

»Diese Typen, wie du sie nennst«, erwiderte Namira, »gehören zu einer Widerstandsgruppe.«

»Ei-einer Widerstandsgruppe?« Er starrte sie fassungslos an. »Ihr meint, ihr seid …?«

»… Rebellen«, nannte sie das Wort, das er nicht auszusprechen wagte. »Abtrünnige … genau das. Mein Vater Yussuf ist unser Anführer.«

»Dein … Vater?« Jason sah an dem Kerl mit den breiten Schultern empor. Er hatte sich also doch nicht geirrt, was die Ähnlichkeit betraf. »Aber … wieso kennst du deinen

Vater? Niemand darf bei seinen Eltern bleiben, das ist verboten ...«

»Wie gesagt, die Grauen Wächter interessieren sich derzeit mehr für mich als für dich«, bekräftigte Yussuf und bleckte die Zähne zu einem verwegenen Grinsen. »Deshalb habe ich mir auch erlaubt, euch die ID-Armbänder abzunehmen.«

Fassungslos starrte Jason zuerst auf sein Handgelenk und dann auf Namiras. Tatsächlich – die Armbänder, die ihre Identität und Position verrieten, waren nicht mehr da!

»Aber ... man kann sie nicht entfernen ...«

»Wenn man weiß wie, schon«, widersprach das Mädchen grinsend.

»Aber ... das verstehe ich nicht.« Jason sah sie verständnislos an. »Ich meine, wieso bist du dann in der Anstalt? Wenn ich meinen Vater noch hätte, dann ...«

»Wegen dir, Jason Wells«, sagte sie schlicht.

»Was soll das heißen?«

»Wie ich schon sagte, du bist nicht das, was du denkst.«

»U-und was denke ich?«

»Dass du ein Niemand bist«, erwiderte Namiras Vater ohne Zögern. »Ein Niemand, der ein trauriges Dasein in einer Lehranstalt fristet, ohne Hoffnung und ohne Freude. Und der vermutlich sogar fürchtet, den Verstand zu verlieren, weil er in seinen Träumen Dinge sieht ... und weil ihm manches in dieser Welt ziemlich seltsam vorkommt, unwirklich geradezu. Selbst dann, wenn es sich unmittelbar vor seinen Augen befindet. So wie die Große Pyramide ... oder die Mammuts im Zoo.«

»Ja«, gab Jason verblüfft zu, »woher …?«

»Weil ich ebenso empfinde, Junge«, sagte Yussuf und bedachte ihn dabei mit einem wissenden Blick. »Ich bin das, was man einst einen Zeithüter nannte. Aber so, wie die Dinge stehen, sind wir jetzt wohl eher Zeitrebellen.«

»Was … was soll das nun wieder heißen?« Jason schüttelte den Kopf. »Ehrlich gesagt verstehe ich überhaupt nichts … außer dass mir der Schädel wehtut und ihr mich entführt habt. Vermutlich ist das alles hier nichts als eine Falle, mit der ihr versucht, mich zum Reden zu br…«

Das letzte Wort blieb ihm im Hals stecken – denn in diesem Moment löste Yussufs hünenhafte Gestalt sich vor seinen Augen in Luft auf. Von einem Augenblick zum anderen wurde sie durchsichtig – und verschwand.

»Wa-was soll die Scheiße?« Jason sah Namira panisch an. »Wo ist er hin?«

»Warte ab«, beschied sie ihm.

»Von wegen.« Er schoss von seinem Lager hoch. »Ich werde jetzt abhauen.«

»Du kannst jederzeit gehen, du bist kein Gefangener. Aber ich bitte dich, noch einen Moment zu warten.«

»Worauf, Namira?« Er sah sie wütend an. »Damit du mir noch mehr Lügen erzählen kannst?«

»Es waren keine Lügen«, versicherte sie leise.

»Blödsinn. Du hast mich verarscht, vom ersten Tag an, und ich werde nicht hier sitzen und warten, bis …«

Plötzlich kehrte Namiras Vater zurück.

Im einen Moment war seine breite Gestalt nur zu erahnen, schon wenige Augenblicke später stand er wieder vor ihm, so als wäre er niemals fort gewesen.

»Wa-was für ein Trick ist das?«, fragte Jason mit großen Augen.

»Kein Trick.« Yussuf schüttelte den Kopf. »Blick in dich hinein, Jason. Was hast du gefühlt in dem Augenblick, als ich verschwand? Und was, als ich wieder zurückgekehrt bin?«

Jason dachte einen Moment nach.

Es stimmte, für einen Moment hatte er tatsächlich etwas empfunden ... ein Gefühl von innerer Unruhe, so wie vor einem Gewitter. So als ob ein Teil von ihm bereits gewusst hätte, was geschehen würde.

Jason bekam eine Gänsehaut.

»Wa-was haben Sie getan?«, wollte er von Yussuf wissen.

»Ich bin durch die Zeit gereist«, erklärte Namiras Vater, als wäre es das Selbstverständlichste der Welt. »Und du, Jason Wells, kannst das auch.«

14

NISHIKI-MARKT, KYOTO
Zur selben Zeit

»Bist du bereit?« Otaku sah Hana fragend an.
Mit ihren großen freundlichen Augen blickte sie zu ihm auf. Dabei platzte sie fast vor Tatendrang.
»Heute musst du wirklich aufpassen«, schärfte er ihr ein. »Das ist kein Spaß, verstehst du?«
»Klar versteh ich das«, versicherte sie, an ihrem Würfel drehend.
»Du weißt, was passiert, wenn sie mich zu fassen kriegen?«
Für einen Moment hörte Hana zu drehen auf und sah ihn aufmerksam an. »*Hai*«, bestätigte sie nickend.
»Na schön. Schätze, dann können wir loslegen.«
Vorsichtig spähte er hinter dem Kistenstapel hervor, der ihnen als Versteck diente. Wieder war er auf dem Markt, wieder herrschte dort lautes Treiben. Und wieder knurrte Otakus Magen.
Und nicht nur seiner …
»Meinst du, es klappt diesmal?«, fragte Hana leise.
Er sah sie an und nickte grimmig.

Bislang hatte er es meist vermieden, sie mitzunehmen, wenn er auf Beutezug ging. Nicht weil sie noch nicht alt genug war – er selbst hatte schon mit fünf oder sechs zu stehlen begonnen. Sondern weil sie sich leicht ablenken ließ. Meist brauchte es nicht viel – eine streunende Katze, ein Geräusch irgendwo oder der dumme Würfel in ihrer Hand – und Hanas Gedanken waren ganz und gar darauf gerichtet. Zu Hause in ihrer kleinen Wartungskammer ging das in Ordnung, aber hier draußen konnte es das Ende sein.

Dennoch hatte Otaku keine Wahl.

Vier Augen sahen mehr als zwei. Wenn er nicht irgendwann wirklich geschnappt werden wollte, musste er Hana daran gewöhnen, in Zukunft mit ihm zusammenzuarbeiten.

»Gehen wir es noch mal durch«, flüsterte er mit Blick auf den Marktstand, an dem ein rotgesichtiger Straßenkoch kleine Spieße mit ebenso roten Tintenfischen verkaufte.

»Wie oft denn noch?« Hana seufzte ein bisschen genervt. »Also gut: Ich lenke ab, du besorgst. Sobald du beim Stand bist, fange ich an zu schreien …«

»Nur ein Schrei«, schränkte Otaku ein, »sie sollen nicht wissen, wo du bist. Aber einer von den ganz lauten, schrillen, damit es auch wirklich jeder hört, verstanden?«

»Keine Sorge«, versicherte sie stolz. Einen gellenden Schrei bekam sie aus dem Stand hin, das hatte sie schon mehrfach bewiesen. Besonders dann, wenn ihr etwas nicht passte. »Hol du das Essen, ich mach den ganzen Rest.«

»Hast du das wirklich gerade gesagt?«

»Fast den ganzen Rest«, verbesserte sie sich. Sie trat einen Schritt vor und drückte ihren großen Bruder, dann huschte er aus dem Versteck.

Vom Strom der Passanten ließ Otaku sich forttragen und war schon kurz darauf an dem Stand mit den gerösteten Tintenfischen. Der Geruch der Gewürze stieg ihm in die Nase, ihm lief das Wasser im Mund zusammen. Sein Herz schlug schneller. Von den bereits fertigen Spießen, die auf ihre Verkäufer warteten, fasste er zwei bestimmte ins Auge. Er war bereit, danach zu greifen, wartete nur noch, bis Hana schrie und die Leute dazu brachte, für einen Moment wegzusehen ...

Seine Muskeln und Sehnen spannten sich wie bei einem Raubtier vor dem Sprung ... aber der Schrei kam nicht.

Mit einer Verwünschung blickte Otaku zum Kistenstapel, wo sich Hana versteckte – aber alles blieb still.

Was war nur los?

War sie wieder abgelenkt worden? War ihr dämlicher Spielwürfel mal wieder wichtiger als alles andere? Obwohl sie doch versprochen hatte aufzupassen?

Otaku war wütend ... und er war hungrig. Für einen Moment überlegte er, sich die Spieße trotzdem zu nehmen und einfach davonzurennen, wie er es früher getan hatte. Aber er hatte Hana dabei, was bedeutete, dass er auf der Flucht langsamer sein würde. Also überlegte er es sich anders und kehrte schweren Herzens um.

Es dauerte einen Moment, bis er sich gegen den Strom der Menschen zurück zu den Kisten gearbeitet hatte. Wütend schlug er die Plane beiseite, war wild entschlossen, mit Hana zu schimpfen, weil sie ihn so hatte hängen lassen ...

... doch es kam anders.

Hana war zwar noch im Versteck, aber sie lag bewusstlos auf dem schmutzigen Boden, zwischen fauligen Zwiebeln und welken Salatblättern. Der Spielwürfel war ihr aus der Hand gefallen und lag neben ihr.

»Krümel!« Otaku war sofort bei ihr, beugte sich zu ihr hinab. Hana hatte die Augen geschlossen, als ob sie schliefe, aber ihr Atem ging stoßweise wie bei jemandem, der heftiges Fieber hatte. »Krümel, was ist los mit dir?«, fragte Otaku mit bebender Stimme. »Du musst aufwachen, hörst du?«

Aber Hana erwachte nicht. Otaku griff unter sie und nahm sie in den Arm, doch das Mädchen blieb weiter ohne Bewusstsein. Otaku fühlte Panik in sich aufsteigen – was sollte er tun? Der Lärm und die Hektik des Marktes waren ihm plötzlich unerträglich, der Hunger war ihm vergangen. Kurzerhand lud er sich seine kleine Schwester auf die Arme und trug sie davon, zum Erstaunen der Passanten, die ihn seltsam ansahen. Zu einem Arzt konnte er Hana nicht bringen, weil er erstens kein Geld hatte und sie zweitens dort registriert worden wären. Also trug er sie dorthin, wo sie wenigstens ihre Ruhe hatte, zurück unter die Oberfläche, in die ehemalige Wartungskammer, die jetzt ihr Zuhause war.

Und bei jedem einzelnen Schritt hatte er Angst um sie.

15

KATAKOMBEN DER METROPOLE
Unterdessen

Jasons Kopf ging es besser.

Jedenfalls hatte der Schmerz nachgelassen – was sich ansonsten darin abspielte, war mit Worten nicht zu beschreiben. Es war ein wahres Chaos aus Gedanken und Gefühlen, von Überraschung und Bestürzung bis hin zu nackter Angst. Doch vor allem waren es Zweifel ...

Inzwischen lag er nicht mehr auf der Pritsche, auf der er aufgewacht war, sondern saß auf einem rostigen Klappstuhl. Namira und ihr Vater saßen ihm gegenüber und sahen ihn erwartungsvoll an – aber er wusste beim besten Willen nicht, was er erwidern sollte.

Zu verwirrend war das, was sie ihm erzählt hatten.

»Also, noch mal von vorn«, sagte er und fasste für sich selbst zusammen: »Mein wirklicher Name ist Jason Wells und meine Eltern ... waren Zeitreisende?«

»Zeithüter«, verbesserte Yussuf, was es kaum weniger verwirrend machte. »Und sie waren nicht irgendwelche Zeithüter, sondern vermutlich die mächtigsten, die es jemals gab. Deine Familie wacht schon seit vielen Generationen über den Lauf der Zeit – ein Urahn von dir, Herbert George, hat sogar ein Buch darüber geschrieben, das sehr berühmt wurde, als der Besitz von Büchern zur Unterhaltung noch erlaubt war – es trug den Titel ›Die Zeitmaschine‹.«

»Es gibt ein Buch darüber?«

»Ja und nein. Einige Zeithüter waren der Meinung, der gute H. G. würde darin zu viel verraten. Also musste er ein paar Dinge ändern, bis der Rat endlich zufrieden war – deshalb reist der Held darin auch in die Zukunft und nicht in die Vergangenheit.«

»Der Rat?«, fragte Jason.

»Der Rat der Zeithüter«, erklärte Namiras Vater. »Du musst wissen, einst gab es sehr viel mehr von uns.«

»A-aber wenn sie angeblich Zeitreisende waren und so toll und mächtig, wie Sie sagen, warum weiß ich dann nichts davon? Warum wurde ich von ihnen getrennt und in diese bescheuerte Anstalt gesteckt?«

»Zu deinem Schutz«, entgegnete Yussuf schlicht. »Es waren dunkle Zeiten damals, die Grauen Wächter waren deinen Eltern auf den Fersen. Sie sahen keine andere Wahl, als dich zu verstecken – und eine alte Weisheit besagt, dass das beste Versteck dort ist, wo man es als Letztes vermutet.«

»Und warum erzählen Sie mir das?«, wollte Jason wissen. »Wo sind meine Eltern? Was ist mit ihnen passiert?«

»Sie … sind nicht mehr hier«, sagte Yussuf leise. »Es tut mir leid, dir das mitteilen zu müssen, aber deine Eltern gaben ihr Leben für unsere Sache. Wie gesagt, es waren dunkle Zeiten.«

»Das ist die verrückteste Geschichte, die je gehört habe«, versicherte Jason, der noch immer nicht wusste, ob er sie glauben sollte oder nicht.

»Du hast gesehen, dass sie wahr ist«, meinte Namira.

»Ich habe gar nichts gesehen. Dein Vater ist vor meinen Augen verschwunden und kurz darauf wieder aufgetaucht. Das könnte auch ein Trick gewesen sein.«

»Und was ist mit den Dingen, die du empfindest?«, fragte Yussuf. »Mit den Träumen, die du seit einiger Zeit hast?«

»Woher wissen Sie überhaupt davon?«

»Ich habe dir schon gesagt, dass ich ganz ähnlich empfinde wie du. Das liegt daran, dass diese Welt nicht so ist, wie sie eigentlich sein sollte.«

»Was soll das heißen?«, wollte Jason wissen. »Was genau daran ist anders?«

»So ziemlich alles, mein Junge. Wir leben in einer Wirklichkeit, die es so nicht geben dürfte. Wenn du mir nicht glauben willst, kann ich das verstehen, schließlich bringen sie dir seit deiner frühen Kindheit bei, dass du niemandem vertrauen sollst. Aber deinen eigenen Gefühlen solltest du trauen, denn sie sagen dir schon seit einiger Zeit, dass etwas nicht in Ordnung ist, richtig?«

»Wenn schon, was bedeutete das? Dass ich den Verstand verliere?«

»Keineswegs, Junge – es bedeutet, dass die Kräfte, die in dir schlummern, allmählich erwachen. Nicht du bist es, mit dem etwas nicht stimmt, es ist diese Welt. Denn diese Wirklichkeit, in der wir alle leben, dürfte es eigentlich nicht geben. Sie ist so falsch wie die Große Pyramide und die Mammuts im Zoo.«

Jason nickte, dachte schweigend über alles nach, was Namiras Vater gesagt hatte. »Nehmen wir mal an, ich würde Ihnen glauben«, sagte er dann, »wie ist es dazu gekommen, dass wir in dieser angeblich falschen Wirklichkeit leben?«

»Die Zeit ist eine komplizierte Angelegenheit«, erwiderte Yussuf, »und sehr viel zerbrechlicher, als man annehmen sollte. Von jeher gibt es daher eine Gruppe von Menschen, die über die Zeitlinie wacht ...«

»Die Zeithüter?«, fragte Jason.

»So ist es. Ihre Aufgabe war es, zu wachen und zu beobachten und dafür zu sorgen, dass der Fluss der Zeit nicht gestört wird.«

»Ist das denn möglich? Den Fluss der Zeit zu stören?«

»Bedauerlicherweise ja – wenn auch anders, als die meisten Menschen es sich wohl vorstellen würden.«

»Also sind meine Eltern mit einer Zeitmaschine in die Vergangenheit gereist? Oder gar ... in die Zukunft?« Jason wagte kaum, es auszusprechen. Es klang komisch, wenn man es laut sagte.

»In die Zukunft vermögen selbst die Stärksten von uns nur für ein paar Augenblicke zu reisen. Allerdings nicht mit einer Zeitmaschine wie im Buch deines Vorfahren.«

»Wie dann?«, wollte Jason wissen.

»Zeithüter reisen Kraft ihres Bewusstseins, indem sie

die Raumzeit falten und eine Öffnung im temporalen Gefüge erzeugen«, erklärte Yussuf.

»Ist 'n bisschen kompliziert«, fügte Namira entschuldigend hinzu.

»Eigentlich nicht – Sie denken sich eine Tür in der Zeit und gehen durch«, meinte Jason.

»In der Tat.« Namiras Vater lächelte. »Es ist eine Fähigkeit, die nur sehr wenige Menschen haben. Bisweilen wird sie von den Eltern an ihre Kinder vererbt, manchmal auch nicht.«

»So wie bei mir«, fügte Namira ein wenig enttäuscht hinzu.

»Das wissen wir noch nicht mit Bestimmtheit. Manchmal entwickelt sich die Fähigkeit erst später.«

»Und Sie denken allen Ernstes ... dass ich das auch draufhabe?«, fragte Jason unsicher.

»Das denke ich nicht, das *weiß* ich«, verbesserte Yussuf. »Deine Visionen – denn um nichts anderes handelt es sich – beweisen es. Gewissermaßen sind es Erinnerungen an eine andere Zeitlinie.«

»Aber ... ich bin erst vierzehn«, wandte Jason ein. »Wie kann ich mich an etwas erinnern, das vor meiner Geburt gewesen ist?«

»Weil es nicht *deine* Erinnerungen sind, sondern die anderer Zeithüter, die du fühlst, und das ganz ohne Ausbildung und ohne das Geringste über diese Dinge zu wissen. Deshalb vermute ich, dass deine Fähigkeit stark ausgeprägt ist, genau wie bei deinen Eltern.«

»Meine Eltern.« Jason kniff die Lippen zusammen.

Wann immer die Rede auf seinen Vater und seine Mutter kam, fühlte er einen Stich im Herzen und eine eigenartige Leere – dabei hatte er sie doch nicht einmal gekannt. Trotzdem fehlten sie ihm und er empfand eine seltsame Trauer ...

»Was genau ist damals passiert?«, wollte er wissen.

Yussuf zögerte einen Moment. »Etwas, das niemals hätte passieren dürfen. Wir nennen es den Zeitkataklysmus«, entgegnete er dann. »Die Geschichte wurde verändert und eine falsche Realität erschaffen. In dieser leben wir nun, denn wenn die Zeitlinie verändert wird, dann wird sie für alle Menschen verändert.«

»Nur dass die allermeisten es nicht bemerken«, fügte Namira hinzu.

»Und wer hat das getan?«

»Der Mann, der sich Nimrod nennt«, sagte Yussuf leise.

16

»Der Lenker?«, fragte Jason verblüfft.

»Der Schatten«, erwiderte Yussuf. »Niemand weiß, wer Nimrod eigentlich ist oder wie sein wahrer Name lautet – aber wir nehmen an, dass auch er ein Zeithüter ist – oder es zumindest einmal war. Allerdings einer, der sich nicht an den Kodex gehalten hat.«

»An welchen Kodex denn?«

»An den Kodex der Zeithüter. Dieser besagt, dass wir die Geschichte stets nur beobachten. Von heute an gerechnet in 42 Jahren, also im Jahr 2068, wird ein Zeitreisender diese oberste aller Regeln jedoch sträflich missachten …«

»Nimrod«, murmelte Jason.

»Ganz recht. Er wird in die Vergangenheit reisen und die Geschichte zu seinen Gunsten verändern – und kaum jemand auf der Erde wird davon Notiz nehmen. Dennoch leben wir heute in dieser veränderten Wirklichkeit.«

»Aber … wie ist das möglich?« Jason raufte sich ratlos das kurze Haar. Das alles ging viel zu schnell für ihn.

»Wenn Nimrod das erst in der Zukunft tun wird, warum merken wir es dann jetzt schon?«

»Weil unsere Gegenwart für Nimrod Vergangenheit ist. Aus seiner Sicht ist sie bereits geschehen, in jener anderen, ursprünglichen Zeitlinie. Die Wirklichkeit, in der wir leben, ist erst durch sein Eingreifen entstanden.«

»Und wie hat er das angestellt?«

»Indem er in die Vergangenheit reiste und dort sogenannte Timelocks hinterließ.«

»Timelocks?« Jason zog die Stirn kraus.

Yussuf lächelte, ob über Jasons Unwissenheit oder über seine Neugier, war nicht auszumachen. »Stell dir einen Bach vor. Das Wasser fließt ins Tal und plätschert vor sich hin. Doch nun wirft jemand einen großen Felsen in den Bach – was geschieht daraufhin?«

»Der Bach ändert seinen Lauf?«, vermutete Jason.

»Richtig. Der Felsen hindert das Wasser daran, auf seinem vorgesehenen Weg weiterzufließen, sodass es sich neue Bahnen suchen muss. Ein Timelock ist nichts anderes als solch ein Felsen, der in den Fluss der Zeit geworfen wird – eine Veränderung der Vergangenheit, die so grundlegend ist, dass sie den Lauf der Geschichte verändert.«

»Und das hat Nimrod getan?«

»Mehrmals«, bestätigte Yussuf. »Jede einzelne Veränderung, die er über die Jahrhunderte vorgenommen hat, diente nur dem einen Zweck: ihm beinahe uneingeschränkte Macht zu verleihen und ihn zum Herrn der Welt zu machen. Und er ist erfolgreich damit gewesen, wie du siehst.«

Jason nickte. »Aber warum haben die Zeithüter ihn

nicht aufgehalten? Ist es nicht ihre Aufgabe, den Zeitfluss zu bewachen?«

Yussuf überlegte einen Moment und wieder kam es Jason vor, als würde Namiras Vater einen Moment zögern, ehe er antwortete. »Dass etwas im Gange war, hatten wir schon eine ganze Weile bemerkt, doch Nimrod ging so geschickt vor, dass es uns nicht gelang, seine Manipulationen aufzudecken. Eine Veränderung der Zeitlinie ist wie eine Lawine – immer mehr Ereignisse haben immer weitreichendere Folgen. Irgendwann lässt es sich nicht mehr aufhalten. Die Folge ist der Kataklysmus – eine vollständige Veränderung der Geschichte, die jedoch nur von denjenigen bemerkt wird, die dafür empfänglich sind. Die allermeisten Menschen merken davon nichts, so wie jemand, der schläft und nicht weiß, dass er träumt. Nicht nur ihre Welt verändert sich, sondern auch ihre persönlichen Geschichten, ihre Erinnerungen ...«

»Das ... ist schrecklich«, flüsterte Jason. Ein eisiger Schauer durchrieselte ihn dabei.

»Als sich der Kataklysmus ereignete, warst du ein kleiner Junge«, führte Yussuf weiter aus. Seine Stimme klang jetzt niedergeschlagen. »Da deine Eltern bei Weitem die stärksten Zeithüter waren, erhielten sie den Auftrag, Nimrod zu suchen und zu stellen.«

»Und?«, fragte Jason gespannt. »Haben sie ihn gefunden?«

Yussuf nickte langsam, sein Blick war traurig. »Sie sind nie zurückgekehrt«, erwiderte er.

»Dann ... hat Nimrod sie umgebracht?«

»Das nehmen wir an. Danach hat er die Zeithüter durch seine Grauen Wächter verfolgen und beseitigen lassen, einen nach dem anderen. Alles, was wir tun konnten, war, uns in den Untergrund zu flüchten«, fügte er mit einem Blick auf die Sandsteindecke über ihren Köpfen hinzu. Jason wusste nicht, wo sie waren, vermutlich in irgendeinem Keller unterhalb der Stadt ...

»Glaubst du uns jetzt?«, fragte Namira und sah ihn mit ihren großen Augen an.

»Schätze, das muss ich wohl«, entgegnete Jason erschüttert. Die Abneigung, die er schon immer gegen den Lenker empfunden hatte, auch wenn er den Grund nie hatte erklären können, schlug in diesem Moment in blanken Hass um. »Nimrod ist ein Mörder. Er hat meine Eltern auf dem Gewissen. Er muss bezahlen für das, was er getan hat!«

»Wer auf Rache aus ist, der hebe zwei Gräber aus«, erwiderte Yussuf.

»Hä?«

»Ein Spruch des chinesischen Philosophen Konfuzius«, erklärte Namiras Vater. »Er besagt, dass einen der Sinn nach Vergeltung am Ende nur selbst zerstören wird. Darauf sollten wir nicht aus sein – sondern darauf, Nimrods Plan zu vereiteln.«

»Wie denn, wenn doch alles schon geschehen ist?«, fragte Jason.

»Es gibt noch eine kleine letzte Hoffnung«, erwiderte Yussuf leise. »Wie ich dir erklärt habe, hat Nimrod die Timelocks in der Vergangenheit hinterlassen. Wüsste man, wo sie sich befinden, könnte man zurück in die Zeit reisen und versuchen, sie zu zerstören, eins nach dem anderen ...«

»Und die Veränderung der Zeitlinie so wieder rückgängig machen?«, hakte Jason nach.

»Genau«, bestätigte Namira.

»Das heißt ... meine Eltern könnten leben?« Jason merkte, wie sein Herz schneller schlug – doch Yussuf schüttelte traurig den Kopf.

»Wie ich schon sagte, Jason – sie sind nie zurückgekehrt, was bedeutet, dass ein Teil von ihnen verloren ist in Raum und Zeit – und von dort gibt es keine Rückkehr in die Welt der Lebenden. Noch nicht einmal dann, wenn der Zeitfluss wiederhergestellt wird.«

»Aber ...« Jason verstummte, biss sich auf die Lippen, bis sie bluteten. Er konnte nicht behaupten, alles zu verstehen, was Namiras Vater da erklärte, aber eine innere Stimme sagte ihm, dass es die Wahrheit war ... »Dann muss es eine andere Möglichkeit geben«, beharrte er verzweifelt. »Ich könnte doch auch einfach zurückreisen in der Zeit und ihnen sagen, dass sie sich Nimrod nicht zum Kampf stellen sollen?«

»Auch das ist nicht möglich.« Yussuf schüttelte den Kopf. »Keinem von uns ist es gegeben, in seiner eigenen Lebenszeit zurückzureisen und Dinge ungeschehen zu machen, die sich darin ereignet haben. Deinen Eltern können wir nicht mehr helfen, Jason. Aber wir können viele andere retten und die Geschichte der Menschheit wiederherstellen, wie sie sein sollte – ohne die Unterdrückung durch Nimrod und seine Grauen Wächter.«

»Worauf warten wir dann?«, fragte Jason trotzig. »Das heißt ... wieso habt ihr das nicht längst getan?«

»Weil wir nicht wissen, wo sich die Timelocks genau befinden. Nimrod hat sie gut getarnt. Die Einzigen, die sie womöglich hätten erspüren können, wären deine Eltern gewesen ... oder du, Junge.«

»I-ich?« Jason deutete auf sich selbst. »Ganz sicher nicht«, versicherte er kopfschüttelnd. »Außerdem haben Sie vorhin selbst gesagt, dass die Gabe nicht immer von den Eltern an ihre Kinder weitergegeben wird ...«

»An dich aber schon – deine Visionen beweisen es«, hielt Yussuf dagegen. »Du bist, was wir einen Savanten nennen – du hast die Fähigkeit, Veränderungen in der Zeitlinie zu erspüren.«

»Und das habt ihr urplötzlich erkannt? Nachdem ihr mich all die Jahre in dieser verdammten Anstalt habt schmoren lassen?« Jason empfand spontane Wut.

»Du warst dort sicher«, erwiderte Yussuf. »Es mag dir nicht so vorgekommen sein, aber du bist dort nie allein gewesen, Jason. Wir haben stets über dich gewacht.«

»Ist das so? Und warum haben Sie dann nicht eingegriffen, wenn die Wölfin mal wieder über mich hergefallen ist? Oder A-1528 und seine Bande? Oder als mich Rektor Radowan in sein Büro bestellt und an den Wahrsager angeschlossen hat?«

»Das plötzliche Interesse des Rektorats an dir hat mich tatsächlich aufmerken lassen«, versicherte Yussuf, »deshalb habe ich sogleich reagiert ...«

»… indem er mich zu dir schickte«, ergänzte Namira und lächelte, zum ersten Mal nach langer Zeit.

Jason sah zu ihr, erwiderte das Lächeln aber nicht. »Es fällt mir noch immer schwer, das alles zu glauben …«, sagte er.

»Das kann ich dir nicht verdenken.« Yussuf schüttelte den Kopf. »Man bekommt schließlich nicht jeden Tag gesagt, dass die Wirklichkeit, in der man lebt, eine einzige Lüge ist. Aber die Tatsache, dass du dies bereits allein aufgrund deiner natürlichen Begabung geahnt hast, verrät, dass du die Gabe hast. Mit etwas Training wärst du womöglich in der Lage, noch sehr viel mehr als das zu tun und die Timelocks aufzuspüren.«

»Und dann?«, fragte Jason.

»Werden wir sie zerstören. In derselben Reihenfolge, in der Nimrod sie eingerichtet hat.«

Jasons Blick ging von Yussuf zu Namira und wieder zurück. »Nur damit ich das richtig verstehe – ich soll … in die Vergangenheit reisen?«

»Nicht allein«, versicherte Yussuf. »Ich und zwei meiner besten Leute werden dich begleiten und auf dich aufpassen. Aber was den Rest betrifft, hast du recht. Denn so, wie die Dinge stehen, bist du unsere einzige Hoffnung, Nimrods Macht zu brechen und die ursprüngliche Zeitlinie wiederherzustellen.«

»Und … wenn ich das nicht will?«

»Dann wird der Schatten weiterherrschen«, sagte Namira düster voraus, »und die Welt wird mehr und mehr zu einem Ort, an dem es keine Freiheit mehr gibt, keine

Freude und keine Farben ... und irgendwann auch keine Liebe mehr.«

»Lass uns etwas versuchen«, änderte Yussuf abrupt das Thema.

»Was denn?«, fragte Jason.

»Heb deine rechte Hand. Und dann schließ die Augen«, verlangte Namiras Vater.

Das kam Jason ziemlich harmlos vor, also befolgte er die Anweisung.

»Jetzt konzentrier dich«, fuhr Yussuf fort. »Denk an die Vergangenheit. Es kann ein Zeitpunkt vor zwanzig Jahren gewesen sein oder auch vor hundert, aber er muss vor deiner eigenen Existenz liegen. Ich will, dass du dich fest darauf konzentrierst. Es gibt in diesem Augenblick nichts anderes mehr als dich und diesen Punkt in der Vergangenheit. Nur dich und diesen einen längst vergangenen Punkt ...«

Jason hatte keine Ahnung, was das Theater sollte. So wie er auch nicht wusste, wie er sich auf eine Vergangenheit konzentrieren sollte, die er nicht selbst erlebt hatte, die er allenfalls aus dem Schulunterricht oder aus Fernsehberichten kannte. Zumal diese Vergangenheit, wie er soeben erfahren hatte, vermutlich eine Lüge war ...

Dennoch entschied er, sich auf das Spiel einzulassen.

Er schloss die Augen und konzentrierte sich, nicht so sehr auf ein bestimmtes Ereignis, sondern auf die Vergangenheit selbst, auf den Fluss der Zeit, den er in diesem Moment tatsächlich fühlen konnte!

Er ließ sich darauf treiben wie ein Schwimmer, fühlte sich seltsam schwerelos ... Irrte er sich oder nahm er plötzlich fremdartige Gerüche wahr und Stimmen in einer Sprache, die er nicht verstand?

»Gut so«, hörte er Yussuf wie aus weiter Ferne sagen, »und nun öffne die Augen!«

Jason kam auch dieser Aufforderung nach – und stieß einen entsetzten Schrei aus. Denn seine rechte Hand, die er erhoben hatte, war verschwunden!

Der Schrei war kaum verklungen, da wurde sie bereits wieder sichtbar, materialisierte vor seinen Augen, so wie sie zuvor verschwunden sein musste. Instinktiv packte er sie mit der anderen Hand, so als wollte er sie festhalten, damit sie sich nicht erneut auflöste.

»Wa-was war das?«, rief er entsetzt.

»Du hast die Raumzeit gefaltet«, entgegnete Yussuf schlicht. »Ein Teil von dir ist soeben in die Vergangenheit gereist.«

»E-ein Teil von mir? Da-das war meine Hand ...« Jasons Stimme bebte, er zitterte am ganzen Körper.

»Ich weiß«, versicherte Namiras Vater. »Es ist alles gut, Junge. Du brauchst keine Angst zu haben.«

»Kla-klar«, versicherte Jason, während er sich selbst zu beruhigen versuchte. Sein Herz raste in seiner Brust, während seine Gedanken sich immerzu im Kreis drehten. Bislang hatte er noch immer gezweifelt, aber nun konnte er das nicht mehr.

Sollte es wirklich wahr sein? Lebten sie alle in einer falschen, geänderten Realität? Waren seine Eltern tatsächlich Zeitreisende gewesen? Und sollten sie ihre Fähigkeit wirklich an ihn weitergegeben haben?

Schauder um Schauder durchrieselte ihn.

»Und?«, fragte Yussuf und sah ihn sanft, aber forschend an. »Glaubst du uns jetzt?«

»Mu-muss ich wohl.«

»Das ist gut.« Namiras Vater nickte zufrieden. »Du hast den ersten Schritt in eine größere Welt getan.«

»Was?«, fragte Jason verwirrt. »Ist das auch von Konfuzius?«

»Nein«, erwiderte Yussuf mit einem verlegenen Lächeln. »Das stammt aus einem Film, den es in dieser veränderten Zeitlinie leider nie gegeben hat. Schade ... wirklich sehr schade.«

17

ALTES U-BAHN-NETZ, KYOTO
Zur selben Zeit

»Krümel? Kannst du mich hören? Du musst endlich aufwachen! Bitte wach auf …«

Otakus Stimme hatte einen flehenden Tonfall angenommen. Auf dem ganzen Weg zurück hatte er Hana auf seinen Armen getragen und hin und wieder hatte sie einen Laut von sich gegeben. Doch seit sie zurück in ihrer Kammer waren, lag sie einfach nur da, reglos und bleich. Perlen von kaltem Schweiß glänzten auf ihrer Stirn.

Was war nur los mit ihr?

War sie krank? Hatte sie Fieber?

Bislang hatte Otaku es vermieden, eines der staatlichen Krankenhäuser aufzusuchen, in die man auch kommen konnte, wenn man kein Geld hatte – man musste dann arbeiten, bis die Kosten der Behandlung wieder getilgt waren. Die Arbeit hätte Otaku nicht gescheut, aber natürlich wurde man dann registriert – und in seinem und Hanas Fall würde es bedeuten, dass sie voneinander getrennt und in verschiedene Anstalten gesteckt würden. Andererseits, sagte er sich, würde seine kleine Schwester dann wenigstens gesund und am Leben sein – wenn sie hingegen hierblieb, konnte es womöglich sein, dass ...

Er wollte den Gedanken nicht zu Ende bringen, aber ihm war klar, dass er etwas unternehmen musste. Im engen Halbdunkel der alten Wartungskammer fällte Otaku einen Entschluss. Er war drauf und dran, das Versteck zu verlassen und Hana zum nächsten Krankenhaus zu tragen – als sich das Mädchen plötzlich bewegte ...

»Krümel?«

Sofort war er wieder bei ihr, strich ihr das nasse Haar aus der Stirn.

»Kannst du mich hören? Wach auf, bitte ...«

Und dieses Mal regte sie sich tatsächlich! Zuerst war es nur ein schwaches Blinzeln, begleitet von einem leisen Keuchen.

Dann schlug sie die Augen auf.

»Krümel!« In dem einen Wort brach sich Otakus ganze Erleichterung Bahn. »Endlich! Ich hatte solche Angst um dich!«

»Musst du nicht«, versicherte sie flüsternd, obwohl sie noch nicht mal ganz wach zu sein schien. Mit Augen, die erst allmählich wieder die alte Größe bekamen, blickte sie sich erstaunt um. »Wo ...?«

»Zu Hause«, sagte er nur.

»Aber wie ...?« Sie sah ihn verwirrt an.

»Ich hab dich getragen. Es ging dir nicht gut.«

Sie erwiderte nichts darauf, sondern blickte sich nur suchend um, tastete den Boden in ihrer Umgebung ab.

»Suchst du den hier?« Er hielt ihr den Würfel hin, den er natürlich mitgenommen hatte.

Dankbar griff sie danach und presste das alte Ding an sich, als wäre es ein wertvoller Schatz. Aus irgendeinem Grund schien es ihr Trost und Sicherheit zu geben, warum auch immer.

»Was ist passiert?«, fragte sie dann.

»Das wollte ich dich eigentlich fragen. Wir waren auf dem Markt, um ... na ja ... einzukaufen. Weißt du noch?«

Hana setzte sich auf. Ihr Blick wurde konzentriert und ihre Stirn legte sich in Falten, während sie angestrengt nachzudenken schien. »*Hai*«, stimmte sie dann zu, »ich erinnere mich ... Ich sollte schreien, um die Leute abzulenken.«

»Hast du aber nicht getan.«

Sie schüttelte den Kopf und sah ihn traurig an. »Tut mir leid«, versicherte sie, während dicke Tränen über ihre Wangen kullerten. »Ich wollte dich nicht enttäuschen, ehrlich nicht ...«

»Ich weiß«, versicherte er sanft. »Aber was ist passiert? Kannst du mir das sagen?«

Sie wischte rasch die Tränen weg. »Ich habe etwas gesehen«, erklärte sie. »Jemanden ...«

Otaku sah sie zweifelnd an. »Wen, Krümel?«

»Einen fremden Jungen.« Sie schien in sich hineinzublicken und nickte dann. »Er war in deinem Alter, aber er sah nicht so aus wie du, sondern eher so wie ich ...«

»Was meinst du? Dass er kein Japaner war? Was war er dann? Europäer? Amerikaner?«

Wieder nickte sie.

»Ich verstehe nicht«, gab Otaku zu. »Diesen Jungen hast du auf dem Markt gesehen? War er schuld daran, dass du das Bewusstsein verloren hast?«

»Nein, ich ...« Sie zögerte und sah ihn verständnislos an. »Was heißt das, ich habe das Bewusstsein verloren?«

»Das heißt, dass du geschlafen hast.«

»Geschlafen?« Ihr Blick wurde noch seltsamer. »Dann ist das alles ... gar nicht wirklich passiert?«

»Was ist nicht wirklich passiert?«, hakte Otaku nach. »Wovon sprichst du?«

»Es war nur ein Traum«, flüsterte sie. »Nur ein Traum, verstehst du?«

»Ich denke schon.« Er nickte. »Aber warum bist du auf einmal eingeschlafen? Ich meine, wieso ...«

»Ich habe es gespürt«, erwiderte sie.

»Was hast du gespürt?«

»Etwas hat sich verändert. Im einen Moment war es noch so – und im nächsten ganz anders.«

»Aha«, machte Otaku, ohne auch nur eine entfernte Vorstellung davon zu haben, was sie meinte. Hatte sie womöglich Fieber? Er legte seine Hand auf Hanas Stirn, aber sie fühlte sich völlig normal an.

»Ich habe Dinge gesehen«, sagte das Mädchen.

»Du meinst, in deinem Traum?«

Sie nickte. »Aber es war nicht wie ein Traum, sondern ganz anders. Dieser fremde Junge ... ich habe ihn vor einem großen Haus gesehen. Einem Haus, das so aussah«, fügte sie hinzu. Sie legte die Fingerspitzen aneinander und formte mit den Unterarmen ein Dreieck.

»Eine Pyramide?«, fragte Otaku.

»Ja genau, eine Pyramide.« Sie nickte. »Sie war riesig groß, aber noch nicht ganz fertig gebaut. Die Spitze oben fehlte noch und überall waren Gerüste und so. Und außer dem Jungen waren auch viele andere Menschen dort, die haben alle schwer gearbeitet.«

Otaku nickte – er wusste, welchen Ort sie meinte. Natürlich war er selbst noch nie dort gewesen, aber in den Nachrichten, die über die Bildwände der Stadt liefen, wurde die Pyramide oft gezeigt.

»Du hast die Metropole gesehen«, erwiderte er. »Dort steht die Pyramide des Lenkers.«

»Nein, die kenne ich.« Hana winkte ab. »Die in meinem Traum sah anders aus – viel älter und sie hatte auch keine Lichter dran oder Fenster aus Glas. Die Leute dort waren auch ganz anders angezogen ... bis auf den fremden Jungen. Er sah genauso aus wie wir. Das ist doch falsch, oder nicht?«

»Sicher.« Otaku schürzte die Lippen.

So froh er darüber war, dass Hana endlich erwacht war und wohlauf zu sein schien – was sie da erzählte, ergab keinen Sinn. Eine Szene aus dem alten Ägypten mit einem Jungen aus ihrer Zeit – was sollte das bedeuten? Es konnte sich ja schlecht um eine verschüttete Erinnerung handeln – wahrscheinlicher war, dass Hana irgendwann einmal das Bild einer alten ägyptischen Pyramide gesehen und ihr Traum den Rest einfach hinzugefügt hatte ...

»Ist das so eine Geschichte?«, fragte sie.
»Was für eine Geschichte meinst du?«
»Wie die, die du mir mal vorgelesen hast. Wo der Mann durch die Zeit reisen konnte ...«

Otaku nickte – natürlich wusste er genau, welche Geschichte sie meinte. Sie hieß »Die Zeitmaschine«.

»Der Junge vor der Pyramide – vielleicht ist das ja auch so eine Geschichte«, erklärte Hana mit ihrer ganz eigenen Logik. »Du sagst immer, dass Geschichten wie Träume sind.«

»Das stimmt ja auch, aber ...«
»Können wir nachsehen, bitte?«
»Was nachsehen?«
»Ob es diese Geschichte gibt«, erwiderte sie. »Ich muss wissen, wie sie ausgeht. Warum war der fremde Junge bei dieser Pyramide? Und warum war er so falsch angezogen?«

Otaku überlegte. Ihm war klar, dass sie kein Buch finden würden, in dem die Geschichte des Jungen weiter- oder gar zu Ende erzählt wurde, schließlich kannte er alle Bücher in der kleinen Bibliothek. Aber es gab ein anderes Buch, das er ihr zeigen konnte, vielleicht würde sie das ja weiterbringen ...

»Also schön«, erklärte er sich einverstanden, »wir gehen hin, aber erst morgen. Heute bist du noch zu geschwächt.«

»Meinst du?« Sie wirkte enttäuscht.

»Unbedingt, Krümel. Du bleibst hier und ruhst dich aus, während ich uns was zu futtern besorge. Auf gebratenen Tintenfisch am Spieß werden wir allerdings verzichten müssen.«

»Macht nichts.« Sie zuckte mit den Schultern. »Mir tun die kleinen Fische sowieso leid.«

»Was darf's stattdessen sein? Ein saftiger Apfel?«

»*Hai.*« Sie strahlte über ihr ganzes erschöpftes Gesicht und er war unendlich froh, sie wiederzuhaben.

Er beugte sich vor, sodass ihre Stirnen sich berührten, dann schlug er die Kapuze über sein wirres blaues Haar und verließ das Versteck.

Dabei fragte er sich, wer das Mädchen war, das er seine Schwester nannte – und woher sie gekommen war, damals, an jenem Tag, als er sie zum ersten Mal getroffen hatte.

Am Ort der geheimen Bücher.

18

LEHRANSTALT 118, METROPOLE
Am nächsten Tag

An seinen allerersten Tag in einer staatlichen Anstalt erinnerte sich Jason nicht mehr.

Einerseits, weil es lange her war – er war damals erst vier Jahre alt gewesen. Andererseits wohl auch, weil er sich gar nicht erinnern wollte und vieles verdrängt hatte. Aber vermutlich war es der sonderbarste Tag seines Lebens gewesen. Doch der heutige Tag kam gleich danach.

Nach den Ereignissen des Sonntags wieder an die Schule zurückzukehren, war ein wenig so, als hätte man fliegen gelernt und müsste nun wieder zu Fuß gehen. Selten hatte sich die Anstalt für Jason so fremd angefühlt, so grau und bedrückend.

Nach all den Dingen, die er von Namira und ihrem Vater erfahren hatte, konnte er nicht einfach zum regulären Stundenplan zurückkehren – und doch musste er genau das tun, wenn niemand Verdacht schöpfen sollte. Das Allerletzte, was Yussuf und seine Leute brauchen konnten, war unnötige Aufmerksamkeit.

Gelegentlich hatte Jason noch immer Zweifel. Dann

fürchtete er sich plötzlich davor, dass alles nur eine Finte sein könnte und man ihn womöglich wieder hinters Licht führen würde ... aber warum sollte jemand so etwas tun? Wer hätte etwas davon, ihm einzureden, dass die Geschichte ein paarmal falsch abgebogen war und die Welt in einer veränderten Zeitlinie existierte? Und dass er selbst der Sohn von Zeitreisenden war.

Von *Zeithütern* ...

Der Gedanke machte ihm noch immer eine Gänsehaut und er konnte an kaum etwas anderes denken. Im Unterricht brachte ihn das in Schwierigkeiten, weil er unkonzentriert war und auch so aussah. In Mathematik bekam er deshalb nicht nur eine schlechte Zensur, sondern auch eine Rüge.

Bei Dr. Wolff, die sie im Anschluss hatten, wurde es nicht besser. Jason glaubte ihr und ihrem Unterricht kein Wort mehr, seit er erfahren hatte, was es mit dieser Wirklichkeit auf sich hatte und dass die Geschichte so, wie sie ihnen beigebracht wurde, eine einzige Lüge war. Die Lehrerin durchbohrte ihn mit Blicken, so als ob sie genau wüsste, dass sich etwas verändert hatte.

Zum Glück war dies ausgeschlossen, denn Namiras Vater hatte alle denkbaren Vorsichtsmaßnahmen getroffen. So waren zum Beispiel zwei Mitglieder des Widerstands mit den ID-Bändern von Jason und Namira den ganzen Nachmittag in der Stadt unterwegs gewesen, sodass die Schuldiener keinen Verdacht schöpften. Außerdem hatte man Jason und Namira die Augen verbunden, als sie das Quartier der Rebellen verließen, sodass sie den Weg dorthin nicht kannten und ihn folglich auch nicht verraten konnten. Und Namira war nicht in Jasons Klasse, sodass sie nicht dabei erwischt werden konnten, wie sie heimliche Blicke tauschten.

Erst in der Mittagspause begegneten sich die beiden wieder, vermieden es jedoch, gemeinsam zu essen. Trotzdem hatte Jason das Gefühl, nicht mehr allein an dieser verdammten Anstalt zu sein – und nicht nur wegen Namira und ihrem Vater. Sondern auch, weil er jetzt wusste, wer er war: dass er Eltern gehabt hatte, die sich um ihn hatten kümmern wollen. Bislang hatte er angenommen, dass sie treue Diener Nimrods gewesen waren, die ihn einfach weggegeben hatten.

Stattdessen waren sie Zeithüter gewesen ...

Das allein erfüllte ihn mit einem Stolz, wie er ihn zuvor noch nie verspürt hatte. Ganz gleich, was Radowan, die Wölfin, A-1528 und alle anderen sagten – er war kein Niemand.

War es nie gewesen.

Erst als sie am Nachmittag Kampftraining bei Dr. Yun hatten, trafen Namira und er wieder zusammen. Wie immer übten sie gemeinsam, aber Namira hielt sich ziemlich zurück, und jetzt Jason war auch klar, wieso – als Yussufs Tochter durfte sie nicht auffallen oder einen Verdacht auf sich ziehen. Der Unterricht fand im Freien statt, was wegen der großen Tageshitze zwar anstrengend war, aber solange sie nicht allzu laut sprachen, konnten sie sich so wenigstens unterhalten.

»Und? Wie geht es dir?«, fragte Namira, nachdem sie

Jason mit einem Schulterwurf auf die Matte befördert hatte.

»Alles einigermaßen verdaut?«

»Geht so«, gab er zu. »Ich habe so viele Fragen ...«

Sie nahm seine Hand und zog ihn wieder auf die Beine. »Zum Beispiel?«

»Die Mammuts im Zoo dürften dort nicht sein, richtig?«

»Richtig«, bestätigte sie, während sie einander auf der Matte umkreisten.

»Und warum nicht?«

»Weil sie eigentlich seit der letzten Eiszeit ausgestorben sind.« Damit griff sie an und deckte ihn mit einer ganzen Folge von Fausthieben ein. Die meisten wehrte er ab – aber am Ende lag er doch wieder am Boden. »So wie du, wenn du nicht aufpasst«, fügte Namira grinsend hinzu.

»Sehr witzig.« Widerwillig rappelte er sich wieder auf die Beine, das Training interessierte ihn eigentlich gar nicht. »Was muss man tun, um so was hinzukriegen?«

»Du meinst, eine ausgestorbene Art zu retten?«

Er nickte.

»Weiß nicht.« Namira zuckte mit den Schultern und ließ es so aussehen, als ob sie ihre Arme für eine neue Runde lockerte. »Schätze, man muss Genmaterial stehlen.«

Aus der Vergangenheit, ergänzte er in Gedanken und war darüber so bestürzt, dass er ihren nächsten Angriff gar nicht kommen sah. Zwar riss er noch die Arme hoch, um einen Block auszuführen, aber die Bewegung war zu langsam und er bekam einen harten Tritt ab, der ihn zurücktaumeln ließ.

»Du musst besser aufpassen«, meinte Namira.

»Was du nicht sagst.« Am Rand der Matte hatte sich Jason wieder gefangen. Er rieb sich die schmerzende Schulter.

»Und vor allem darfst du dir nichts anmerken lassen«, fügte sie hinzu.

»Leicht gesagt.« Er schnitt eine Grimasse. »Wie lang muss ich noch in diesem elenden Bunker bleiben?«

»Ein bisschen noch.«

»Ein bisschen? Wie viel ist ein bisschen?« Er trat zu ihr in die Mitte des Kampfkreises. »Jetzt, wo ich weiß, dass all das hier eine verdammte Lüge ist, halte ich es kaum noch aus.«

»Ich weiß, tut mir leid.« Sie nickte und überlegte einen Moment. Dann ging sie zu ihrer Sporttasche, holte etwas daraus hervor und gab es Jason.

Verblüfft nahm er den Gegenstand entgegen. Es war ein kleiner Würfel, der wiederum aus vielen weiteren kleinen Würfeln zu bestehen schien, mit neun Quadraten auf jeder Seite, die in sechs verschiedenen Farben gehalten waren.

»Dreh mal daran«, forderte Namira ihn auf und verblüfft stellte Jason fest, dass sich die verschiedenen Ebenen des Würfels gegeneinander verdrehen ließen.

»Was ist das?«

»Ein Spielzeug, das es in dieser Zeitlinie nicht gibt – mein Vater hat mir erzählt, dass sie sie einst Zauberwürfel nannten. Unter den Zeithütern ist es so etwas wie ein Symbol.«

»Wofür?«, fragte Jason, während er das Ding staunend beäugte.

»Schätze dafür, sich in Geduld zu üben«, erklärte Namira. »Oder einfach nur, um die Zeit damit totzuschlagen«, fügte sie grinsend hinzu. »Vielleicht hilft dir das ein wenig.«

»Aber – was, wenn die Wölfin oder Radowan es in die Finger kriegen?«

»Sie werden es für irgendein altes Spielzeug halten ... was es ja auch ist«, ergänzte sie und lächelte.

»Danke«, sagte Jason und erwiderte das Lächeln. »Damit wird mir das Warten auf die anderen ein wenig leichter fallen.«

Namira hob eine Augenbraue. »Auf welche anderen?«

»Na ja ...« Jason senkte seine Stimme zu einem Flüstern. »Die anderen Zeithüter. Dein Vater hat doch gesagt, dass er und zwei seiner besten Leute ...«

»Dann hast du ihn falsch verstanden«, fiel Namira ihm kopfschüttelnd ins Wort. Ihre Stimme klang plötzlich ernst. »Es gibt keine anderen Zeithüter, Jason. Mein Vater ist der letzte und einzige Überlebende des Rates. Ihr beide seid allein.«

19

UNTERGRUND VON KYOTO
Zur selben Zeit

Es war ein weiter Weg durch die Kanäle und stillgelegten U-Bahn-Tunnel und er war nicht ungefährlich. Zwei- und vierbeinige Bewohner tummelten sich in dunklen Nischen, aus denen sie misstrauisch hervorlugten. Wann immer sie der Lichtstrahl von Otakus Taschenlampe berührte, zuckten sie furchtsam in die Finsternis zurück.

Im Gegensatz zu den belebten Straßen und Märkten der Oberfläche war hier unten eine andere Welt. So ziemlich jeder, der hier hauste, hatte etwas zu verbergen – Erwachsene, die etwas ausgefressen hatten und auf der Flucht vor den Grauen Wächtern waren. Kinder, die sich versteckten, weil sie nicht in die Lehranstalten wollten. Aber auch Leute, die sich nicht mit den Gesetzen abfinden wollten, die der Lenker den Menschen vorgab.

Das bedeutete allerdings nicht, dass es hier unten keine Regeln gab – die gab es durchaus, genau wie Märkte, auf denen allerdings nicht mit Geld bezahlt, sondern nur getauscht wurde. Hier etwas zu klauen wäre Otaku nicht in den Sinn gekommen, die Bewohner der Unterwelt saßen ja alle im selben Boot ... Aber es gab auch Räuber und Wegelagerer, die im Dunkel der Kanäle lauerten.

Vor ihnen musste man auf der Hut sein.

»Sind wir bald da?«, fragte Hana. In ihren schäbigen alten Gummistiefeln watete sie hinter ihm her durch das seichte Wasser des Kanals. »Mir tun die Füße weh.«

»Pssst«, machte er, während er mit der Taschenlampe umherleuchtete. Ein paar Ratten, die das Licht erfasste, stoben aufgeregt davon.

Der alte U-Bahnhof, den sie durchquerten, lag in völliger Dunkelheit. Früher einmal war er bewohnt gewesen, aber seit die Grauen Wächter vor ein paar Monaten die Station gestürmt hatten, traute sich niemand mehr hierher. Die gewölbte Decke war rußgeschwärzt, Brandgeruch lag in der Luft. Die Grauen hatten damals Feuer gelegt, um die Leute aus ihren Behausungen zu treiben, das konnte man noch immer riechen.

Hätte Otaku es nicht besser gewusst, wäre er spätestens jetzt umgekehrt. Es hatte nicht den Anschein, dass es von hier aus noch sehr viel weiter ging, aber das war ein Irrtum. Auf der gegenüberliegenden Seite der Haltestelle gab es nach etwa einhundert Metern ein verwirrendes Labyrinth aus Wartungstunneln, durch die man, wenn man den Weg kannte, zu einem alten Aufzugschacht gelangte. Und wenn man den in die Tiefe stieg, kam man an mehreren Etagen vorbei ...

Otaku hatte den Ort durch puren Zufall entdeckt. Wieder mal war er auf der Flucht gewesen, mit einem Sack frisch geklauter Äpfel auf dem Rücken und verfolgt von einem Verkäufer, der aus Leibeskräften schrie und zeterte. In der Hoffnung, ihn abzuschütteln, war Otaku in einen der alten U-Bahnhöfe hinuntergestiegen, aber der Händler war ihm weiter auf den Fersen geblieben, also war Otaku immer tiefer in das alte Tunnelnetz gelaufen. Dass er die Hälfte der Äpfel dabei verloren hatte, war ihm ziemlich egal gewesen, er wollte nur nicht erwischt werden.

Irgendwann war es Otaku gelungen, seinen wütenden Verfolger loszuwerden, aber er hatte sich nicht mehr nach oben getraut. Also hatte er sich in die alten Wartungsgänge geflüchtet und war in ziemlich dunkle Ecken vorgestoßen. Bis er irgendwann den Aufzugschacht gefunden hatte.

Ein seltsamer Geruch war ihm entgegengedrungen, als er den Schacht hinabstieg. Erst viel später war ihm klar geworden, dass es der Geruch von feuchtem Papier gewesen war. Im dritten Untergeschoss hatte er schließlich den Raum entdeckt.

Den Ort der geheimen Bücher.

Er war damals gerade acht Jahre alt gewesen, aber lesen konnte er flüssig. Seine Großmutter hatte es ihm beigebracht, ehe sie gestorben war. Bücher waren ihr ein und alles gewesen. Die wenigen, die sie besessen hatte, hatte sie wie ihren Augapfel gehütet – und das, obwohl es bei Strafe verboten war, Bücher zu besitzen. Wann immer die Grauen Wächter Bücher fanden, verbrannten sie sie und bestraften die Besitzer. Die Leute sollten nicht lesen, sondern sich ansehen, was über die Monitore der Fernseher flimmerte.

Nimrod TV ...

Otakus Großmutter hatte immer gesagt, dass das Fernsehen die Leute dumm mache und gefühllos. Lesen dagegen, so hatte sie behauptet, mache den menschlichen Geist klug und frei.

Als sie starb, hatte sie Otaku ihre Bücher vermacht – eines davon, das mit den Märchen der Brüder Grimm, war bis zum heutigen Tag sein Lieblingsbuch. Er konnte nicht sagen, wie oft er es gelesen hatte, er kannte jedes einzelne Märchen auswendig, weswegen er sie Hana jederzeit erzählen konnte. Aber auch die anderen Bücher seiner Großmutter hatte er mehrfach gelesen – und wann immer ihm danach ein Buch untergekommen war, hatte er es an sich genommen.

Einige hatte er auf dem Müll gefunden, nachdem ihre Besitzer sie aus Furcht vor den Grauen weggeworfen hatten. Andere hatte er gemopst, wieder andere geschenkt bekommen – Himari, die alte Nachbarin, hatte ihm beispielsweise »Der wunderbare Zauberer von Oz« geschenkt, das sie früher selbst ihren Kindern vorgelesen hatte, bis es verboten worden war.

Und auch diese Bücher hatte Otaku alle gelesen.

Sie alle hatten eins gemeinsam: Sie handelten nicht von Nimrod dem Lenker und seinen großen Taten oder von der Gemeinschaft der Völker und der Pflicht des einzelnen Bürgers. Sondern von einer Welt, die ganz anders war, schöner, bunter und abenteuerlicher, und in der alles möglich war. In der es keinen Lenker gab, der einem sagte, was man tun durfte und was nicht, und keine Grauen Wächter, die alles überwachten. Und auch keine Anstalten, in die man Kinder steckte und in denen man ihnen beibrachte, was sie denken mussten ... vermutlich war das auch der Grund, warum man Bücher verboten hatte und es kaum noch welche gab.

Doch an diesem Ort, tief unter der Erde, hatte Otaku ein ganzes Regal voller Bücher gefunden. Damals, an jenem Tag vor sechs Jahren, der sein ganzes Leben verändert hatte.

Denn nicht nur Bücher hatte er in diesem geheimen Versteck entdeckt, in das er später seine eigenen Bücher ebenfalls gebracht hatte. Sondern auch Hana.

Woher sie gekommen war, wusste er bis heute nicht. Sie war einfach da gewesen. Sie hatte geweint und war furchtbar allein gewesen, also hatte er ihr etwas vorgelesen. Danach war sie nicht mehr von seiner Seite gewichen und er hatte beschlossen, sich um sie zu kümmern ...

Über die metallene Leiter, die an der Wand des Aufzugschachts angebracht war, stiegen sie hinab. Otaku kletterte voraus, damit er Hana notfalls auffangen konnte, falls sie stürzte. Die Sprossen waren rostig und mit Moos bewachsen. Es war feucht hier unten und ziemlich kalt, was für die Bücher nicht unbedingt gut war. Aber dafür war hier auch niemand, der sie stehlen konnte.

Oder gar verbrennen ...

»Meinst du, wir finden das Buch mit der Geschichte des Jungen?«, fragte Hana, während sie nach unten kletterten.

»Weiß ich nicht. Pass lieber auf, dass du nicht abrutschst.«

»Mach ich doch«, kam es ein bisschen genervt zurück.

Otaku verdrehte die Augen. Hatte er wirklich gestern noch Angst um die kleine Nervensäge gehabt?

Sie erreichten das dritte Untergeschoss.

Otaku gab Hana die Taschenlampe und mithilfe einer Eisenstange, die er hier zurückgelassen hatte, stemmte er das Schott so weit auf, dass zuerst das Mädchen und dann er selbst durchschlüpfen konnten.

Auf der anderen Seite war es dunkel und es roch nach feuchtem Papier. Als der Lichtkegel von Otakus Lampe in die Finsternis schnitt, erfasste er die Regale mit den Büchern, die Otaku im Lauf der Zeit zusammengetragen hatte.

Mehr als einhundert waren es.

Ein Ehrfurcht gebietender Anblick.

Wie immer, wenn sie hier waren, verhielt Hana sich ganz still. Erinnern konnte sie sich natürlich nicht, sie war damals ja noch ganz klein gewesen, aber natürlich hatte er ihr erzählt, wie er sie einst hier unten gefunden hatte. Und es hatte den Anschein, als würde sie irgendetwas mit diesem geheimnisvollen Ort verbinden.

»Wo fangen wir an zu suchen?« Hana legte den Kopf schief und begann zu lesen, was auf dem nächstbesten Buchrücken stand. »H-A-R-R-Y-P-O-T...«

»Da jedenfalls nicht«, fiel Otaku ihr ins Wort und zog ein anderes Buch hervor. »Aber hier ist etwas, das dich interessieren dürfte.«

»Handelt es von dem fremden Jungen?«

»Nein. Aber es sind auch viele Bilder drin.« Im Licht der Taschenlampe legte er das Buch auf den Boden.

»D-A-S-A-L-T-E-Ä-G-Y-P...«, begann sie. Die lateinischen Buchstaben hatte er ihr alle beigebracht, aber mit dem flüssigen Lesen haperte es noch ein wenig.

»Das alte Ägypten«, half er aus.

»Was ist das?«

»Ein Buch über die Vergangenheit – über das Volk der Ägypter und wie es einst gelebt hat.«

Das Mädchen guckte ihn kritisch an. »Ist es eine ausgedachte oder eine wahre Geschichte?«

»Wie oft muss ich dir noch sagen, dass da kein Unterschied ist? Auch ausgedachte Geschichten enthalten Wahrheit – über uns Menschen und die Welt, in der wir leben.«

»Na schön.« Sie seufzte. »Ist es wenigstens spannend?«

»Kann man wohl sagen. Wusstest du, dass man im alten Ägypten die Toten zu Mumien gemacht hat?«

»Was ist das, eine Mumie?«

»Man hat den Leichen die Organe herausgeschnitten. Dann hat man sie von Kopf bis Fuß in Salz eingelegt, einbalsamiert und in Tücher eingewickelt.«

»Echt?« Hana schauderte.

»Allerdings.« Otaku nickte. »Aber eigentlich«, meinte er, während er in dem Buch blätterte, »wollte ich dir das hier zeigen.« Er schlug eine Doppelseite auf. Das Papier war gewellt und die Farben ein wenig verblichen, das Buch war ziemlich alt. Aber man konnte noch ganz genau erkennen, was das Bild darstellte ...

»Das ist es!« Hana holte scharf Luft, während sie mit einem dünnen Finger auf die Seiten zeigte. »Das ist genau das Bild, das ich in meinem Traum gesehen habe!«

»Das ist nur eine Zeichnung, Krümel ...«

»Aber es sieht genauso aus! Nicht nur die halb fertige Pyramide, auch diese flachen Häuser dort und die Leute und die Art, wie sie angezogen sind – genau so ist es auch in meinem Traum gewesen!«

Otaku überlegte, seine Stirn legte sich unter dem blauen Haar in Falten. »Hast du das Bild vielleicht zuvor schon mal gesehen?«

Sie schüttelte entschieden den Kopf.

»Oder ein anderes Bild, das so ähnlich aussah?«

Wieder Kopfschütteln.

»Genau *so* habe ich es gesehen«, wiederholte Hana voller Überzeugung, während sie einmal mehr an ihrem Würfel drehte. »Nur der Junge fehlt.«

»Der Junge, der so angezogen war wie wir?«

»Genau.« Sie nickte.

»Krümel«, sagte Otaku leise, wobei er jedes einzelne Wort betonte, »was dieses Bild hier zeigt, liegt Jahrtausende in der Vergangenheit ...«

»Kann schon sein.« Sie zuckte mit den Schultern. »Aber was ich gesehen habe, das habe ich gesehen. Der Junge war dort. Bestimmt ist er durch die Zeit gereist. Genau wie der Mann in dem Buch mit der Zeitmaschine.«

20

LEHRANSTALT 118, METROPOLE
Zur selben Zeit

Dass die Zeit ganz anders war, als er es sich je vorgestellt hätte, dass man in ihr zurückkreisen, ihren Lauf beeinflussen und die Geschichte ändern konnte – das alles änderte nichts daran, dass die Zeit für Jason Wells endlos langsam verstrich.

Weder konnte er einfach ans Ende der Woche springen noch konnte er dafür sorgen, dass die Tage schneller vorbeigingen – im Gegenteil, je mehr er sich danach sehnte, dass es wieder Sonntag werden und er die Anstalt verlassen könnte, desto länger kam es ihm vor.

Irgendwann jedoch schien die Zeit Mitleid mit ihm zu bekommen und es wurde endlich Sonntag. Wie in der Woche zuvor besorgte er sich eine Erlaubnis zum Ausgang und gab an, sich die Mammuts im Zoo ansehen zu wollen – in Wahrheit würde nicht er es sein, der dort aufkreuzte und sich die fellbesetzten Riesen ansah, sondern ein Mitglied des Widerstands. Namira traf er erst in der Innenstadt – damit niemand Verdacht schöpfte, hatten sie sich ihre Ausgangsscheine einzeln besorgt und die Einrichtung getrennt verlassen. An einem Treffpunkt nahe der U-Bahn-Station wurden sie von Yussufs Leuten abgeholt und man nahm ihnen die ID-Bänder ab. Dann verband man Jason und Namira wieder die Augen, denn keiner von ihnen sollte sehen, wo es in die dunklen Gewölbe ging, die den Rebellen als Quartier dienten.

An diesem Sonntag bekam Jason seine erste Lektion in Sachen Zeitreisen ... und wieder war es anders, als er erwartet hatte.

Es fing schon damit an, dass man Namira und ihn nicht in jenen fensterlosen Kellerraum brachte, in dem er Yussuf das letzte Mal getroffen hatte. Stattdessen ging es noch tiefer hinab, über steile Treppen, auf denen sie sich vorsehen mussten, um nicht zu stürzen.

Der Raum, in den Jason und Namira diesmal geführt wurden, hatte eine hohe Decke. An den Wänden waren überall ägyptische Hieroglyphen zu sehen und mittendrin die riesige Darstellung einer Gestalt mit dem Körper eines Menschen und dem Kopf eines Ibis. In der Hand hielt sie einen langen Stab.

»Weißt du, wer das ist?«

Jason fuhr herum. Er hatte Yussuf gar nicht gesehen und war überrascht, als dieser plötzlich hinter ihm stand. »Der Typ da?« Jason zeigte auf die Figur, die mindestens fünf Meter hoch war. »Keine Ahnung.«

»Das ist Thot, der ägyptische Gott des Mondes, des Wissens und des Kalenders ... und der Zeit«, fügte Yussuf lächelnd hinzu. »Dieser Tempel war ihm einst geweiht.«

»Wir sind hier in einem alten Tempel?« Jason sah sich

beeindruckt um. So langsam dämmerte ihm, was diese ganze unterirdische Anlage war, in der sich die Rebellen versteckten – vermutlich eine uralte Grabanlage ...

Er schauderte.

»Wir nennen dies die Zeitkammer«, sagte Yussuf und deutete in den Raum, dessen einzige Einrichtung aus einem steinernen Sockel bestand, der wohl einst ein Opfertisch oder so etwas gewesen war, und ein paar Klapphockern, die eindeutig nicht altägyptisch waren.

»Ich glaube, einen geeigneteren Ort für deine allererste Lektion kann es nicht geben«, fügte Namiras Vater hinzu und deutete auf die Stühle. »Nehmt Platz, ihr beiden.«

Jason und Namira kamen der Aufforderung nach, wobei Namira sich ein wenig abseits setzte. Sie hatte den ganzen Morgen über kaum ein Wort gesprochen und wirkte ernster als sonst, beinahe angespannt. Auch Jasons Herz klopfte heftig, aber ganz anders als bei Dr. Wolff. Dies war nicht wie im Unterricht, er hatte keine Angst. Sein Herz schlug vor Aufregung und aus Wissbegier, weil er es kaum erwarten konnte zu erfahren, was es mit alldem auf sich hatte ...

»Du kannst davon ausgehen, dass alles, was du über Zeit weißt oder zu wissen glaubst, falsch ist«, begann Yussuf seinen Vortrag, während er sich ihm gegenübersetzte. »Das Wesen der Zeit ist in Wahrheit sehr viel anders, als Menschen es wahrnehmen, denn im Gegensatz zu den drei Dimensionen Höhe, Breite und Tiefe, die den Menschen keine Probleme bereiten, haben sie mit der Dimension Zeit so ihre Probleme. Die allermeisten von ihnen könnten sich nur in eine Richtung in ihr bewegen und auch mit immer derselben Geschwindigkeit – wir nennen das älter werden.«

»Aber manchmal kommt es einem vor, dass die Zeit sehr viel langsamer vergeht«, warf Jason ein. »Eine Geschichtsstunde bei Dr. Wolff zum Beispiel dauert eine Ewigkeit!«

»Nur eine Täuschung«, versicherte Yussuf lächelnd. »Die Zeit ist ein langer und gleichmäßiger Fluss – es sei denn, man weiß, wie man gegen den Strom schwimmen kann. An dieser Stelle kommen die Zeithüter ins Spiel. Nenn es Vorsehung oder Schicksal, aber einige Menschen haben die Gabe, genau das zu tun.«

»Indem sie die Zeit *falten*«, erinnerte sich Jason an das, was Namiras Vater ihm schon bei ihrer letzten Begegnung gesagt hatte.

»Nicht die Zeit selbst, aber das Kontinuum, in dem sie verortet ist«, erklärte Yussuf – und blickte in ein verständnisloses Gesicht. »Die Wissenschaft hat so etwas in der alten Zeit ein Wurmloch genannt – ein Phänomen, bei dem zwei weit auseinander liegende Punkte im Kosmos dadurch verbunden werden, dass er sich an dieser Stelle faltet. Manche Wissenschaftler haben die Existenz solcher Wurmlöcher bezweifelt, andere haben sie für eine Tatsache gehalten – die Zeithüter jedoch tun seit Anbeginn der Geschichte nichts anderes, wenn sie sich durch die Zeit bewegen, und zwar allein kraft ihres Geistes«, fügte er hinzu und tippte sich zur Verdeutlichung an die graue Schläfe.

»Das ist alles?« Jason war fast enttäuscht. »Weiter braucht man nichts dazu?«

Yussuf lächelte. »Der freie Geist, mein Freund, ist die mächtigste Waffe überhaupt. Oder was glaubst du, warum Nimrod die Menschen auf Schritt und Tritt beobachtet? Warum er ihnen vorschreibt, was sie tun und denken sollen? Warum er schon die Kinder in seine Anstalten steckt und sie einander gleich macht, indem er sie in rote Uniformen steckt? Um den menschlichen Geist zu kontrollieren! Inspiration und Freude an der Fantasie sind die schärfsten Waffen im Kampf gegen Unterdrückung – auch der Schatten weiß das, deshalb versucht er, sie zu verbieten.«

»Das verstehe ich«, versicherte Jason. »Aber wie kann mir mein Geist dabei helfen, durch die Zeit zu reisen?«

»Indem du dich konzentrierst, das Ziel nicht nur vor Augen siehst, sondern es spürst, hörst, riechst. Neulich hast du schon gezeigt, dass du das Zeug dazu hast. Nun musst du nur noch lernen, deine Kräfte gezielt einzusetzen.«

»Und wie?«

»Hat Namira dir den Würfel gegeben?«

Jason warf Namira einen fragenden Blick zu – dass der Zauberwürfel von ihrem Vater stammte, hatte sie nicht gesagt. Er nickte und holte den kleinen Gegenstand aus der Tasche seiner Uniformjacke hervor. Die ganze Woche über hatte er daran gedreht und ihn zu lösen versucht, aber nie mehr als zwei Seiten einer Farbe hinbekommen. »Ich fürchte, ich bin dafür nicht schlau genug«, sagte er.

»Versuch es einfach weiter«, riet Yussuf ihm. »Einstweilen soll uns der Würfel als Modell dienen.«

»Wofür?«

»Für die Wirklichkeit«, erklärte Namiras Vater mit wissendem Lächeln. »Die beiden Ebenen, auf denen du den Würfel drehen kannst – waagrecht und senkrecht – entsprechen den Dimensionen von Breite und Höhe. Außerdem kannst du den Würfel natürlich beim Drehen vor und zurück bewegen – das entspricht der dritten Dimension, der räumlichen Tiefe. Die Drehung selbst dagegen ist die Zeit mit all ihren Möglichkeiten – allein dieser Würfel kann in 23 Trillionen verschiedene Positionen gebracht werden, wusstest du das? Und nehmen wir die unterschiedlichen Positionen hinzu, die der Würfel im Raum einnehmen kann, sind es noch unendlich viele Möglichkeiten mehr.«

Jason wusste darauf nichts zu erwidern. Bei Zahlen schwirrte ihm immer der Kopf, das war auch im Unterricht so. Und bei »unendlich« war er sowieso raus ...

»Aber ganz egal, wie lange ich an diesem Würfel drehe, so hat jede Drehung doch zu einem bestimmten Zeitpunkt in der Vergangenheit stattgefunden. Und wenn man die Raum-Zeit-Koordinaten dieses Punktes kennt, kann man exakt dorthin reisen.«

»Aber nur in die Vergangenheit?«, fragte Jason.

»Natürlich – weil keiner von uns vorhersehen kann, in welche Richtungen der Würfel als Nächstes gedreht werden wird. Wir können es allenfalls erahnen und diese Ahnung ermöglicht es uns, bestenfalls ein paar Sekunden in die Zukunft zu springen, nicht mehr.«

»So wie Sie neulich«, erinnerte sich Jason.

»In der Tat. Aber selbst die besten Zeithüter haben nicht mehr als eine Minute geschafft.«

»Und Nimrod?«, wollte Jason wissen. Er wusste selbst nicht recht, warum er das fragte.

»Sein Interesse gehört nicht der Zukunft, sondern der Vergangenheit«, erklärte Yussuf. »Nicht von ungefähr hat er dort die Timelocks hinterlegt.«

»Wie viele Timelocks sind es eigentlich?«

»Sechs, soweit wir wissen. Wenn es uns gelingt, sie zu entfernen, wird die ursprüngliche Zeitlinie wiederhergestellt und Nimrod wird – sozusagen – Geschichte sein. Aber zwei Dinge sind dabei wichtig.«

»Nämlich?«, wollte Jason wissen.

»Das erste kennst du schon: Die Timelocks müssen in derselben Reihenfolge entfernt werden, in der Nimrod sie gesetzt hat. Nur so können wir hoffen, die alte Zeitlinie weitgehend wiederherzustellen.«

»Und zweitens?«

»Wir haben nur diese eine Möglichkeit, die Timelocks zu entfernen, denn jeder Zeitreisende kann nur ein einziges Mal an einen bestimmten Punkt der Vergangenheit zurückkehren.«

»Warum?«

»Weil diese Vergangenheit danach ein Teil *seiner eigenen* Vergangenheit ist – und niemand kann seine eigene Lebenszeit ändern, weißt du noch?«

Jason nickte – das leuchtete ein.

»Gelingt es uns also nicht, die Veränderungen zu beseitigen, die Nimrod vorgenommen hat, werden sie sich für immer ins Gedächtnis der Zeit einbrennen.«

»Die Zeit ... hat ein Gedächtnis?«

»Allerdings, und alle Lebewesen sind damit verbunden – deshalb merken zeitsensible Menschen wie du, wenn etwas damit nicht stimmt.«

»Und ihr denkt, dass ich die Timelocks deshalb finden kann?«

Yussuf nickte. »Wie gesagt, mit etwas Training ...«

»Einen Zeitpunkt kennen wir bereits«, meinte Jason mit wissendem Nicken.

»Tatsächlich?« Yussuf hob die buschigen Brauen.

»Die Mammuts«, brachte Jason in Erinnerung. »Namira hat mir erzählt, dass sie eigentlich seit der letzten Eiszeit ausgestorben sind. Also muss Nimrod den ersten Timelock dort gesetzt haben.«

»Das ist wahr – allerdings währte diese Eiszeit rund 100.000 Jahre. Das sind mehr als 36 Millionen Tage oder 876 Millionen Stunden ... und du kennst den genauen Zeitpunkt?«

»Äh – nein«, musste Jason kleinlaut zugeben. Die Sache war viel komplizierter, als er zunächst geglaubt hatte ...

»Ohne die genauen Koordinaten von Raum und Zeit könnten wir irgendwo in den Jahrtausenden verloren gehen«, warnte Yussuf. »Wir müssen uns unserer Sache also ganz sicher sein ... *Du* musst dir deiner Sache sicher sein, mein Junge«, fügte er eindringlich hinzu.

»Na klasse.« Jason schnaubte.

»Mach dir deshalb keine Gedanken.« Yussuf legte ihm beruhigend eine Hand auf die Schulter. »Ohne dich hätten wir ohnehin keine Chance, die Timelocks aufzuspüren –

wenn die Sache also schiefgeht, sind wir nicht schlimmer dran als jetzt.«

»Und das soll mich beruhigen?«

Lange und durchdringend sah Yussuf ihn an. »Du wirst es schaffen«, sagte er dann. »Wir alle glauben fest an dich.«

Jason wich seinem Blick aus. Es war das erste Mal, dass jemand so etwas zu ihm sagte ... dass ihm überhaupt jemand etwas zutraute. Er sah zu Namira, die ihm ebenfalls ermunternd zunickte.

»Bist du also bereit zu deinem ersten Ausflug in die Vergangenheit?«, erkundigte sich Yussuf.

»Was muss ich tun?«, fragte Jason. »Einfach verschwinden?«

»Nun, ganz so einfach ist es nicht«, entgegnete der Zeithüter. Auf dem Hocker sitzend, nahm er eine aufrechte Sitzhaltung ein und streckte die Arme in Jasons Richtung aus, mit den Handflächen nach oben. »Leg deine Hände auf meine«, forderte er ihn auf.

»Wozu?«

»Deine ersten Reisen in die Vergangenheit musst du weder allein noch aus eigener Kraft antreten – ich werde dich mit mir nehmen.«

Jason sah ihn zweifelnd an. »U-und wohin geht die Reise?«

»In die Vergangenheit«, lautete die rätselhafte Antwort. »Lass dich überraschen.«

Jason schnaubte. Er mochte Überraschungen nicht besonders, in der Anstalt brachten sie meist nichts Gutes mit sich. Aber er vertraute Namiras Vater genug, um die Hände auf die seinen zu legen. In dem Augenblick, in dem sie einander berührten, hatte er das Gefühl, dass eine Welle von Energie ihn durchflutete.

»Es ist die Zeit, die du spürst«, erläuterte Yussuf. »Sie umgibt uns zu jedem Augenblick, dennoch nehmen wir sie nicht wirklich wahr.«

»Was soll ich tun?«, fragte Jason.

»Schließ die Augen und konzentrier dich«, sagte Yussuf, während er selbst die Lider schloss. »Die Zeit ist ein langer und ruhiger Fluss, wir lassen uns einfach darauf treiben.«

»Aber – wir wollen uns doch *gegen* den Strom bewegen oder nicht? In die Vergangenheit ...«

»Das ist richtig. Doch je mehr du es versuchst, desto weniger wird es dir gelingen – lässt du dich hingegen von der Zeit tragen, kannst du große Entfernungen überbrücken ... Fühlst du bereits, wie sie dich trägt?«

»I-ich glaube schon.« Jason nickte. Er verspürte tatsächlich etwas, ein Gefühl der Schwerelosigkeit, so als würde er in der Luft schweben – dabei saß er noch immer auf seinem Hocker.

Dann veränderte sich etwas.

Lichtblitze durchzuckten die Schwerelosigkeit und Jason hatte das Gefühl, dass eine Woge ihn erfasste und davontrug. Auf ihr ritten Yussuf und er dahin, mit nichts unter sich als der Unendlichkeit. Aus dem verschwommenen Nichts, das sie umgab, formten sich plötzlich Bilder ...

Jason sah sich selbst in jüngeren Jahren.

Seine Klassenkameraden und Rektor Radowan, noch mit deutlich mehr Haaren auf dem Kopf.

Und da war die Anstalt, über Jahre hinweg unverändert, eine Festung aus grauem Beton.

Plötzlich kam Jason ein Gedanke.

Er war auf dem Weg zurück in die Zeit ... Wenn er nur noch ein wenig weiterreiste, würde er womöglich seinen Eltern begegnen, sie endlich einmal sehen!

Der Wunsch war so übermächtig, dass er alles andere darüber vergaß. Er konzentrierte sich noch stärker, versuchte die Welle zu beschleunigen, auf der sie sich bewegten. Er sah sich selbst im Alter von sieben, sechs, fünf Jahren und weit vor sich konnte er aus dem grauen Nebel zwei Gestalten auftauchen sehen, einen Mann und eine Frau ...

»Jason, nicht«, vernahm er Yussufs warnende Stimme wie aus weiter Ferne, aber er achtete nicht darauf.

»Mama?«, fragte er flüsternd. »Papa?«

Auf dem Fluss der Zeit dahinrasend, streckte er die Arme nach ihnen aus, so als könnte er sie berühren – dass er Yussufs Hände damit gleichzeitig losließ, war ihm nicht bewusst. Im selben Moment, in dem er seine Eltern zu greifen suchte, verflüchtigte sich der Nebel und mit ihm auch die beiden Gestalten darin.

»Nein! Nein!«, rief er, während er zugleich merkte, wie etwas mit unwiderstehlicher Kraft an ihm zu zerren begann – an seinem Körper, seinem Geist, an allem, was er war. Aber er wollte nicht zurück, noch nicht. Er wollte bleiben, um seine Eltern zu sehen, ihnen endlich zu begegnen!

Doch anstelle seiner Eltern formte sich der Nebel um ihn plötzlich zu einem Strudel, zu einem schwarzen Mahlstrom, der sich immer schneller drehte und ihn zu verschlingen drohte. Und aus der Tiefe des Tunnels kam eine schwarze Gestalt mit glühenden Augen.

In diesem Moment verlor Jason Wells das Bewusstsein.

21

»Jason! Mach die Augen auf!«

Yussufs Stimme drang plötzlich zu ihm. Sie rief laut seinen Namen und klang nicht nur besorgt, sondern ängstlich. Etwas musste vorgefallen sein ...

»Komm zurück, Junge! Jetzt gleich, hörst du?«

Es kostete Jason unendliche Überwindung, die Vergangenheit loszulassen und in eine Gegenwart zurückzukehren, in der er allein war und keine Eltern hatte ... aber schließlich schaffte er es. Jäh schlug er die Augen auf.

Fast überrascht stellte er fest, dass er noch immer auf seinem Hocker kauerte. Yussuf saß ihm gegenüber und sah ihn besorgt an, bei ihm stand Namira.

»Bist du in Ordnung?«, fragte sie.

»Kla-klar, wieso nicht?« Er nickte. Sein Schädel dröhnte ein wenig und er brauchte einen Moment, um sich zu sammeln. Aber sonst ging es ihm gut. »Was ist passiert?«

»Du hast versucht, die Kontrolle über den Zeitsprung zu übernehmen«, sagte Yussuf. Es klang nicht vorwurfsvoll, aber sehr besorgt. »Das hättest du nicht tun dürfen.«

»Warum nicht?«

»Aus mehreren Gründen. Wenn wir in die Vergangenheit reisen, müssen wir zur jeder Zeit die Kontrolle darüber behalten. Tun wir das nicht, kann es sein, dass uns der Zeitfluss nicht mehr trägt und wir darin versinken.«

»Und das bedeutet?«

»Die Blase um dich herum erlischt und du gehst in Raum und Zeit verloren«, erklärte Namira gepresst. »Du hast euch beide dadurch in große Gefahr gebracht.«

»Tut mir leid, das ... das wusste ich nicht«, erklärte Jason. »Ich ... ich hatte nur plötzlich den Wunsch, meine Eltern zu sehen. Wie sie sich um mich kümmerten, als ich noch ein kleines Kind war ... Der Wunsch war so stark, ich konnte nichts dagegen tun.«

»Das verstehe ich – doch es ist nicht möglich, dir diesen Wunsch zu erfüllen«, sagte Yussuf hart.

»Wieso nicht?«

»Weil niemand innerhalb seiner eigenen Lebenszeit zurückspringen kann«, brachte der Zeithüter in Erinnerung. »Niemand vermag seine eigene Vergangenheit zu ändern, deshalb kann jeder von uns nur in die Zeit zurückreisen, die jenseits seiner eigenen Geburt liegt. Bei mir ist es das Jahr 1968 ...«

»... und bei mir 2011«, ergänzte Jason. »Ich verstehe.«

Der Zeithüter nickte und ließ sich wieder auf seinen Hocker sinken. Er wirkte müde und auch ein wenig niedergeschlagen. »Aber das ist nur die halbe Wahrheit«, gestand er leise.

»Was noch?«, fragte Jason.

Namiras Vater lächelte schwach. »So stark dein Wunsch, deine Eltern zu sehen, auch gewesen sein mag – ohne die entsprechenden Fähigkeiten wäre es dir nicht gelungen, meinen Zeitsprung zu stören. Deine Kräfte müssen um vieles stärker sein, als ich es bislang angenommen hatte.«

Jason sah ihn unsicher an. »Ist das gut oder schlecht?«

Yussuf wiegte den Kopf hin und her. Über die Antwort schien er erst nachdenken zu müssen. »Weder noch«, meinte er dann. »Aber du musst dich vorsehen. Große Kraft ist nichts ohne die Fähigkeit, sie zu kontrollieren, denn sie kann dich und andere ins Verderben stürzen. Die Raumzeit ist ein Ort voller Möglichkeiten – aber auch voller Gefahren.«

»Dann werde ich ab jetzt besser aufpassen«, versprach Jason. »Ich wollte wirklich niemandem schaden.«

»Das glaube ich dir – dennoch wirst du deine nächste Reise in die Vergangenheit wohl allein antreten müssen.«

»Meinst du wirklich?« Namira sah ihren Vater zweifelnd an. Sie schien plötzlich Angst zu haben – nicht um sich selbst, sondern um Jason. »Aber ihr habt doch gerade erst mit dem Training angefangen …«

»Ich fürchte, wir haben keine Wahl«, erwiderte Yussuf leise. »Jasons Kräfte übersteigen die meinen bereits jetzt, ich kann ihn nicht vor sich selbst schützen – das kann nur ein Seelenwürfel.«

»Was immer das ist, es hört sich nicht besonders gut an«, meinte Jason.

»Kein Grund zur Sorge.« Yussuf lächelte. »Wenn wir die Raumzeit falten, dann reisen nur Körper und Geist durch die Zeit. Unsere Seelen bleiben stets in der Gegenwart zurück.«

»Unsere ... Seelen?« Jason sah ihn zweifelnd an.

»Ich weiß, an den Anstalten bringen sie euch bei, dass es so etwas wie eine unsterbliche Seele nicht gibt. Aber das ist eine Lüge, wie so vieles, was Nimrod und seine Helfer verbreiten. Deine Seele, mein Junge, ist dein eigentliches Wesen, so einzigartig wie dein Fingerabdruck und so wunderbar wie das Universum selbst. Sie ist, was dich ausmacht, deine Wünsche, deine Liebe und deine Hoffnungen. Und sie ist unveränderlich, deshalb bleibt sie stets im Hier und Jetzt.«

»Kann sie nicht mit in die Vergangenheit?«, fragte Jason.

»Zumindest dachten wir das immer«, erwiderte Namiras Vater ausweichend. Ihm war anzusehen, dass ihm das Thema unangenehm war. »Von der Gegenwart aus wird deine Seele dir stets den Weg zurück zeigen, wie ein Leuchtfeuer in der Nacht. So wirst du niemals in der Raumzeit verloren gehen.«

»Das verstehe ich.« Jason nickte. »Aber was geschieht mit den Seelen in der Gegenwart, wenn nur Körper und Geist sich auf die Reise begeben? Ich meine, liegen dann hier überall körperlose Seelen herum?«

Es war als Scherz gedacht, aber Yussuf lachte nicht darüber. »Durchaus nicht«, versicherte er, »wir bewahren sie auf, in Behältern aus einem kristallinen Element, Tempurit genannt. Es ist sehr selten und hat bestimmte Eigenschaften die Zeit betreffend. Auch die Timelocks sind daraus gemacht.«

»Tempurit«, wiederholte Jason. Er hatte noch nie davon gehört. Auf dem Periodensystem im Chemiesaal war es ganz sicher nicht zu finden. Der Gedanke, dass seine Seele von seinem Körper getrennt und in einen Kristall eingeschlossen wurde, gefiel ihm nicht besonders.

»Es geschieht nur zu deinem Besten«, versicherte Yussuf, der Jason die Bedenken anzusehen schien. »Und es ist völlig schmerzlos, das verspreche ich dir.«

»Sag ihm alles, Vater«, verlangte Namira in diesem Moment. »Die *ganze* Wahrheit.«

»Über die Seelenwürfel?«, fragte Jason. »Wieso, was ist noch mit ihnen?«

»Nun«, begann Yussuf zögernd, »wenn dir in der Vergangenheit etwas zustößt, so endet deine körperliche Existenz, aber deine Seele bleibt in ihrem Behälter eingeschlossen.«

»Und wenn umgekehrt dem Behälter etwas passiert und deine Seele Schaden nimmt, während du in der Vergangenheit bist, ist es ebenfalls vorbei«, fügte Namira hinzu. »Dann gehst du in Raum und Zeit verloren.«

»Ist ... es das, was meinen Eltern passiert ist?«, fragte Jason leise. »Ist das der Grund, warum sie nicht zurückgebracht werden können?«

»Ja, Jason.« Yussuf nickte. »Wer einmal verloren ist, kann nicht mehr gerettet werden. Deshalb müssen die Seelenbehälter stets gut gehütet und an einem geheimen Ort aufbewahrt werden.«

Jason nickte. Das alles leuchtete ihm auf eine Art und Weise ein, die ihn selbst verwunderte – dabei war er alles andere als ein Genie in Sachen Physik oder Mathematik. Wenn sie im Unterricht neuen Stoff durchnahmen, begriff er meistens erst mal gar nichts. Doch diese Zeitreise-Sache, so kompliziert sie auch sein mochte, war ihm auf seltsame Weise vertraut. So, als hätte er schon früher davon gewusst und bräuchte sich nur wieder daran zu erinnern.

Oder als wäre er einfach dafür geboren ...

»Aber wenn es so einfach ist, einen Zeitreisenden aufzuhalten«, überlegte er, »bräuchte man doch nur Nimrods Seelenbehälter finden und ihn zerstören – und alles, was er getan hat, würde nie passieren.«

»Du lernst wirklich schnell«, meinte Yussuf anerkennend. »Aber zum einen ist Nimrod von der Zukunft aus gesprungen, wir können seinen Seelenwürfel also nicht erreichen – und zum anderen hat er seine Seele nicht zurückgelassen.«

»Nein?« Jason sah ihn verwirrt an. »Aber ich dachte, eine Seele könnte nicht durch die Zeit reisen ...«

»Das dachten wir alle«, gab Yussuf beklommen zurück, »bis einer es doch tat – Nimrod. Und indem er seine Seele mit in die Vergangenheit nahm, wurde möglich, was man bis dahin ebenfalls als unmöglich angesehen hatte ...«

»... nämlich den Lauf der Geschichte zu verändern«, ergänzte Jason leise.

»So ist es – aber Nimrod hat dafür einen hohen Preis bezahlt.«

»Nämlich?« Jason verkrampfte innerlich. An Yussufs Tonfall konnte er schon erahnen, dass ihm die Antwort nicht gefallen würde.

»Ich habe dir bereits gesagt, dass die Timelocks aus dem gleichen Material gemacht sind wie die Seelenbehälter ...«

»Tempurit«, wusste Jason.

»In der Tat – aber das ist nicht alles, woraus sie gemacht sind. Um die Vergangenheit dauerhaft zu verändern, musste Nimrod Bruchstücke seiner eigenen Seele in den Timelocks zurücklassen, und zwar in jedem einzelnen von ihnen.«

»Was heißt das?« Jasons fragender Blick ging von Yussuf zu Namira und wieder zurück. »Dass wir es mit einem Typen ohne Seele zu tun haben?«

»Das wohl nicht – aber seine Seele hat schweren Schaden genommen und mit ihr auch Körper und Geist.«

Jason schluckte. »Und ... das bedeutet?«

»Dass der Mann, der dort in der Großen Pyramide sitzt und die Welt regiert, entstellt ist an Körper und Seele und sein Geist vermutlich dem Irrsinn verfallen«, erwiderte Namira leise. »Er ist nicht mehr als ein lebender Schatten.«

»Deshalb also nennt man ihn so«, flüsterte Jason schaudernd. »Und ich dachte, es käme davon, weil man ihn so lange nicht mehr gesehen hat.«

»Das eine hängt mit dem anderen zusammen«, bestätigte Yussuf, »denn würde der Herrscher sich zeigen, würde die Welt die Wahrheit erkennen.«

»Und was ist die Wahrheit?«, fragte Jason leise.

Yussuf seufzte. »Dass Nimrod der Lenker ein Monster ist.«

22

Jason schlief schlecht in dieser Nacht.

Was Yussuf ihm erzählt hatte – über das Wesen der Zeit, über die Zeithüter, die Seelenbehälter und alles andere –, ging ihm nicht mehr aus dem Sinn. Auch am nächsten Tag wurde es nicht besser, im Gegenteil, immer noch mehr Fragen kreisten in seinem Kopf, die er Namiras Vater bei ihrem nächsten Treffen unbedingt stellen wollte.

Und immer wieder musste er an die Gestalt aus seinen Träumen denken – jene dunkle Gestalt mit den glühenden Augen, die er auch während seiner kurzen Reise in die Vergangenheit gesehen hatte. Was hatte es zu bedeuten, dass er ihr ständig begegnete? Existierte sie tatsächlich?

Die Sache war ihm unheimlich und er wünschte sich, Yussuf davon erzählt zu haben – bei ihrem nächsten Treffen, so nahm er sich vor, würde er das nachholen.

Doch als Jason am darauffolgenden Sonntag die Katakombe der Rebellen betrat, erwartete der Zeithüter ihn bereits – und hatte etwas mitgebracht. Vor ihm, auf einem kleinen Tisch, lag ein Würfel, dessen Kantenlänge etwa eine Handbreite betrug. Ein sanftes Leuchten ging von ihm aus und tauchte das Gewölbe in warmen Schein.

»Wow«, machte Jason. »Das ist es also?«

»Ein Seelenwürfel«, bestätigte Yussuf, »mit einem Kern aus Tempurit.«

»Ist aber ziemlich winzig – ich meine, dafür dass eine ganze Seele reinpassen soll.«

Namiras Vater lächelte. »Vielleicht ist es dir ja noch nicht aufgefallen – aber die wirklich wichtigen Dinge im Universum werden nicht nach ihrer Größe bemessen.«

Jason nickte, während er sich auf der anderen Seite des Tisches niederließ. Namira war diesmal nicht mitgekommen, sondern in der Anstalt geblieben. Es war notwendig, um unnötiges Aufsehen zu vermeiden, aber Jason wäre es lieber gewesen, sie hier zu haben. Schließlich sollte er heute zum allerersten Mal aus eigener Kraft die Gegenwart verlassen und in die Vergangenheit reisen – während seine Seele hier drin zurückblieb, in diesem Ding.

Wie würde es sich anfühlen, von ihr getrennt zu sein?

Würde er dabei überhaupt etwas empfinden?

Schon darüber nachzudenken, war verrückt. Vor ein paar Tagen hatte er noch nicht einmal gewusst, dass es so etwas wie Zeitreisen überhaupt gab. Geschweige denn, dass er dazu in der Lage war …

Er kniff sich heimlich, um sich zu vergewissern, dass alles nicht nur ein seltsamer Traum war.

Doch es war wirklich, hier … und jetzt.

»Und wie … komme ich in den Würfel rein?«, fragte er Yussuf vorsichtig.

»Du brauchst nichts weiter zu tun, als dich auf dein Ziel zu konzentrieren, wie du es bereits getan hast ... und die Gegenwart loszulassen. Der Kristall im Inneren des Würfels wird deine Seele an sich binden. Und hab keine Angst, es ist völlig schmerzlos.«

»Was ist das eigentlich für Zeug?«, fragte Jason.

»Das Tempurit?«

Jason nickte.

»Es ist so alt wie der Kosmos selbst und kam vom Anbeginn der Zeit zu uns.«

»Wie denn? Als Meteorit oder so?«

»Oder so.« Yussuf nickte. »Halt dich jetzt nicht mit Fragen auf, die dich nur verwirren, sondern konzentrier dich auf das Ziel, auf die Vergangenheit, in die du reisen möchtest.«

»Und was für ein Ziel soll das sein?«

»Die Auswahl überlasse ich dir, aber ich würde dir raten, fürs Erste nicht zu weit zu springen.«

»Warum?«

»Weil die Reise in eine ferne Vergangenheit sehr erschreckend sein kann.«

Jason nickte – nach dem Grund fragte er lieber nicht, sonst verließ ihn auch noch der letzte Rest seines Mutes. Ohnehin war er ziemlich aufgeregt, wie vor einer Prüfung, nur tausendmal schlimmer – denn in der Anstalt hing gewöhnlich nicht sein Leben davon ab. Hier gab es unendlich viel, das schiefgehen konnte, und er hatte wirklich keine Lust, in Zeit und Raum verloren zu gehen, für immer gefangen, seelenlos ...

Die ganze Woche über hatte er darüber nachgedacht, wohin sein erster eigener Ausflug in die Vergangenheit ihn führen sollte, und er hatte sich für ein Bild aus dem Geschichtsbuch entschieden, das ihn schon immer sehr beeindruckt hatte.

Ein Geschwader von Luftschiffen der Nordstaaten von Amerika war darauf zu sehen, majestätisch über einer Küstenlandschaft schwebend. Der Anblick dieser Schiffe hatte schon immer etwas tief in Jason berührt, hatte eine Sehnsucht nach Ferne und Abenteuer in ihm entfacht, sodass seine Wahl auf dieses Bild fiel. Wann und wo es genau entstanden war, wusste er nicht, aber ein einziges Mal wollte er diese Schiffe mit eigenen Augen sehen, in echt und in Farbe. Er wollte das Röhren der Propeller hören und die Meeresluft riechen, denn er war zuvor noch nie am Meer gewesen ...

Mit aller Kraft konzentrierte er sich auf das Bild, schloss die Augen, während er es sich genau vorstellte, bis ins letzte Detail – und wie beim letzten Mal begann sein Körper zu schweben ... oder jedenfalls fühlte es sich so an.

»Gut so«, hörte er Yussuf sagen, aber seine Stimme verlor sich, noch während er sprach.

Die Welt um Jason verschwand hinter Nebeln, der Strom der Zeit erfasste ihn. Er war gespannt, wie lange es dauern würde, acht Jahrzehnte zurückzureisen ... Der Gedanke, dass es schneller gehen würde, als an einen Punkt zu springen, der ein paar Jahrhunderte zurücklag, war naheliegend, aber das war nicht der Fall. Da sich die Raumzeit faltete, war es ohne Belang, wie weit Startpunkt und

Ziel auseinander lagen, hatte Yussuf ihm erklärt – als Jason nur einen Herzschlag später die Augen wieder öffnete, war er bereits am Ziel seiner Reise angekommen.

Doch anders als er erwartet hatte, stand er nicht irgendwo auf einer einsamen Klippe, gegen die rauschend die Wellen des Meeres brandeten. Vielmehr fand er sich auf einem Wall aus nacktem grauen Beton wieder und zu seinen Füßen erstreckten sich Stellungen mit riesigen Kanonen, deren Rohre in die See hinausragten. Die Luft roch zwar nach Salz und Tang, wie er es sich vorgestellt hatte, aber auch nach Öl und Metall – und als er tatsächlich das Brummen der Luftschiffe hörte, setzte fast zeitgleich das Kreischen einer Sirene ein, so laut, dass Jason erschrocken zusammenzuckte, und Hektik brach auf den Geschützstellungen aus. Soldaten in grauen Uniformen stürmten aus Luken und metallenen Türen und bemannten die Kanonen, richteten sie zum grauen Himmel aus.

Plötzlich begriff Jason.

Zwar war die Fotografie im Geschichtsbuch nicht mit einer Jahreszahl versehen gewesen, doch befand er sich ganz offenbar im Jahr 1935 – jenem Jahr, in dem der Letzte Krieg begonnen hatte! Er hieß so, weil es Nimropia gelungen war, seine letzten Feinde zu unterwerfen – die Nordstaaten von Amerika, England und noch ein paar weitere, die sich gegen das Reich verbündet hatten. Der Krieg hatte mit dem Sieg Nimrods geendet, seither herrschte auf der ganzen Welt die *Pax Nimrodiana*.

Der Nimrodische Friede ...

Unten auf einer Plattform stand ein Mann mit einem

altmodischen Fotoapparat – Jason bekam eine Gänsehaut, als ihm klar wurde, dass dieser in wenigen Augenblicken das Foto machen würde, das er aus dem Geschichtsbuch kannte ...

»He, du!«, rief plötzlich jemand hinter ihm.

Jason wirbelte herum – nur um sich einem Soldaten gegenüberzusehen, der vielleicht zwei oder drei Jahre älter war als er selbst. Er trug die graue Uniform mit dem Abzeichen Nimropias und hatte eine Maschinenpistole auf Jason gerichtet. Instinktiv nahm der die Hände hoch.

»Was hast du hier zu suchen?«, bellte der junge Soldat ihn an. »Bist du ein Ami? Ein Tommy?«

»Was?«, fragte Jason verwirrt.

Das Motorengeräusch der herannahenden Luftschiffe war inzwischen zu einem dumpfen Brummen angeschwollen. Das erste Geschütz begann loszuhämmern, so laut, dass Jason das Gefühl hatte, sein Trommelfell würde platzen. Rauch stieg auf, die Luft war plötzlich von beißendem Gestank durchsetzt – und dann waren die feindlichen Schiffe bereits da!

Hektisches Geschrei war zu hören. Noch mehr Kanonen feuerten, Geschützfeuer flackerte und stinkender Dunst stieg auf. Eines der Luftschiffe ging in Flammen auf und sackte vom Himmel ... dann war plötzlich ein hässliches Pfeifen zu hören!

»In Deckung!«, rief der junge Soldat und warf sich zu Boden.

Mit einer Langsamkeit, als würde er schlafwandeln, drehte Jason sich um – und sah das Bild, das er aus dem

Geschichtsbuch kannte, die Luftschiffe über der Festung. Nur dass es nicht schwarzweiß war und verschwommen, sondern gestochen scharf und der Himmel blutig rot über den länglichen Flugkörpern, die wie riesige schwebende Fische aussahen. Aus dem Augenwinkel nahm Jason wahr, wie der Apparat des Fotografen blitzte – und im nächsten Moment brach ein wahres Inferno los.

Die Bombe, die das Luftschiff abgeworfen hatte, schlug ein. Die Explosion war so entsetzlich, dass sie Jason von den Beinen riss. Er wankte und fiel hin, im selben Moment sah er eine gewaltige Feuerkugel über die Geschützstellung hinwegfegen, die nicht nur die Soldaten dort verbrannte, sondern auch den Fotografen ...

Einen Augenblick lang war Jason vor Entsetzen wie erstarrt. Dann begriff er, dass er verschwinden musste.

Jetzt!

Er kniff die Augen zusammen und versuchte, sich zu konzentrieren, aber das war nicht einfach. Überall wurde geschrien und Feuersbrünste tobten und über allem lagen das Brummen der Propeller und das Heulen der Sirene ... doch schließlich gelang es ihm.

Die Welt um ihn trübte sich, verschwand hinter den nebligen Schleiern, die er nun schon kannte – und im nächsten Moment fand er sich im Keller wieder. Allerdings nicht entspannt auf seinem Hocker sitzend, sondern erschöpft und nach Atem ringend. Noch immer hatte er den Pulvergestank in der Nase und die verzweifelten Schreie in seinen Ohren. Rauch quälte seine Lungen, sodass er heftig husten musste.

»Um Himmels willen!«, rief Yussuf, der ihn entsetzt anstarrte. »Wo, bei allen Zeiten, bist du gewesen?«

Jason hustete noch immer. »Wo ich nicht hätte sein sollen«, gab er keuchend bekannt, noch immer erschüttert von dem, was er gesehen und erlebt hatte.

Dass der Fotograf, der die Aufnahme gemacht hatte, schon im nächsten Moment einen grausamen Tod gestorben war, stand nicht im Geschichtsbuch. In Zukunft würde Jason das Bild mit anderen Augen betrachten, so viel stand fest …

»Ich fürchte, deine Fähigkeiten übersteigen bei Weitem deinen Verstand«, meinte Namiras Vater tadelnd. »Die Geschichte ist nichts, was man auf die leichte Schulter nehmen sollte. All diese Dinge mögen vor langer Zeit geschehen sein, aber sie sind tatsächlich passiert – und sie sind wirklichen Menschen widerfahren, Leuten wie dir und mir. Das darf ein Zeithüter niemals vergessen.«

»Schätze, die Lektion habe ich gelernt«, stimmte Jason zu, während er versuchte, sich den Ruß aus dem Gesicht zu wischen. »Es war furchtbar dort. Glücklicherweise sind es nur ein paar Minuten gewesen …«

»Was meinst du damit?« Der Zeithüter sah ihn fragend an. »Du warst beinahe fünf Stunden fort.«

»Was?« Jason schüttelte den Kopf. »Das kann nicht sein, es waren wirklich nur ein paar Minuten. Und die Reise selbst dauerte nur wenige Augenblicke!«

»So mag es dir erschienen sein. Doch in dieser Zeit und Welt sind fast fünf Stunden verstrichen.«

Jason konnte es kaum glauben. Zweifelnd blickte er

auf den Würfel auf dem Tisch. »Und in dieser ganzen Zeit ...«

»... ist ein Teil von dir hiergeblieben«, bestätigte Yussuf nickend.

»Aber ...« Jason griff sich an die Brust, so als befürchtete er, dass dort etwas fehlen könnte. »Ich habe nichts gemerkt.«

»Das hättest du, wenn du zu lange geblieben wärst.«

»Und wie lange ist zu lange?«

»Das kann ich dir nicht sagen. Es hängt von dir selbst ab, von deiner inneren Stärke – und von der deiner Seele. Mein erster Ausflug in die Vergangenheit hat damals gerade einmal zehn Minuten gedauert – das sollte dir zeigen, wie groß die Kraft ist, die in dir steckt.«

Jason nickte, wusste aber nicht, was er darauf erwidern sollte. Er hatte nicht das Gefühl gehabt, etwas besonders Schwieriges zu tun.

»Aber das bedeutet leider auch, dass du dich jetzt wieder auf den Weg machen musst, damit du rechtzeitig zurück in der Anstalt bist«, fuhr Yussuf fort. »Ohnehin hast du bereits wertvolle Zeit verloren.«

Jason warf einen Blick auf den Zeitmesser des ID-Armbands – und erschrak! Wenn er sich nicht innerhalb der nächsten halben Stunde zurückmeldete, würde das weiteren Ärger bedeuten – und ganz sicher Ausgangsverbot fürs nächste Wochenende ...

»King ist mein bester Mann. Er wird dafür sorgen, dass du es noch rechtzeitig schaffst«, versprach Yussuf.

Jason nickte und war schon auf dem Weg zur Tür, als

ihm plötzlich etwas einfiel. Die dunkle Gestalt aus seinen Träumen – bei allem, was in der Vergangenheit geschehen war, hatte er sie beinahe vergessen! »Da ist noch etwas, das ich Ihnen unbedingt sagen muss«, begann er. »Ich habe nicht ...«

»Das nächste Mal, Junge«, sagte Namiras Vater und lächelte mild. »Heute ist keine Zeit mehr.«

»Aber wieso denn? Wir sind Zeithüter oder nicht? Ich könnte einfach eine Stunde in der Zeit zurückspringen ...«

»Du vergisst die Regeln.«

Jason stutzte – es stimmte, kein Zeitreisender konnte in seiner eigenen Vergangenheit zurückreisen. Die letzten fünf Stunden hatte er im Jahr 1935 verbracht, niemand konnte daran jemals wieder etwas ändern ...

»Manchmal«, sagte Namiras Vater leise, »haben nicht einmal wir genügend Zeit.«

Keiner von beiden ahnte in diesem Moment, wie recht er damit haben sollte.

23

KYOTO, UNTERGRUND
In der Nacht

In dieser Nacht schlief Hana besonders unruhig.

Sie warf sich auf ihrer Decke hin und her und sprach im Schlaf so laut, dass Otaku davon erwachte. Was sie sagte, konnte er nicht verstehen, aber als er für einen Moment Licht machte, sah er, dass ihre kleine Gestalt bebte und ihr erneut kalter Schweiß auf der Stirn stand, während sich ihre Hände verkrampft ihr Lieblingsspielzeug umklammerten, den alten Würfel. Otaku war besorgt.

»He, Krümel …«, sagte er leise.

Sie wand sich weiter auf der Decke und wimmerte im Schlaf, zeigte ansonsten jedoch keine Reaktion. War sie am Ende wieder bewusstlos, so wie neulich?

»Krümel, wach auf!«

Er rüttelte sie an der Schulter, worauf sie einen tiefen Atemzug machte – und plötzlich die Augen aufschlug.

»O-Otaku«, stieß sie hervor, ins schmutzig gelbe Licht der Lampe blinzelnd.

»Geht es dir gut?«, fragte er. »Du hast im Schlaf geredet.«

Sie schien sich einen Moment besinnen zu müssen. Daraufhin wurde ihr Gesicht ganz traurig und sie sah ihren großen Bruder seltsam an. »Wir sind in Gefahr, Otaku«, hauchte sie.

»In Gefahr?«

»Ich habe es gesehen«, bestätigte sie.

»Es war nur ein Traum«, versuchte er, sie zu beruhigen, obwohl ihn gleichzeitig ein Schauder durchlief. »Nur ein Traum, verstehst du? Schlaf wieder ein …«

»Nein«, widersprach sie kopfschüttelnd. »Ich habe alles ganz genau gesehen.«

Otaku schluckte. Nicht das, was sie sagte, machte ihm eine Gänsehaut, sondern *wie* sie es sagte … so endgültig, als ob es nicht den geringsten Zweifel gebe, weil es nämlich längst geschehen war.

»Was hast du gesehen, Krümel?«, hakte er leise nach. »Die Grauen Wächter?«

»Etwas wird passieren«, flüsterte sie. »Schon ganz bald.«

»Was wird passieren? Wovon sprichst du?«

Wieder wurde ihr Blick ganz eigenartig, so als würde sie direkt durch ihn hindurchgucken und etwas ganz anderes sehen. »Die Welt verändert sich, Otaku. Und niemand merkt es.«

Otaku atmete innerlich auf. Für einen Augenblick hatte er es tatsächlich mit der Angst zu tun bekommen, zumal nach der Sache in der Kammer der Bücher. Nun jedoch war er sich ziemlich sicher, dass Hana tatsächlich nur schlecht geträumt hatte. Wenngleich da etwas an ihr gewesen war, das ihn für einen Moment ziemlich erschreckt hatte … fast so, als ob nicht sie selbst, sondern jemand anders aus ihr sprach. Jemand, der sehr viel älter war als sie und sehr viel mehr wusste.

Eine alte Erinnerung ...

Der Gedanke ließ ihn nicht mehr los, während er weiter beruhigend auf sie einsprach und sie irgendwann auch wieder zum Einschlafen brachte. Tatsächlich schlief sie jetzt sehr viel ruhiger als zuvor.

Otaku selbst hingegen tat in dieser Nacht kein Auge mehr zu.

24

LEHRANSTALT 118, METROPOLE
Zur selben Zeit

Mit Kings Hilfe hatte Jason es tatsächlich noch rechtzeitig zurück in die Einrichtung geschafft, und soweit er es sagen konnte, hatte auch niemand Verdacht geschöpft. Namira sah er kurz beim Abendessen, aber sie setzten sich nicht zueinander und unterhielten sich auch nicht – dabei hätte Jason wirklich gerne mit ihr gesprochen und ihr erzählt, was er am Nachmittag erlebt hatte ... von seinem ersten richtigen Ausflug in die Vergangenheit und von dem, was er dort gesehen hatte.

Doch es ergab sich keine Möglichkeit und so ging Jason an diesem Abend mit all den Eindrücken und Bildern, die er noch im Kopf hatte, zu Bett – und natürlich hatte er wieder Albträume. Allerdings träumte er nicht von Luftschiffen oder Explosionen, sondern von einem kleinen Mädchen.

Sie war sieben oder acht Jahre alt und versteckte sich. Wovor sie solche Angst hatte, wusste Jason nicht, aber er konnte ihre Furcht so deutlich spüren, als wäre es seine eigene. Und dann, plötzlich, tauchte wieder die dunkle Gestalt mit den leuchtenden Augen auf – sie schien nach dem Mädchen zu suchen!

»Hana!«, hörte Jason sich selbst rufen. War das der Name des Mädchens? Er war ihm wie aus dem Nichts in den Sinn gekommen ... »Hana!«

Im nächsten Moment traf ihn etwas mitten ins Gesicht. Es war nass und eisig kalt und riss ihn jäh aus dem Schlaf.

Mit einem erstickten Schrei fuhr er hoch, im selben Moment ging das Licht an. Jason fand sich in seinem Bett wieder, umringt von den 24 anderen Jungen, die außer ihm in diesem Saal schliefen. Sie lachten ihn aus, allen voran A-1528 und T-7516. Letzterer hielt einen leeren Wassereimer in der Hand – den Inhalt hatte er Jason über den Kopf geschüttet. Das Kissen, die Matratze, das Oberteil seines Schlafanzugs – alles war nass!

»Wa-was soll das ...?«

»Es reicht uns mit deinem Geschrei, Jauche!«, fuhr A-1528 ihn an. »Jede Nacht dasselbe Theater! Dein Untermann kann dabei kein Auge zutun«, fügte er mit Blick auf T-7516 hinzu, »und wir anderen auch nicht!«

»Genau!«, stimmte ein anderer zu.

»Er schwächt uns alle!«

»Er ist ein Feind der Gemeinschaft!«

Jason war noch immer damit beschäftigt, sich das Wasser aus dem Gesicht zu wischen. Sein Herz pochte heftig, erst ganz langsam erholte er sich von dem Schrecken. Offenbar hatte er laut im Schlaf geredet und die anderen damit geweckt ...

»Vielleicht wird dich das ja ein wenig abkühlen, damit

endlich Ruhe ist, Jauche!«, höhnte A-1528 und die anderen lachten, am lautesten T-7516.

Wie er sich verändert hatte!

Wie *dieser Ort* ihn verändert hatte ...

»Mein Name ist Jason«, stellte er trotzig klar.

»Was war das?« A-1528 reckte wissbegierig den Kopf vor.

»Ich heiße Jason, nicht Jauche«, wiederholte Jason. Warum er das tat, konnte er selbst nicht sagen, es würde nur wieder Ärger geben ... aber die Zeit, wo er den Kopf eingezogen und nicht widersprochen hatte, war vorbei!

»Oh, der Herr hat jetzt einen Namen – dabei hat er seine Ausbildung noch nicht mal abgeschlossen! Einen eigenen Namen, Jauche, kriegt man erst, wenn man aus der Anstalt entlassen wird. Den kann man nicht einfach aussuchen, wie man gerne möchte.«

»Wetten, dass doch?«

Ein Raunen ging durch die Reihen der Jungs. Die Augen von A-1528 wurden schmal. »Wenn ich es nicht besser wüsste, würde ich sagen, dass du dich mit mir prügeln willst, Jauche ... offenbar hat dir die kleine Abkühlung noch nicht gereicht. Packt ihn, Leute!«, befahl er. »Jetzt verpassen wir ihm eine Abreibung, die sich gewaschen hat!«

Die Jungen gehorchten aufs Wort.

Von allen Seiten fielen sie über Jason her, packten ihn und zerrten ihn aus dem Bett. Und dann begannen sie auch schon, mit Fäusten auf ihn einzuschlagen.

Anfangs hatte er noch die Deckung oben, versuchte,

Kopf und Gesicht zu schützen und hier und dort sogar ein paar Schläge auszuteilen. Doch gegen die Übermacht hatte er keine Chance. Von allen Seiten prasselten Hiebe und Tritte auf ihn ein. Wohin er auch blickte, sah er hasserfüllte Mienen, sogar im blassen Gesicht von T-7516. Woher die Wut kam, mit der seine Kameraden auf ihn eindroschen, darüber brauchte Jason nicht lange nachzudenken – der Alltag in der Anstalt war voll davon. Alles, was man tat, wurde bewertet, jeder Schritt wurde kontrolliert. Da staute sich eine Menge Zorn an. Und jemand wie A-1528, den aus irgendeinem Grund alle als Anführer akzeptierten, gab ihnen ein Ventil, an dem sie ihre Wut auslassen konnten.

An ihm.

Jason Wells ...

Ein Schlag in die Nieren ließ ihn in die Knie brechen. Sich vor Schmerz krümmend, hoffte er, dass die anderen nun von ihm ablassen würden, aber die anderen dachten gar nicht daran aufzuhören. Es war, als ob ein Rausch von ihnen Besitz ergriffen hätte, so als wären sie froh darüber, ihre Angst und ihren Zorn endlich einmal an jemandem auslassen zu können, noch dazu an einem Feind der Gemeinschaft!

Ein Tritt traf Jason mitten ins Gesicht.

Blut schoss aus seiner Nase und wieder hoffte er, dass seine Peiniger nun endlich aufhören würden. Stattdessen packten sie ihn und zerrten ihn wieder auf die Beine, dann schleppten sie ihn aus dem Schlafsaal und über den Korridor. Ihr Ziel waren die Duschen, wo sie ihm offenbar einen zweiten eisig kalten Guss verpassen wollten – aber dazu kam es nicht.

Eine einsame Gestalt versperrte ihnen den Zugang zum Duschraum. Breitbeinig stand sie da, die Arme vor der Brust verschränkt, und sah überhaupt nicht so aus, als ob mit ihr zu spaßen wäre.

Namira ...

»Nanu«, spottete A-1528, »wen haben wir denn da? Tut mir leid, Süße, diese Party ist nur für Jungs.«

»Die Party ist zu Ende, du Pfeife«, konterte Namira ungerührt. »Sag deinen kleinen Spielkameraden, dass sie J-4418 loslassen sollen, und dann geht wieder ins Bettchen, ehe es richtigen Ärger gibt.«

Die Meute war vor der Tür zum Duschraum stehen geblieben. Niemand machte mehr einen Laut, aller Augen waren auf A-1528 gerichtet. »Und mit richtigem Ärger meinst du wahrscheinlich dich«, fragte dieser höhnisch.

»Nicht unbedingt.« Namira deutete hinauf zur Decke, wo eine Überwachungskamera hing. »Was wird Dr. Wolff wohl sagen, wenn sie von dieser Aktion erfährt?«

»Das kann ich dir sagen – sie wird uns ein Lob aussprechen, weil wir einen Feind der Gemeinschaft für sein Fehlverhalten bestraft haben«, erwiderte A-1528 kaltschnäuzig.

»Ist das dein Ernst?« Namira blickte auf Jason, der sich nur mit Mühe auf den Beinen halten konnte. Er blutete aus der Nase und war von Blessuren übersät.

»Mein voller Ernst.« Der andere grinste. »Du bist noch relativ neu hier, deshalb muss ich es dir wohl erklären: Die

Wölfin hat einen Narren an mir gefressen. Ich bin ihr Lieblingsschüler und kann tun, was ich will – und wenn ich beschließe, einem Typen, der uns allen auf die Nerven geht, eine kalte Dusche zu verpassen, dann ist das eben so.«

»Nicht, wenn ich hier bin«, beharrte Namira trotzig.

»Ihr hattet euren Spaß. Jetzt lasst ihn in Ruhe und geht.«

»Du meinst das wirklich ernst, oder?«

»Und ob.« Sie nickte.

»Du kannst nicht gegen uns alle kämpfen«, versicherte A-1528.

»Werden wir sehen.«

»Na schön.« Er schürzte die Lippen und grinste wieder. Dann nickte er dreien seiner Leute zu, die Namira gleichzeitig angriffen.

Den ersten hieß Namira mit einem Fußtritt willkommen, sodass er jammernd auf den Boden sank. Mit dem zweiten tauschte sie eine Reihe von schnellen Faustschlägen aus, ehe sie ihn so hart traf, dass er zurücktaumelte. Den dritten holte sie mit einem Roundhouse-Kick von den Beinen.

Es war still geworden auf dem Korridor, nur das Stöhnen der Jungs war zu hören, die soeben Prügel bezogen hatten.

Und ein leises Lachen.

Jason ...

»Du findest das wohl witzig, Jauche? Warte, das Lachen wird dir gleich vergehen.« Damit trat A-1528 vor, packte Jason am Kragen seines Schlafanzugs und schleuderte ihn von sich. Benommen, wie er war, wäre er mit voller Wucht gegen die Wand gekracht, hätte Namira ihn nicht abgefangen.

»Alles in Ordnung?«, wollte sie wissen.

»Klar«, behauptete er, auch wenn er ganz und gar nicht so aussah. Wankend stellte er sich neben sie und hob die Fäuste.

»Na schön, ihr beide gegen den Rest von uns«, feixte A-1528. »Wir werden euch zeigen, wo es zu den Duschen geht, und dann gibt es eine hübsche Abkühlung – und zwar splitternackt«, fügte er zur hellen Freude seiner Kumpane hinzu.

»Träum weiter«, knurrte Namira.

Dann griff die Meute auch schon an – und die Ereignisse überstürzten sich ...

25

Statt sich den heranstürmenden Gegnern zuzuwenden, wie Namira es tat, wirbelte Jason herum und versetzte ihr einen harten Stoß, der sie völlig unerwartet traf und durch die offene Tür in den Duschraum taumeln ließ. Jason setzte hinterher.

»Was zum …?«, entfuhr es Namira.

»Hilf mir!«, rief er, während er die Tür hinter ihnen in den Rahmen schmetterte, noch ehe der erste Gegner sie erreicht hatte. Das Metall donnerte dumpf. »Der Riegel! Schnell …!«

Namira reagierte sofort. Sie sprang vor und schob den eisernen Riegel vor – keinen Augenblick zu früh! Die beiden wichen von der Tür zurück, als sie unter wütenden Hieben und Tritten von der anderen Seite erzitterte. Zorniges Geschrei drang durch die Ritzen.

»Und jetzt?« Namira ließ ihren Blick durch den bis zur Decke gekachelten Raum schweifen, in dem es Dutzende von Duschen, aber kein einziges Fenster gab. Und auch keine zweite Tür …»Hier führt kein Weg raus, schon gemerkt?«

»Irrtum«, meinte Jason grimmig. Mit einer energischen Geste wischte er sich das Blut aus dem Gesicht, dann eilte er zur Mitte des Raumes, wo ein Gullideckel in den gefliesten Boden eingelassen war. »Du vergisst, dass ich der König der Abflussrohre bin! Ich wurde von der Wölfin so oft dazu verdonnert, die Dinger sauber zu machen, dass ich aufgehört habe zu zählen. Wer hätte gedacht, dass sie mir damit einen Gefallen getan hat?«

Mit einer geübten Bewegung griff er in die Schlitze des rostigen Deckels und hob ihn an. Ein Schacht führte darunter senkrecht in die Tiefe, gerade breit genug, um jemanden durchschlüpfen zu lassen. Der Geruch, der von dort unten aufstieg, war allerdings alles andere als einladend …

»Du willst doch nicht …?« Namira sah ihn entgeistert an.

»Und ob – es sei denn, du möchtest lieber splitternackt duschen.«

»Sehr witzig.«

»Der Schacht mündet direkt in die Kanalisation, die unter der Anstalt verläuft. So kommen wir raus«, erklärte Jason.

»Und dann?«

Statt einer Antwort gab es ein hämmerndes Geräusch gegen die Tür. Offenbar versuchte die wütende Meute jetzt, ihre Kräfte zu bündeln und die Tür aufzubrechen. Lange würde es nicht dauern, bis die Angeln aus der Mauer brachen. Schon jetzt zeigten sich Risse zwischen den Kacheln.

Namira stieß eine Verwünschung aus, dann stieg sie mit den Beinen voran in die kreisrunde Öffnung. »Das stinkt«, beklagte sie sich, während sie sich hineinzwängte. Aber auch sie wusste, dass es klüger war zu fliehen, als sich einem aussichtslosen Kampf zu stellen. Schon einen Augenblick später war sie in der Öffnung verschwunden.

Jason folgte ihr. Ehe auch er in der Tiefe verschwand, nahm er das Abflussgitter und setzte es wieder in die Vertiefung ein – auf diese Weise würden A-1528 und die anderen hoffentlich ein wenig Zeit brauchen, um herauszufinden, wohin ihre Opfer sich verkrochen hatten.

Über die rostigen Tritte, die in die Schachtwand eingelassen waren, folgte Jason Namira in die dunkle Tiefe. Dabei hatte er das Gefühl, dass jeder einzelne Knochen in seinem Körper schmerzte, aber er biss die Zähne zusammen und stieg weiter hinab.

Dass es nicht stockdunkel wurde, lag an den Abflussrohren, die in den Schacht mündeten und aus denen nicht nur bestialischer Gestank drang, sondern auch ein wenig Licht. Es war feucht, Rinnsale von Abwasser rannen an der Schachtwand hinab, die von schwarzem Schimmel überzogen war.

»Ich hasse dich, Wells«, beschied ihm Namira.

Er konnte es ihr nicht verdenken.

Endlich erreichten sie den Kanal. Wie Jason vorausgesagt hatte, war er groß genug, um sie passieren zu lassen, allerdings mussten sie dabei geduckt gehen und manchmal auch auf allen vieren kriechen. Angesichts ihrer nackten Füße und des knöchelhohen stinkenden Abwassers, das ölig durch den Kanal plätscherte, war das kein Vergnügen. Aber immerhin zeigte die Fließrichtung ihnen an, wohin sie zu gehen hatten.

»Übrigens«, meinte Jason halblaut, »ich habe mich noch gar nicht dafür bedankt, dass du mir geholfen hast ...«

»Gern geschehen«, erwiderte Namira mit vor Sarkasmus triefender Stimme. »Wenn ich allerdings gewusst hätte, dass die Sache so endet, dann ...«

Plötzlich stutzte sie.

»Was ist?«, fragte Jason, der hinter ihr ging.

»Da vorn ist Licht«, zischte sie. »Ich glaube, wir haben es geschafft ...«

Sie beschleunigte ihre Schritte und Jason folgte ihr barfuß durch das warme Abwasser und die von stinkendem Schlick besetzte Röhre. Tatsächlich waren ein Stück voraus mehrere Lichtschäfte zu erkennen, die senkrecht von oben in den Kanal mündeten – ein Straßenschacht, durch den der gelbe Schein einer Straßenlaterne fiel!

»Wir sind außerhalb der Anlage«, triumphierte Jason. »Wir haben es geschafft!«

Namira war schon dabei, den Schacht an den rostigen Sprossen hochzuklettern. Sie wollte den Deckel anheben – nur um eine Verwünschung auszustoßen.

»Was ist?«, fragte Jason.

»Das Ding rührt sich nicht. Keinen Millimeter!«

Er stieg ebenfalls hinauf, wobei er alle Kräfte aufbieten musste, zu denen er noch in der Lage war. Gemeinsam versuchten sie, den Kanaldeckel aufzustemmen – doch es gelang ihnen nicht.

»Verdammt«, knurrte Jason, »so schwer kann das blöde Ding doch gar nicht sein.«

»Liegt nicht am Gewicht, der ist verschraubt«, stellte Namira fest. »Den kann man nur mit einem speziellen Werkzeug von oben öffnen.«

»So ein Mist.« Mit der bloßen Faust drosch Jason frustriert gegen die Schachtwand. Nun waren sie so weit gekommen, waren durch den ganzen Schmutz gekrochen, nur um jetzt in einer Sackgasse zu landen?

Noch einmal versuchte er es, stemmte sich derart gegen den Deckel, dass ihm ganz schwarz vor Augen wurde – doch natürlich brachte das auch nichts.

»Endstation«, sagte Namira leise. »Nun wird es nicht mehr lange dauern, bis sie uns einholen, und dann ...«

»Scheiße«, knurrte Jason. »Und das alles ist meine ...«

»Schhhh«, brachte sie ihn jäh zum Verstummen. »Da oben ist jemand ...«

Jason hielt den Atem an, sein Gesicht wurde heiß. Womöglich waren die Schuldiener schon alarmiert worden und ausgeschwärmt, um nach ihnen zu suchen. Vorsichtig spähten sie durch die Löcher im Kanaldeckel nach oben. Jason wollte nicht wieder zurück, alles in ihm sträubte sich dagegen ...

Plötzlich wurde es finster im Schacht.

Eine Gestalt trat unter die Straßenlaterne. Ihr Schatten fiel auf den Kanaldeckel und verdunkelte ihn, nur ihre Umrisse waren im Gegenlicht zu sehen, groß und hünenhaft ...

Panik überkam Jason, weil er sofort an die Grauen

Wächter dachte. Wenn sie sie bei dem Versuch erwischten, aus einer Lehranstalt auszubrechen, dann würden sie im Jugendknast landen ... oder man würde nie mehr etwas von ihnen hören wie bei dem Jungen, der damals über Nacht aus dem Schlafsaal verschwunden war!

Jason und Namira wagten in ihrem Versteck kaum zu atmen, hofften nur, dass der große Schatten weiterziehen und sie nicht entdecken würde – doch diese Hoffnung war vergeblich. Im nächsten Moment wandte die Gestalt ihren Blick und sah geradewegs zu ihnen herab.

Einen Moment lang waren beide vor Entsetzen wie erstarrt, dann wurde ihnen klar, dass die dunkle Gestalt ihre Namen flüsterte. »Namira? Jason?«

»King?«, fragte Namira zweifelnd. »Bist du das wirklich?«

Die Gestalt ging in die Knie und ein dunkelbraunes, in Schatten getauchtes Gesicht erschien über dem Gullideckel. Viel mehr als ein leuchtendes Augenpaar und grinsende Zahnreihen waren nicht darin zu erkennen, aber Jason und Namira atmeten dennoch erleichtert auf, denn es war kein anderer als Yussufs bester Kämpfer!

»Namira«, stieß King hervor, »ein Glück!«

»Kannst du uns bitte rausholen?«, bat Namira. »Der Deckel lässt sich von innen nicht öffnen und ...«

»Einen Moment.« Der große Africaner verschwand, um nur Sekunden später nicht nur mit einem Stemmeisen zurückzukehren, sondern auch mit zwei weiteren Rebellenkämpfern, die wie er von Kopf bis Fuß schwarz vermummt waren. Mit roher Kraft gelang es ihnen, den Kanaldeckel zu öffnen – und endlich konnten Jason und Namira hinaus ins Freie. Gierig sogen sie die frische Nachtluft in ihre Lungen, während King und seine Leute den Himmel wegen der Drohnen im Auge behielten. Ihre ID-Armbänder nahm King ihnen noch an Ort und Stelle ab und Jason und Namira warfen sie in den Schacht zurück, ehe die Rebellen ihn wieder verschlossen.

Kurz darauf waren sie alle unter dem Mantel der Nacht verschwunden.

26

Was in der Anstalt weiter geschehen war – ob es A-1528 und seiner wütenden Horde gelungen war, die Tür zum Duschraum aufzubrechen; ob sie herausgefunden hatten, wohin Jason und Namira verschwunden waren; ob sie Rektor Radowan bereits informiert hatten und ob dieser womöglich schon die Grauen Wächter alarmiert hatte –, all das wussten Jason und Namira nicht. Nur eines war beiden klar.

Es gab für sie keinen Weg mehr zurück.

Noch in der Nacht wurden sie in den Schlupfwinkel der Rebellen gebracht und zum ersten Mal verband man ihnen nicht die Augen. Durch dunkle Keller und in den Sandstein geschlagene Kavernen, deren Wände mit altägyptischen Zeichen bemalt waren, ging es hinab in die dunklen Kammern, in denen sich Yussuf und seine Freunde versteckten. Im Nachhinein fand Jason, dass es unnötig gewesen war, ihm die Augen zu verbinden – in diesem Labyrinth hätte er den Weg ohnehin nicht gefunden.

King ließ ihnen Waschzeug und frische Kleidung bringen. Als er sie schließlich zu Yussuf brachte, trugen Jason und Namira bereits die dunklen Kleider der Rebellen.

Namiras Vater erwartete sie bereits. Er schien alles andere als gut gelaunt zu sein.

»Wie geht es euch?«, fragte er statt einer Begrüßung und blickte dabei besorgt von Jason zu seiner Tochter.

»Soweit ganz gut«, versicherte Jason. Seine Nase hatte zu bluten aufgehört, dafür klebte jetzt verkrustetes Blut an Oberlippe und Kinn. »Danke für die Rettung.«

»Wie habt ihr uns überhaupt gefunden?«, fragte Namira.

»Nicht nur die Schuldiener behalten eure ID-Bänder im Auge«, erwiderte ihr Vater achselzuckend. »Als wir feststellten, dass ihr euch beide innerhalb der Anlage bewegt, noch dazu gemeinsam und in einer sehr ungewöhnlichen Richtung, habe ich King und ein paar Leute losgeschickt ...«

»Zum Glück.« Namira nickte dankbar.

»... aber das wäre nicht notwendig gewesen, wenn ihr nicht auf die Idee gekommen wärt, aus der Anstalt auszubrechen«, fuhr ihr Vater ernst fort. Wie schon so oft sank er müde auf einen der Hocker. »Was hast du dir nur dabei gedacht, Tochter?«

»Wir hatten keine Wahl«, versicherte Jason, »außerdem war es nicht Namiras Idee, sondern meine, also ...«

Namira winkte ab. »Ich habe getan, was du mir aufgegeben hast, Vater – ich habe auf Jason aufgepasst. Oder hätte ich tatenlos zusehen sollen, wie sie ihn zusammenschlagen?«

»Nein«, räumte Yussuf ein, »das nicht ...«

»Jason musste verschwinden, eine andere Möglichkeit gab es nicht.«

»Und du, Tochter?«

»Wäre Namira geblieben, hätten diese Typen sie ebenfalls in die Mangel genommen«, sprang Jason ihr bei. »Und danach hätte sie sich garantiert einer Befragung durch Dr. Wolff und Rektor Radowan stellen müssen, so als ob sie den Ärger angefangen hätte. Und hätte sie sich auch nur in den geringsten Widerspruch verstrickt, hätte Radowan die Grauen Wächter verständigt. Wer weiß, was dann geschehen wäre ...«

Yussuf nickte langsam. »Ihr ... habt richtig gehandelt«, räumte er schließlich ein. »Es ist nur ... Bei allem, was wir hier tun, laufen wir stets Gefahr, entdeckt zu werden. Dort draußen in der Stadt wimmelt es von Spionen, sowohl elektronischen als auch solchen aus Fleisch und Blut. Unser einziger zuverlässiger Schutz besteht darin, möglichst unsichtbar zu bleiben. Durch euer Handeln wurden wir gezwungen, aus der Deckung zu kommen – das kann gefährlich sein, nicht nur für unsere Widerstandszelle, sondern für die gesamte Rebellion gegen Nimrod und seine Wächter.«

»Das verstehen wir«, versicherte Jason, »und es tut mir wirklich leid. Ich wollte nicht, dass ...« Er verstummte und griff sich an die Schläfen, die plötzlich schmerzten. Für einen kurzen, flüchtigen Moment hatte er den Eindruck, als ob ...

»Was ist?«, fragte Namira. »Geht es dir nicht gut?«

»Doch, es ist alles in Ordnung, schätze ich ...«

»Du siehst aber nicht aus, als ob alles in Ordnung wäre«, meinte nun auch Yussuf. »Soll ich den Sanitäter rufen?«

»Nein«, versicherte Jason und winkte ab, »es geht schon. Ich muss mich nur ein wenig ausruhen und dann ...«

In diesem Moment passierte es.

Es war nicht nur ein flüchtiger Eindruck wie gerade eben, den man bereits im nächsten Moment für eine Täuschung halten konnte. Es war ein Wachtraum, eine Vision – und sie traf Jason mit voller Wucht.

Wieder steht er auf jenem Stahlträger, um ihn die Nacht, unter ihm die Tiefe.

Vor ihm ist die unheimliche Gestalt.

Ihr Umhang umweht sie.

Ihre glühenden Augen sind auf Jason gerichtet, scheinen sich in ihn hineinzubrennen ...

Er schreit ...

»Jason?«

Er merkte, wie ihn jemand rüttelte.

Stimmen wie aus weiter Ferne ...

»Jason, was ist mit dir?«

»Komm zu dir, Junge!«

Er blinzelte.

Zu seiner Verblüffung lag er am Boden, Namira und ihr Vater knieten neben ihm und sahen entsetzt auf ihn herab.

»Was war los?«, wollte Yussuf wissen. »Du hast uns einen ziemlichen Schrecken eingejagt!«

Jason brauchte einen Moment, um seine Gedanken zu

ordnen. So plötzlich, wie die Bilder über ihn gekommen waren, waren sie auch wieder verschwunden ...

»Tut ... mir leid«, stieß er hervor, während er sich mit Namiras Hilfe halb aufrichtete. »Das war es, was ... ich Ihnen neulich sagen wollte ... ich habe Tagträume ...«

»Welcher Art?«

»Na ja, ich ... ich sehe manchmal Dinge ... das heißt, eigentlich immer nur dasselbe ...«

»Du hast Zeitvisionen«, stellte Yussuf fest. »Manche überdurchschnittlich Zeitbegabte haben sie ... auch deine Mutter war davon betroffen.«

»Zeitvisionen?« Jason rieb sich die noch immer schmerzenden Schläfen. »Ich weiß nicht, ob ...«

»Was genau siehst du?«

Jason sah Namiras Vater an. »Eine dunkle Gestalt«, offenbarte er dann. »Mit glühenden Augen ...«

»Nimrod«, flüsterte Yussuf und sein bärtiges Gesicht verzerrte sich dabei derart, dass Jason eine Gänsehaut bekam. »Es ist Nimrod, den du siehst!«

Jetzt merkte auch Jason, wie ein dunkles, namenloses Entsetzen ihn packte – denn in diesem Moment wurde ihm klar, was diese Vision zu bedeuten hatte ...

»Nimrod sucht nach mir«, flüsterte er. »Seine Augen haben nach mir gesucht und mich gefunden ...«

»Was?« Namira runzelte die Stirn. »Bist du sicher, dass es dir gut geht?«

»Ich ... ich dürfte nicht hier sein«, stieß Jason hervor, während er sich wankend auf die Beine raffte. »Ich muss weg, so schnell wie möglich!«

»Du musst dir keine Sorgen machen, du bist hier in Sicherheit«, versuchte Yussuf ihn zu beruhigen. »Vergiss, was ich vorhin gesagt habe – wir müssen uns nur vorsehen, damit wir nicht ...«

»Versteht ihr denn nicht?« Jason starrte Namira und ihren Vater entsetzt an. »Es ist kein Zufall, dass wir hierhergekommen sind! Es sollte so passieren, er hat es genau so geplant!«

»Was?«, fragte Namira entsetzt. »Aber ...«

In diesem Moment flog die Tür zur Kammer auf. King stand auf der Schwelle und seiner Miene war anzusehen, dass er keine guten Nachrichten hatte.

»Commander«, berichtete er, »gleich mehrere Außenposten haben Alarm geschlagen!«

»Drohnen?«, fragte Yussuf.

King schüttelte den Kopf. »Graue Wächter«, erwiderte er tonlos. »Wir werden angegriffen!«

»Aber wie konnten sie herausfinden, wo wir ...?« Yussuf verstummte.

Jason, Namira und er wechselten entsetzte Blicke. Die Erkenntnis traf sie wie ein Hammerschlag.

Man hatte ihnen eine Falle gestellt.

Und sie waren blindlings hineingetappt.

27

»Schneller! Beeilt euch!«

Im Laufschritt rannten sie durch die unterirdischen Gänge des Schlupfwinkels. Es war das erste Mal, dass Jason diese Gänge zu sehen bekam – beleuchtet wurden sie von Grubenlampen, die an der niederen Decke angebracht waren. In ihrem flackernden Schein konnte man ägyptische Wandmalereien erkennen, Menschen, Tiere und Gottheiten, einige davon verblasst, andere so, als wären sie gestern erst gemalt worden.

Und man konnte Kampflärm hören.

Schreie aus heiseren Kehlen.

Und Schüsse ...

Es war nicht das erste Mal, dass Jason Schüsse hörte. Draußen in der Stadt, wenn es eine Hausdurchsuchung gab oder Menschen auf der Straße verhaftet wurden, wurden manchmal Warnschüsse in die Luft abgegeben.

Aber diese klangen anders.

Sehr viel gefährlicher.

Und sie kamen immer näher ...

»Rasch, hier entlang«, wies King sie an, der auf dem Korridor zurückblieb und ihnen den Weg wies. »Ich werde sie aufhalten, so lange ich kann«, versprach er mit Blick auf die Maschinenpistole, die er an einem Riemen über der Schulter trug.

»Danke, mein Freund.« Yussuf sah ihm in die Augen und sie umarmten sich kurz. Beiden war bewusst gewesen, dass dieser Tag jederzeit kommen konnte – der Tag, an dem ihre Tarnung aufflog und ihr Versteck von den Grauen Wächtern gestürmt wurde. Sie hatten versucht, sich bestmöglich darauf vorzubereiten ... doch es gab immer Dinge, auf die man sich einfach nicht vorbereiten konnte.

Auf den Abschiedsschmerz zum Beispiel.

Auf die Sorge, jemanden zu verlieren ...

»Wo immer ihr hingeht, heizt diesem Mistkerl in seiner Pyramide kräftig ein«, meinte King und im Licht der Deckenbeleuchtung sah Jason Tränen in seinen Augen glänzen. »Sorgt dafür, dass das hier nicht vergeblich gewesen ist.«

»Das werden wir«, versprach Jason – warum, das wusste er eigentlich selbst nicht. Er hatte Angst vor den Wächtern und das Herz schlug ihm bis zum Hals, also war er wohl der Letzte, der jemanden trösten sollte. Aber eine innere Stimme sagte ihm, dass es das war, was King jetzt hören wollte, nein, was er hören musste ... auch wenn sich Jason elend dabei fühlte, weil er selbst wohl die größten Zweifel hegte.

Noch vor ein paar Wochen war er überzeugt gewesen, dass er sein Leben damit verbringen würde, ein winziges

Rad in der Maschinerie von Nimrods Gefüge zu sein, ein funktionierender Teil der Gemeinschaft – und nun sollte er plötzlich ein Held sein? Die einzige Hoffnung der Menschen, dass die Zeitlinie berichtigt werden und sie wieder in Freiheit leben konnten?

Es war gut, dass sich die Ereignisse in diesen Augenblicken überstürzten, andernfalls hätte Jason womöglich den Mut verloren und die Flucht ergriffen – so jedoch gab es keinen anderen Weg.

Atemlos erreichten sie die Zeitkammer mit der Darstellung des ägyptischen Gottes Thot. Auf dem steinernen Sockel in der Mitte des Raumes stand ein Seelenwürfel. Ein orangerotes Glühen ging von ihm aus, das die uralte Kammer in unheimliches Licht tauchte.

»Nur ein Seelenwürfel?« Jason wandte sich zu Yussuf um, der zusammen mit Namira die Pforte schloss. »Was hat das zu bedeuten?«

»Nur einer von uns beiden wird reisen«, erklärte Yussuf, nachdem er das Schott verriegelt hatte.

Jason wusste nicht, ob er darüber entsetzt oder erleichtert sein sollte. »Und wer?«

»Es spricht für dein bescheidenes Wesen, dass du mir diese Frage stellst – aber sie ist unnötig, denn du kennst die Antwort. Ich bin nicht in der Lage, die Timelocks aufzuspüren. Nur du kannst das, Jason.«

»Aber ... wir wollten zusammen gehen, so war es vereinbart!«, widersprach Jason kopfschüttelnd. »Ich bin noch nicht so weit!«

Von draußen waren jetzt Schüsse zu hören.

Ein heiserer Kampfschrei.

King ...

»Ich fürchte, dass wir darauf jetzt keine Rücksicht mehr nehmen können«, meinte Yussuf mit ehrlichem Bedauern. »Es tut mir leid, dass so viel auf deinen jungen Schultern liegt, Junge, aber wir haben keine andere Wahl. Jemand muss hierbleiben und den Seelenwürfel in Sicherheit bringen, sonst ist deine Reise zu Ende, noch ehe sie richtig begonnen hat.«

»Ich könnte das übernehmen«, schlug Namira vor.

»Tochter.« Er trat zu ihr und strich ihr über das schwarze Haar. »Stets bist du so tapfer gewesen. Seit du deine Mutter verloren hast, hast du versucht, mir die Familie zu ersetzen, die ich dir hätte sein sollen ...« Er bedachte sie mit einem sanften, liebevollen Blick. »Aber nicht dieses Mal«, sagte er leise. »Unsere Wege trennen sich heute, Tochter. Denn du wirst Jason begleiten.«

»Was?« Sie sah ihn mit großen Augen an. »Aber Vater ...«

»Ich weiß, so war es nicht geplant. Aber ich habe dir alles beigebracht, was ich konnte. Du hast ein mutiges Herz und bist so bereit, wie man es nur sein kann – und Jason braucht dich noch mehr als ich.«

»Aber ... Namira kann nicht aus eigener Kraft die Raumzeit falten«, wandte Jason ein. »Und ich habe noch nie jemanden mitgenommen ...«

»Dann wird es heute zum ersten Mal geschehen«, bestätigte Yussuf und sah ihm dabei fest ins Gesicht. »Noch nie zuvor habe ich jemanden gesehen, der so viel Kraft in sich trägt wie du, Jason Wells. Jetzt wird es Zeit, diese Kraft zu entfesseln.«

»Aber wie ...? Ich meine, ich weiß ja noch nicht einmal, wo ich anfangen soll zu suchen ...«

»Doch, du weißt es, tief in deinem Inneren, deine Visionen beweisen es. Folge deinem Gefühl, es wird doch leiten. Lass dich von der Welle der Zeit in die Vergangenheit tragen, so spürst du die Timelocks auf. Ich weiß, dass du es kannst.«

»Aber ... ganz allein ...«

»Du bist nicht allein, Junge. Alle Zeithüter, die jemals waren, sind an deiner Seite, allen voran deine Eltern.«

»Und ich bin auch da«, fügte Namira hinzu.

»Richtig.« Jason rang sich ein Lächeln ab.

Wieder waren draußen Schüsse zu hören, King setzte den Wächtern offenbar ordentlich zu. Aber früher oder später würden sie ihn überwältigen, allein weil sie viel mehr waren ...

»Ihr müsst jetzt gehen«, sagte Yussuf entschieden. Er trat an eine metallene Ausrüstungstruhe und öffnete sie, warf ihnen Parkas und Rucksäcke mit einer Notausrüstung zu. »Nicht mehr lange und sie werden hier sein.«

Jason und Namira schlüpften in die Jacken und zogen die Rucksäcke über. Daraufhin eilte Namira zu ihrem Vater und umarmte ihn, wobei ihr ein leises Schluchzen entfuhr.

»Lebwohl, Papa. Pass auf dich auf.«

»Du auch, Tochter. Meine Liebe wird dich stets begleiten, egal wo du bist – und wann«, fügte er flüsternd hinzu.

Jason wollte dem Zeithüter zum Abschied die Hand geben, aber der zog ihn kurzerhand an sich heran und drückte ihn ebenfalls.

»Viel Glück, Junge. Und jetzt geht, es ist höchste Zeit.«

Jason und Namira wechselten Blicke. Dann traten sie aufeinander zu und nahmen sich bei den Händen.

»Bereit?«, fragte Jason.

»Nein«, erwiderte sie. »Aber wann ist man das schon?«

Sie nickten einander verschwörerisch zu.

Dann wollte Jason die Augen schließen, um sich zu konzentrieren, doch in diesem Augenblick fiel ein weiterer Schuss und ein gellender Schrei erklang.

King!, schoss es ihm durch den Kopf und instinktiv wusste er, dass der Freund nicht mehr am Leben war ...

»Junge!«, rief Yussuf plötzlich, so als wäre ihm gerade noch etwas eingefallen, »da ist noch etwas, das ich dir sagen mu...«

Doch die Angreifer waren bereits vor der Tür zur Kammer des Thot. Das Metall des Schotts erbebte, als die Wächter von der anderen Seite dagegendroschen. Schon im nächsten Moment begann es sich unter den Schlägen zu verformen. Was, in aller Welt, waren das für Typen, die eine metallene Tür mal eben einschlagen konnten?

»Was ist noch?«, fragte Jason gehetzt.

»Keine Zeit mehr«, erwiderte Yussuf, während er eine Pistole zog, die er bislang unter seinem weiten schwarzen Hemd verborgen hatte. »Verschwindet, sofort!

»Vater!«, rief Namira.

»Kümmert euch nicht um mich!«, schärfte er ihnen ein.

»Ihr habt eine Mission zu erfüllen, das und nichts anderes zählt, verstanden?«

Jason begriff. Er schloss abermals die Augen und konzentrierte sich ... Er konnte Namiras bebenden Hände in seinen spüren und hatte das Gefühl, ihren Herzschlag zu hören, der mit dem seinen zu verschmelzen schien. Die Geräusche, die sie umgaben, verstummten schlagartig und er glaubte zu schweben, während die Wirklichkeit um sie wegzubrechen schien, Stück für Stück, und der Nebel der Zeit aufzog ...

Plötzlich hatte er den Eindruck, von einer unwiderstehlichen Kraft erfasst und davongetragen zu werden – als ein grässlicher, alles übertönender Knall erklang. Dazu durchlief eine mächtige Erschütterung die Kammer, Gestein brach von der jahrtausendealten Decke.

»Jetzt!«, hörte er Yussuf brüllen.

Mit einem Auge blickte Jason bereits in den Abgrund der Zeit, mit dem anderen sah er, wie das Schott aus den Angeln flog. Helles Feuer war zu sehen, die Wucht der Explosion erfasste Yussuf und schleuderte ihn quer durch den Raum. Dichter Rauch quoll durch den offenen Eingang, riesige Männer mit Atemmasken waren darin zu erkennen.

»Papa!«, rief Namira entsetzt.

Dann erfasste sie der Sog der Zeit und riss sie fort.

28

KYOTO, UNTERGRUND
Zur selben Zeit

Otaku wusste selbst nicht, warum er erwachte.

Vermutlich deshalb, weil Licht durch seine geschlossenen Augenlider fiel und ihn blinzeln ließ. Hana war ebenfalls bereits wach. Aufrecht saß sie auf ihrer Decke und lächelte ihn an.

»Hallo«, sagte sie.

»Ha-hallo, Krümel«, stöhnte er. »Hast du eine Ahnung, wie spät es ist?«

»Es ist etwas passiert«, erklärte sie feierlich.

»Was?« Er schüttelte den Kopf mit den blauen Haaren, um die Müdigkeit abzuschütteln, dabei richtete er sich halb auf. »Was ist passiert, Krümel?«

Statt einer Antwort hielt sie ihm den Würfel hin, mit dem sie spielte, seit er ihr das erste Mal begegnet war. Das Ding war ihr Trost und Zeitvertreib und vermutlich das Einzige, was ihr von ihren Eltern geblieben war. Unzählige Male hatte er sie daran drehen sehen, ohne dass sie der Lösung des Puzzles auch nur ein wenig näher gekommen wäre.

Und nun, mitten in der Nacht und im schummrigen Schein der Notlampe, hielt sie ihm den kompletten Würfel hin.

Auf jeder Seite neun Felder in derselben Farbe.

»Siehst du?«, fragte sie.

»Wie ... wie hast du das gemacht?«, fragte er verblüfft. Er nahm ihr das Ding aus der Hand und betrachtete es von allen Seiten, um zu sehen, ob sie nicht schummelte.

Aber es gab keinen Zweifel.

Das Rätsel war gelöst.

»Es war gar nicht schwer«, versicherte sie und lächelte. »Denn etwas hat sich verändert ...«

29

IRGENDWO
Irgendwann ...

Die Zeitfalte entließ sie so unvermittelt, wie sie sie aufgenommen hatte. Erleichtert nahm Jason wahr, dass Namira noch an seiner Seite war, noch immer hielten sie einander an den Händen.

»Alles in Ordnung?«, erkundigte er sich.

»I-ich ...« Namira schien einen Moment zu brauchen, um Atem zu schöpfen und wieder zu sich zu finden. Dann, so als ob sie sich plötzlich wieder an das erinnerte, was geschehen war, zog sie ihre Hände weg und wandte sich um, so als wäre dort noch jene Umgebung zu finden, die sie verlassen hatten. »Mein Vater«, schluchzte sie, »ich muss zurück zu ihm ...«

»Das geht nicht.« Jason schüttelte den Kopf, selbst noch benommen von der Reise. »Tut mir leid.«

»Hast du denn nicht gesehen, was passiert ist?«, fragte sie, Tränen der Verzweiflung in den Augen. »Die Explosion, die Grauen Wächter ... Papa ist alles, was mir geblieben ist! Meine Mutter und mein kleiner Bruder, sie ...« Sie brach ab und schüttelte den Kopf.

Es war das erste Mal, dass sie über ihre Mutter und ihren Bruder sprach, und Jason konnte ihren Schmerz beinahe selbst spüren. Wenn jemand wusste, wie es war, von seiner Familie getrennt zu sein und sich allein zu fühlen, dann war er das ...

»Hey«, sagte er und berührte sie sanft an der Schulter, »so darfst du nicht denken. Dein Vater wollte sich um den Seelenwürfel kümmern, richtig?«

»Richtig.« Sie nickte.

»Jetzt überleg doch mal – wenn die Grauen ihn geschnappt hätten, dann wären wir doch schon wieder zurück in unserer Zeit ... oder noch Schlimmeres«, fügte er schaudernd hinzu.

»Das ... ist richtig«, bestätigte sie – hätten die Grauen den Würfel in ihre Pranken bekommen, hätten sie ihn sicher längst zerstört. Allein die Tatsache, dass Jason noch am Leben war, musste bedeuten, dass ihr Vater zumindest überlebt hatte ... irgendwie. Auch wenn sie keine Ahnung hatte, wie es ihm ging oder ob er womöglich verwundet worden war, mussten Jason und sie sich auf das Hier und Jetzt konzentrieren. Auf den Auftrag, den sie erhalten hatten.

Mit einer energischen Geste wischte sie sich die Tränen aus den Augen. Jason bewunderte sie für ihre Tapferkeit.

»Wo sind wir hier eigentlich gelandet?«, wechselte Namira abrupt das Thema.

Sie standen im Schutz einiger Felsen, inmitten einer weiten Steppe, über der sich im Osten ein neuer Tag ankündigte. Der Himmel hatte sich violett verfärbt – nicht mehr lange und die Sonne würde über den Horizont steigen. Das Land war karg und von Gras und Flechten bewachsen, nur vereinzelt gab es knorrige kleine Bäume. Kühler Wind strich darüber.

»Kann ich nicht sagen«, gab Jason offen zu. »Ich habe mich einfach von meinem Instinkt leiten lassen, so wie dein Vater es mir gesagt hat.«

»Und dein Instinkt hat dich hierhergeführt?« Namira bückte sich und untersuchte den Boden, rupfte ein Kraut aus und nahm es genauer in Augenschein.

»Nach Eiszeit sieht das nicht unbedingt aus, was?«, fragte Jason. Weder schneite es noch waren eisige Gletscher zu sehen. Ihm war sogar ziemlich warm in seinem Parka, aber das mochte auch an der Aufregung liegen.

»Nur der Norden war damals von Eis überzogen«, klärte Namira ihn auf. »Das hier ist ein Stendelwurz, der lateinische Name dafür lautet Epipactis. Die hat es auch schon vor 40.000 Jahren gegeben, also könnten wir durchaus in der richtigen Epoche gelandet sein.«

»Aber ist es auch die Zeit des ersten Timelocks?«, stellte Jason die entscheidende Frage. Seine Erleichterung darüber, dass ihm der Sprung durch die Zeit gelungen war, wich kühler Ernüchterung. Er fühlte sich plötzlich verloren und entmutigt, nicht nur wegen der 100.000 Jahre, die die letzte Eiszeit umfasst hatte, sondern auch angesichts dieser schier endlos weiten Ebene.

Ein Geräusch in ihrem Rücken schreckte Jason und Namira auf. Es war ein heiseres Schnauben, das nichts Gutes verhieß. Alarmiert fuhren sie herum – und holten beide scharf Luft.

Ein gewaltiges Untier stand vor ihnen!

Es war an die drei Meter hoch, mit einem mächtigen Buckel und zottigem Fell, das es nur noch größer und bedrohlicher erscheinen ließ. Riesige, fast kreisrund gewölbte Stoßzähne ragten ihnen bedrohlich entgegen.

Es war ein Mammut.

30

Aus seinen kleinen schwarzen Augen, die das Tier selbst umso gewaltiger wirken ließen, starrte das Mammut die beiden Zeitreisenden an.

Jason und Namira waren wie erstarrt.

Sie kamen sich klein und winzig vor und waren dem Koloss schutzlos ausgeliefert. Das Tier hätte nur das mächtige Haupt zu schütteln brauchen und Jason und Namira wären von den riesigen Stoßzähnen erschlagen worden. Von den Beinen, die so dick wie Pfeiler waren und sie mühelos zermalmen könnten, ganz zu schweigen.

»We-wenigstens wissen wir jetzt, dass wir in der richtigen Zeit gelandet sind«, stieß Jason hervor.

»Wolltest du nicht schon längst mal die Mammuts im Zoo besuchen?«, fragte Namira. »Kannst du dir jetzt sparen.«

»Großartig«, knurrte Jason, während er an dem Koloss emporblickte, der sie noch immer neugierig beäugte. Ein Mammut im Zoo zu sehen, war eine Sache – direkt vor einem zu stehen, etwas ganz anderes ... »Und jetzt?«

»Wir dürfen ihm keine Angst machen«, war Namira überzeugt.

»Soll das ein Witz sein?«

»Nein«, versicherte sie, wobei sie ganz leise und kontrolliert sprach, ihrer Aufregung zum Trotz. »Wir müssen alles vermeiden, was das Tier aufregen oder in Panik versetzen könnte – sonst dreht es durch und macht uns platt.«

»Also ganz langsam«, folgerte Jason, während er wie in Zeitlupe einen Schritt zurück machte.

Und dann noch einen.

Namira tat es ihm gleich.

Dabei tasteten beide in ihrem Rücken nach den Felsen, die irgendwo dort sein mussten. Wenn es ihnen gelang, sich hinter dahinter zu flüchten, wären sie erst mal außer Gefahr.

Schritt für Schritt wichen sie langsam vor dem gewaltigen Tier zurück. Es schnaubte heiser. Weißer Dampf drang aus seinen Nüstern und der kalte Wind trug einen strengen Geruch herüber. Jason konnte nasses Tierfell riechen und eine rohe Wildheit, die ihm nur noch mehr Respekt einflößte. Vermutlich, sagte er sich, hatte diese Kreatur noch nie zuvor einen Menschen gesehen.

In diesem Moment erklang ein lauter, peitschender Knall, der über die Ebene hallte und ganz und gar nicht in diese Zeit passen wollte …

»Das war ein Schuss!«, stellte Namira fest.

»Woher …?«, wollte Jason fragen – aber ihnen blieb keine Zeit, um weiter über diese Frage nachzudenken. Das

Mammut, das ein solches Geräusch wohl noch nie gehört hatte, warf den Kopf mit den gewaltigen Stoßzähnen in den Nacken und stieß einen panischen Laut aus.

»Weg hier«, zischte Jason und sie fuhren beide herum, legten die letzten Schritte bis zu den Felsen panisch rennend zurück. Hinter ihnen bäumte sich das Mammut auf. Ein weiterer Schuss fiel, aber Jason und Namira sahen nicht, ob er traf, denn in diesem Moment erreichten sie endlich die schützenden Felsen.

Atemlos zwängten sie sich in eine Nische im Gestein und stellten fest, dass es sich in Wahrheit um einen tiefen Spalt handelte, der sich nach hinten fortsetzte und sogar noch verbreiterte. Schutzsuchend drängten sie hinein, bemüht, möglichst viel Abstand zwischen sich und das Mammut zu bringen, das jetzt völlig durchdrehte.

Das große Tier gebärdete sich wie von Sinnen, immer wieder warf es das Haupt mit den riesigen Stoßzähnen hin und her. Von ihrem Versteck aus konnten Jason und Namira alles beobachten, froh darüber, dem Koloss entkommen zu sein, aber auch bestürzt über das, was sie mitansehen mussten.

Als der nächste Schuss fiel, zuckte das Mammut getroffen zusammen. Es drehte sich im Kreis wie ein Zirkuspferd, dabei konnte man erkennen, dass das zottige Fell auf einer Seite blutig war. Es hob den Rüssel und stieß einen Laut aus, der voller Schmerz und Furcht war, dann bäumte sich das Mammut noch einmal auf den Hinterbeinen auf.

Erneut krachte ein Schuss – und der majestätische Riese

brach zusammen und blieb still liegen, ein lebloser Berg aus Knochen, Fell und Muskeln.

Jason und Namira tauschten betroffene Blicke.

»Also, ich weiß nicht viel über die Eiszeit«, knurrte Jason, »aber ich bin mir ziemlich sicher, dass es damals keine Gewehre gab.«

»Das arme Tier«, sagte Namira voller Bedauern, »wer ist so hinterhältig und ...?«

»Schhh«, machte Jason und legte einen Finger auf den Mund. »Da kommt jemand ...«

Die beiden duckten sich noch tiefer in den Fels. Noch war die Sonne nicht aufgegangen. Die Ebene lag in schummrigem Zwielicht, sodass es gut sein konnte, dass man die beiden nicht entdeckt hatte.

Wenn das der Fall war, sollte es auch so bleiben.

Tatsächlich trug der Wind jetzt das Geräusch von Schritten heran. Langsame, schlurfende Schritte.

Von ihrem Versteck aus konnten Jason und Namira das leblos am Boden liegende Wollmammut gut sehen ... ebenso wie die Gestalt, die nun neben dem Tier auftauchte.

Sie ging aufrecht, humpelte jedoch auf einem Bein, so als ob sie verletzt wäre. Bekleidet war sie mit einem weiten, zottigen Mantel, der aus Mammutfell zu bestehen schien – offenbar war dieses Exemplar nicht das einzige, das der fremde Jäger bereits auf dem Gewissen hatte.

Das Gesicht des Mannes war nicht zu erkennen, er trug eine Kapuze, die alles verhüllte. Das klobige Gewehr, das er in der Armbeuge trug, konnte man dafür umso deutlicher sehen.

Alles in Jason empörte sich.

Er war kein Idiot und wusste, dass die Jagd auf Mammuts und andere Tiere für die Menschen der Eiszeit notwendig gewesen war, um zu überleben. Aber dieser Kerl hier stammte nicht aus der Eiszeit, ebenso wenig wie das Gewehr, das er trug. Das Mammut hatte nicht die geringste Chance gehabt, es hatte nicht einmal gewusst, dass es Waffen gab, die über eine solch große Entfernung hinweg töten konnten ...

Der Jäger in dem zottigen Fell umrundete seine Beute und betrachtete sie von allen Seiten. Er schien zufrieden zu sein, denn hin und wieder stieß er leises Gelächter aus. Auch sprach er leise vor sich hin, aber weder Jason noch Namira konnten verstehen, was er sagte. Trotzdem war ihnen nur zu klar, wen sie dort vor sich hatten, und beide erschauderten bei dem Gedanken.

»Das ist er«, flüsterte Namira so leise, dass es kaum zu hören war.

»Nimrod«, hauchte Jason.

»Oder vielmehr der, der einst Nimrod werden wird ...«

Atemlos und mit pochenden Herzen beobachteten sie den Vermummten, wie er dort draußen auf und ab ging und das tote Tier untersuchte. Sein dunkler Umriss vor dem Licht des heraufziehenden neuen Tages hatte etwas von einem Geist. Eine unheilvolle Aura ging von ihm aus, die sie bis ins Mark erschaudern ließ. Keiner von ihnen hatte Nimrod je mit eigenen Augen gesehen, doch schien er genau das zu sein, was sie sich immer vorgestellt hatten.

Ein Schatten ...

Plötzlich hielt der Vermummte inne, legte den Kopf in den Nacken wie ein Raubtier, das Witterung aufnahm.

Einen entsetzlichen Augenblick lang dachten Jason und Namira schon, sie hätten sich vielleicht durch ein Geräusch verraten, doch dann wandte sich der Jäger wieder dem toten Mammut zu. Das schwere Jagdgewehr lud er sich auf den Rücken, dann schien er etwas unter seinem zottigen Mantel hervorzukramen. Glas und Metall blitzten unheilvoll im ersten Licht des Tages, als er sich bückte.

»Was hat er da?«, flüsterte Jason.

»Ich weiß es nicht«, erwiderte Namira unruhig. »Aber es gefällt mir nicht ...«

Sie konnten nicht sehen, was vor sich ging, der breite Rücken des Mammuts verdeckte es. Aber nachdem er eine Weile beschäftigt gewesen war, erhob sich Nimrod wieder. Dabei keuchte er vor Anstrengung, denn auf seinem Rücken trug er jetzt einen Transportsack, der ziemlich schwer zu sein schien. Dann machte der zukünftige Herrscher sich wieder auf den Weg und so unvermittelt, wie er aufgetaucht war, verschwand er wieder.

Zur Sicherheit warteten Jason und Namira noch eine ganze Weile; erst dann verließen sie vorsichtig ihr Versteck und huschten in gebückter Haltung zu dem leblos daliegenden Mammut.

Namira verzog angewidert das Gesicht. »Ich glaub, mir wird schlecht«, ächzte sie.

»Überall Blut«, stellte Jason fest. »Warum, in aller Welt, tut jemand so etwas?«

»Er hat Proben genommen«, vermutete Namira schaudernd. »Und zwar jede Menge davon, wie's aussieht.«

»Aber wozu?«

»Die Mammuts im Zoo, weißt du noch? Sie müssen aus DNS gezüchtet worden sein, die Nimrod aus der Vergangenheit geholt hat – mit all dem Blut hat er genug davon, um eine ganze Herde im Labor zu züchten.«

Jason nickte, blieb jedoch skeptisch. »Und du denkst, dass das Überleben der Mammuts die Veränderung ist, die Nimrod in der Vergangenheit vorgenommen hat? Dass das der Timelock ist, durch den sich die ganze Geschichte ändert?«

»Vielleicht – oder aber, Nimrod ist noch wegen einer anderen Sache hier.«

»Wir müssen ihm folgen und es herausfinden«, verkündete Jason wild entschlossen. Er deutete nach Westen, wo das Land noch in Dunkelheit lag. Dort war die einsame, vermummte Gestalt gerade noch am Horizont auszumachen.

Namira legte den Kopf schief und sah ihn seltsam an.

»Was ist?«, fragte er.

»Ich denke, mein Papa hatte recht.«

»Inwiefern?«

»In dir schlummern wirklich verborgene Kräfte. Dein Gefühl hat uns genau an den richtigen Ort und in die richtige Zeit geführt. Nimrod ist tatsächlich hier, um den ersten Timelock zu setzen …«

»… und wir werden ihn daran hindern«, ergänzte Jason.

Die beiden wechselten einen entschlossenen Blick.

Dann folgten sie dem Vermummten hinaus in die Steppe.

31

Einem Schatten zu folgen, war nicht einfach.

Jason und Namira mussten auf Distanz bleiben, damit Nimrod keinen Verdacht schöpfte, was zusätzlich dadurch erschwert wurde, dass die Landschaft zunehmend felsiger wurde und seine graue Gestalt darin kaum noch zu erkennen war. Außerdem sorgte der anbrechende Tag dafür, dass sie selbst weithin gesehen werden konnten, und das machte die Sache verflixt gefährlich. Sie schlichen voran, indem sie jede Deckung nutzten, die sich ihnen bot. Einerseits waren sie dankbar dafür, dass das Gelände immer zerklüfteter wurde, sodass sie in Nischen und Felsspalten Zuflucht finden konnten. Andererseits hatte das steinerne Labyrinth auch den Nachteil, dass sie Nimrod immer wieder aus den Augen verloren – und ihn schließlich auch nicht mehr wiederfanden. Eine Weile lang – inzwischen war es fast Mittag geworden – irrten sie zwischen den Felsnadeln umher, in der Hoffnung, eine Spur von Nimrod zu finden. Doch der Schatten tauchte nicht mehr auf und auf dem steinigen Boden war auch keine Fährte zu erkennen.

In einer Senke legten sie eine Pause ein, stärkten sich mit Energieriegeln und Wasser aus ihren Notrucksäcken. Beide waren sie erschöpft und kurz davor, die Hoffnung zu verlieren – als Namira plötzlich etwas am Himmel entdeckte ...

»Sieh mal«, sagte sie und deutete nach oben. Sie ließ ihre Wasserflasche, die sie schon an die Lippen gehoben hatte, wieder sinken.

Jason sah in die betreffende Richtung und stutzte ebenfalls. »Rauch«, stellte er fest. »Ganz in der Nähe. Ob das Nimrod ist?«

»Auf jeden Fall ist es *jemand*«, meinte Namira. Rasch packten sie ihre Sachen zusammen und schulterten die Rucksäcke. Dann brachen sie in Richtung der grauen Rauchsäule auf, die sich spiralförmig in den fahlblauen Himmel schraubte.

Wie zuvor ließen sie Vorsicht walten und hielten sich stets im Schutz der Felsen und der kargen kleinen Bäume, die es hier dutzendweise gab – und das war gut so, wie sie schon kurz darauf feststellten.

Die Quelle des Rauchs lag in einer Senke.

Der felsige Boden fiel senkrecht ab, rund fünfzig Meter tiefer verlief ein kleiner Fluss, an dessen Ufer jemand ein Lager aufgeschlagen hatte. Es bestand aus mehreren Behausungen, die wie halbierte Fußbälle aussahen: aus den Stoßzähnen von Mammuts geformte Kuppeln, über die man Tierhäute gespannt hatte. Die Hütten waren um eine flackernde Feuerstelle angeordnet.

Und sie waren bewohnt ...

Jason und Namira waren wie vom Donner gerührt, als sie die Menschen unten am Fluss erblickten – Männer, Frauen und Kinder. Im nächsten Moment wurde ihnen klar, dass sie weithin gesehen werden konnten, und warfen sich bäuchlings zu Boden. Erst als unten niemand Alarm gab und sie halbwegs sicher sein konnten, dass niemand sie gesehen hatte, krochen sie bis zur Abbruchkante und spähten wieder hinab.

Sie zählten acht Männer und sechs Frauen, wobei es nicht einfach war, sie auseinanderzuhalten – alle trugen einfache, aus Tierhäuten und Fellen gefertigte Kleidung zum Schutz vor der Kälte und dem ständigen Wind. Ihr schwarzbraunes Haar war lang, einige der Männer hatten Bärte. Und obwohl es ganz offensichtlich Menschen waren, wirkten sie seltsam fremd. Ihre kantigen Gesichter, die Laute, mit denen sie sich verständigten, die Art und Weise, wie sich selbst die Kinder bewegten, all das hatte etwas Urtümliches. Der Geruch von ranzigem Fett und fauligem Fleisch, den der Wind aus dem Tal herauftrug, verstärkte den Eindruck noch.

»Was sind das für Typen?«, fragte Jason.

»Du hast echt keine Ahnung, oder?« Namira schüttelte den Kopf. »Du hättest in Geschichte besser aufpassen sollen.«

»Vielleicht«, gab Jason zu. »Ich war mehr mit Kloputzen beschäftigt.«

»Das sind Cro-Magnon-Menschen, so benannt nach der Gegend, in der erstmals Knochen dieser Spezies gefunden wurden. Mit anderen Worten: Diese Typen, wie du sie nennst, sind unsere direkten Vorfahren. Damit wissen wir jetzt auch, wann und wo wir sind – etwa 40.000 Jahre vor unserer Zeit, würde ich schätzen. Vermutlich irgendwo da, wo später einmal die Türkei sein wird.«

»Willkommen zu Hause«, meinte Jason mit mattem Grinsen.

»Alter.« Namira verdrehte die Augen. »Nur weil meine Großeltern aus der Türkei stammten, heißt das nicht, dass *ich* hier zu Hause ...«

In diesem Moment wurde bei der mit Abstand größten Hütte die Tierhaut vor dem Eingang beiseitegeschlagen und eine Gestalt trat heraus. Sie trug eine Kapuze und einen Mantel aus Mammutfell und bewegte sich humpelnd vorwärts. Und selbst jetzt, im hellen Tageslicht, ging noch immer etwas Unheimliches von ihr aus ...

»Wen haben wir denn da?«, flüsterte Namira.

»Volltreffer«, erwiderte Jason triumphierend.

Unvermittelt wandte die Gestalt den Blick und sah an der Felswand zu ihnen empor, so als hätte sie ihn gehört. Erschrocken zuckten beide zurück und pressten sich an den felsigen Boden, wo sie mit pochenden Herzen liegen blieben und warteten.

Die Ungewissheit war schrecklich.

Hatte Nimrod Verdacht geschöpft? Hatte er sie womöglich gesehen? Würde er ihnen nun jeden Moment die Cro-Magnon-Jäger auf den Hals hetzen?

Quälende Augenblicke verstrichen.

Doch alles blieb ruhig.

Schließlich wagten sie wieder einen Blick und beobachteten, wie der Zeitreisende mit den Jägern sprach. Dabei war deutlich zu erkennen, dass sie großen Respekt vor ihm hatten, denn sie verbeugten sich immerzu und hielten einigen Abstand. Die Kinder schienen sich sogar richtig vor ihm zu fürchten.

»Er scheint so etwas wie ihr Anführer zu sein«, stellte Jason leise fest.

»Ja«, stimmte Namira verdrießlich zu. »Vermutlich trägt er deshalb auch diesen grässlichen Mantel.«

Plötzlich gaben die Jäger heisere Schreie von sich und stießen ihre Speere hoch in die Luft, während Nimrod nach Osten deutete.

»Ich glaube, er hat ihnen gerade das Mammut geschenkt, das er erlegt hat«, vermutete Jason.

»Das würde die Aufregung erklären«, meinte Namira. »Die Mammutjagd war damals ein lebensgefährliches Unterfangen, das unter den Jägern häufig Todesopfer gefordert hat. Ein ganzes Mammut geschenkt zu kriegen, muss den Leuten wie ein Wunder vorkommen. Es sichert das Überleben der Sippe über viele Wochen, wenn nicht Monate!«

»Nimrod hat es wohl schon immer verstanden, sich unentbehrlich zu machen«, meinte Jason bitter. »Wenn wir nichts unternehmen, wird sich die nächsten 40.000 Jahre daran nichts ändern.«

Sie schwiegen und sahen zu, was weiter geschah.

Ein Trupp aus Männern und Frauen formierte sich, der das Lager schon kurz darauf verließ. Die Männer hatten lange Speere dabei und Stricke, die Frauen Messer mit

Klingen aus Stein. Nimrod war unterdessen in die Behausung zurückgekehrt, die die Cro-Magnons für ihn errichtet hatten.

»Möchte wirklich wissen, was der da drin treibt«, fragte sich Jason.

»Vermutlich macht er irgendwelche Experimente mit dem Mammutblut, das er mitgenommen hat. Oder noch Schlimmeres«, fügte Namira bitter hinzu.

»Ob er den Timelock bereits gesetzt hat?«

»Ich denke nicht.« Sie schüttelte den Kopf. »Er muss es in dem Moment tun, da er die Veränderung vornimmt. Auf diese Weise wird die Zeitlinie geändert – die Sache mit den Steinen im Fluss, du weißt schon.«

»Was hast du vor?«, überlegte Jason in Richtung der Hütte. »Und warum tust du es gerade jetzt und hier ...?«

Namira sah ihn zweifelnd von der Seite an. »Seid ihr jetzt schon Kumpels, der Schatten und du?«

»Quatsch«, knurrte er. Die Bemerkung ärgerte ihn – vielleicht deshalb, weil er vorhin, als Nimrod aus der Hütte getreten war, für einen kurzen Moment tatsächlich etwas verspürt hatte, das ihn verwirrt hatte. Da war natürlich Erleichterung gewesen, weil sie Nimrod wiedergefunden hatten. Aber auch noch etwas anderes, eine gewisse ... Verbundenheit. Zu gerne hätte Jason es als reine Einbildung abgetan, aber in dem Augenblick, da er so empfunden hatte, hatte Nimrod den Kopf gedreht und zu ihnen heraufgesehen. Natürlich, redete er sich ein, konnte das alles auch nur ein dummer Zufall gewesen sein. Aber es beunruhigte ihn dennoch.

Sie waren beide Zeithüter, vermutlich die einzigen, die sich an diesem Ort und in dieser Epoche herumtrieben. War es also möglich, dass Nimrod seine Anwesenheit irgendwie ... *fühlen* konnte? Yussuf hatte nichts davon erwähnt, aber andererseits war seine Ausbildung auch längst noch nicht abgeschlossen gewesen, als sie aufgebrochen waren. Vermutlich hätte es noch manches gegeben, das Namiras Vater ihm hätte beibringen wollen und wozu er nicht mehr gekommen war ...

Jason sah flüchtig zu seiner Gefährtin.

Namira hatte ohnehin schon so viel ertragen müssen, die Sorge um ihren Vater quälte sie. Ganz sicher würde er sie jetzt nicht auch noch mit Dingen belasten, die vielleicht doch nur eingebildet waren. Jason beschloss, die Sache so schnell wie möglich wieder zu vergessen und statt nach immer neuen Fragen lieber nach Antworten zu suchen ...

»Wir müssen wissen, was dort unten in dieser Hütte vor sich geht«, verkündete er entschlossen.

»Was hast du vor?«

»Ich werde runterklettern und mich an die Hütte heranschleichen. Vielleicht kann ich so etwas herausfinden.«

»Bei all den Steinzeitmenschen da unten? Bist du verrückt geworden?«

»Es sind Cro-Magnons, unsere direkten Vorfahren«, brachte Jason in Erinnerung.

»Zugegeben – aber wenn jemand da runtersteigen sollte, dann bin das ja wohl ich«, hielt Namira dagegen.

»Wieso denn?«

»Da fragst du noch? Wenn mir etwas zustoßen sollte,

kannst du die Mission allein fortsetzen – wenn dir dagegen was passiert, dann bin ich hier gestrandet, du Genie – bei Typen, die kaum ein Wort reden können und von früh bis spät nur ans Überleben denken.«

»Klingt für mich wie Anstalt 118«, konterte Jason grinsend.

»Du weißt, dass ich recht habe«, beharrte sie – und das stimmte leider.

Bäuchlings auf dem Fels liegend warteten sie den Rest des Tages ab. Als die Dunkelheit hereinbrach, nahmen sie noch einmal Rationen aus ihren Rucksäcken zu sich. Dann bereitete sich Namira darauf vor, zum Fluss hinabzusteigen und sich an das Lager heranzupirschen. Damit sie nicht so leicht gesehen werden konnte, schwärzte sie sich Gesicht und Hände mit dem Kohlestift aus der Notausrüstung, auch Jason zog sich ein paar Streifen übers Gesicht.

Dass er zurückbleiben sollte, während sich Namira in Gefahr begab, gefiel ihm zwar ganz und gar nicht, aber er sah auch ein, dass es keinen Sinn hatte, um jeden Preis den Helden spielen zu wollen. Sie waren ein Team und das bedeutete, dass jeder für den anderen einstand ... so schwer es ihm in diesem Moment auch fallen mochte.

»Aber sei vorsichtig«, gab er ihr mit auf den Weg, als sie sich bereits davonstehlen wollte. »Das hier ist nicht unsere Zeit, wir sind hier nur zu Gast.«

»Wenn du so redest, klingst du wie mein Vater, weißt du das?« Sie hatte ihn damit necken wollen, aber der Gedanke an ihren Vater ließ sie erkennbar traurig werden.

»Entschuldige«, sagte Jason.

»Macht nichts, steht dir gut«, versicherte sie. Damit wandte sie sich ab und huschte in die Finsternis davon, die von Osten her wie eine graue Wand heranzog. Sie schien alles zu verschlingen bis auf das gelbe Feuer, das unten im Lager brannte und im Abendwind flackerte.

Namira war kaum fort, als Jason plötzlich ein schleifendes Geräusch hörte. Und gleich darauf einen erstickten Schrei!

»Namira?«, flüsterte er in die Nacht.

Keine Antwort.

»Namira, alles in Ordnung?«

Wieder ein Schleifen, diesmal direkt hinter ihm, und gleich darauf ein Grunzen. Blitzschnell fuhr er herum – und in diesem Moment wurden die Schatten der Nacht lebendig!

Jasons Augen weiteten sich entsetzt, als er die gedrungenen Gestalten sah. Womöglich hätte er instinktiv geschrien, doch eine fellbesetzte Pranke schoss aus der Dunkelheit heran und hielt ihm den Mund zu.

Fast gleichzeitig traf ihn etwas am Kopf.

Und es wurde finster.

32

KLEINASIEN

40.000 Jahre in der Vergangenheit

»Jason! Jason, kannst du mich hören …?«

Er hörte die Stimme durchaus. Aber es war, als ob sie aus weiter Entfernung zu ihm drang. Erst ganz allmählich wurde ihm bewusst, dass es sein Name war, den sie rief. Und als es ihm endlich klar wurde, da kehrten auch seine Erinnerungen zurück.

Und der Schmerz …

Mit einem Stöhnen schlug er die Augen auf, konnte aber trotzdem nichts erkennen. Es war dunkel um ihn herum, erst nach und nach schälten sich Einzelheiten aus seiner Umgebung. Fels und Tropfsteine – offenbar befand er sich in einer Höhle. Und da war Namiras erleichtertes Gesicht …

»Da bist du ja wieder«, hauchte sie. »Bin ich froh!«

Er wollte etwas erwidern, aber mehr als ein heiseres Krächzen brachte er nicht zustande. Daraufhin wollte er wenigstens lächeln, aber auch das ging nicht, verkrustetes Blut hinderte ihn daran. Erschrocken tastete er sich ab, sein halbes Gesicht war damit überzogen. Und um die Stirn trug er einen offenbar frischen Verband.

»Du hattest eine Platzwunde, hier oben«, erklärte Namira, auf ihre Schläfe deutend. »Ich habe sie desinfiziert und verbunden, so gut es ging.«

»Danke«, krächzte er. Er erinnerte sich noch an den Schlag auf den Kopf, dann an nichts mehr ... »Was hab ich verpasst?«

»Nicht viel – nur dass wir gefangen genommen und verschleppt wurden.«

»Nimrod«, hauchte Jason erschrocken. »Hat er ...?«

»Nein.« Sie schüttelte den Kopf. »Ich fürchte, der Schatten hat nichts damit zu tun. Und die Cro-Magnons wohl auch nicht, wie es aussieht. Die hier sind ... anders.«

Sie bewegte sich weg von der Stelle, wo sie gekauert hatte, und gab damit den Blick auf den Rest der Höhle frei. Inzwischen hatten sich Jasons Augen so weit an das spärliche Licht gewöhnt, dass er etwas erkennen konnte – und was er sah, ließ ihn den Atem anhalten.

Die Höhle war bewohnt.

Allerdings nicht von Steinzeitmenschen wie denen, die sie in dem kleinen Dorf gesehen hatten. Die Höhlenbewohner sahen ganz anders aus, waren kleiner, dafür aber sehr viel breiter und kräftiger. Auch sie trugen Kleidung aus Tierhaut und Fell, aber sie war grober und viel weniger geschickt gefertigt. Ihre Schädel hatten eine fremdartige, vorgewölbte Form, die im ersten Moment etwas Erschreckendes hatte. Ihr Haar war wild und ungepflegt und bei den Älteren von silbrigem Grau durchzogen. Insgesamt zählte Jason elf Personen, darunter auch zwei Kinder, die unweit von ihnen am Boden kauerten und spielten. Die Erwachsenen waren mit Arbeiten beschäftigt – die Frauen schabten mit flachen Steinen Fleisch und Sehnen von Tierhäuten, während die Männer sich miteinander unterhielten, wobei sie nicht wirklich sprachen, sondern vor allem gestikulierten.

»Ich denke, das sind Neandertaler«, raunte Namira Jason zu. »Es gab eine Zeit, in der die Cro-Magnons und sie gemeinsam auf der Erde gelebt haben – bis sie ausgestorben sind.«

»Und warum sind sie ausgestorben?«, fragte Jason. Der Gedanke, dass das ganze Volk, dem diese Leute angehörten, in der Zukunft nicht mehr existieren würde, bedrückte ihn.

»Man weiß es nicht genau – vielleicht wurden die Neandertaler von unseren Vorfahren verdrängt, vielleicht waren sie aber auch einfach zu wenige, um zu überleben. Die Evolution ist gnadenlos.«

»Ja«, räumte Jason ein, während er die Männer beobachtete, die am Höhleneingang standen. »Aber irgendwas an ihnen kommt mir auch bekannt vor. Ihre Art, sich zu bewegen, ihr ganzes Erscheinen … ich hab das schon mal irgendwo gesehen.«

»Wieder eine versteckte Erinnerung?«

»Vielleicht, ich weiß nicht.« Jason zuckte mit den Schultern.

»Sehr bedroht scheinen sie sich jedenfalls nicht von uns zu fühlen«, meinte Namira, »sie haben uns keine Fesseln angelegt.«

»Vielleicht haben sie die ja noch nicht erfunden«,

wandte Jason ein und wusste selbst nicht recht, ob er das im Ernst oder im Spaß meinte.

»Ich denke, sie wollten uns gar nicht gefangen nehmen.«

»Was denn dann?« Jason rieb sich die noch immer schmerzende Schläfe. »Mir hat's jedenfalls gereicht ...«

»Ich glaube, sie haben es aus reiner Neugier getan. Überhaupt scheinen sie sehr wissbegierig zu sein. Sieh dir das hier mal an!« Sie deutete nach den am Boden spielenden Kindern – und jetzt erst sah Jason, *womit* sie spielten.

Es war der Inhalt ihrer beiden Notrucksäcke!

Die Streichhölzer, die Taschenlampen, die Regenponchos und die Proviantrationen – alles lag wild auf dem Boden verstreut. Besonders angetan schienen die beiden von der silberfarbenen Isolationsdecke, die im Notfall vor dem Erfrieren schützen sollte. Den Neandertalerkindern gefiel sie wohl vor allem deshalb, weil sie so schön glänzte und knisterte ...

»Oh nein«, stöhnte Jason, »das darf doch nicht wahr sein! Warum hast du es ihnen nicht weggenommen?«

»Hab ich versucht. Aber der Große da drüben ...« Sie deutete auf einen der Erwachsenen, der die anderen um mehr als einen Kopf überragte und vermutlich der Anführer der Sippe war. »... hatte was dagegen.«

»Ups«, machte Jason.

Eines der Kinder – ein Mädchen – hatte inzwischen gemerkt, dass er erwacht war. Es rempelte seinen Spielgefährten an und die beiden kamen vorsichtig näher. Sie schienen im gleichen Alter zu sein, wie alt genau, ließ sich jedoch nicht sagen. Ihre Bewegungen waren eher die von Kleinkindern, aber ihre Gesichter wirkten viel älter.

»Na, ihr beiden?«, fragte Namira, wobei sie ihre Stimme ganz freundlich und sanft klingen ließ.

»Was hast du vor?«, fragte Jason.

»Was schon? Ich schließe Freundschaft.« Sie sah sich in dem Durcheinander um, das auf dem Höhlenboden herrschte, dann beugte sie sich vor und angelte sich einen der Energieriegel, mit denen die Steinzeitkinder natürlich nichts hatten anfangen können. Sie öffnete die Verpackung und zog einen der kleinen Klötze aus gepresstem Getreide heraus. Darüber erschraken die Kinder ein bisschen, sodass sie zurückwichen ... aber schon kurz darauf gewann die Neugier erneut Oberhand und sie kamen wieder näher.

»Das kann man essen«, erklärte Namira und brach kurzerhand eine Ecke ab. »Sehr ihr?« Sie schob sich das Stückchen in den Mund und kaute es demonstrativ.

Die beiden wechselten erstaunte Blicke.

»Wollt ihr mal probieren?« Namira brach noch mal etwas ab und hielt es den beiden auf offener Handfläche hin.

Wieder guckten sie sich verunsichert an. Dann wagte sich das Mädchen, das aus der Nähe betrachtet ein wenig älter zu sein schien, noch ein Stück weiter vor und begutachtete das Stück Getreide ganz genau. Plötzlich begann sie, mit dem Mund zu schnappen wie ein Fisch auf dem Trockenen.

»Was ist denn jetzt?«, fragte Jason.

Die Kleine schnappte weiter, wobei sie auf ihren sich immerzu öffnenden und schließenden Mund deutete.

»Ich glaube, sie will, dass ich sie füttere«, folgerte Namira. »Wahrscheinlich ist sie es so gewöhnt.«

»Das ist keine gute Idee«, war Jason überzeugt.

»Wieso nicht?« Namira lächelte und schob dem Mädchen das Stückchen Riegel in den weit geöffneten Mund.

Das Mädchen kaute eine Weile, wobei ihre Augen groß und größer wurden, und schluckte dann hörbar.

»Na? Hat's geschmeckt?« Namira brach noch etwas ab und gab es ihr, worauf das Mädchen mit großer Begeisterung schmatzte. Und obwohl der Junge nicht wirklich zu wollen schien, traktierte sie ihn so lange mit Knüffen und Püffen, bis er schließlich nachgab. Zögernd kam er zu Namira und sperrte ebenfalls den Mund auf – doch gerade als sie ihm etwas geben wollte, fiel ein dunkler Schatten auf sie.

Erschrocken blickten sowohl die Kinder als auch Jason und Namira an der Gestalt hoch, die zu ihnen getreten war.

Es war der große Neandertaler.

Das Oberhaupt der Sippe.

Und er sah angefressen aus …

»Oh, Scheiße«, flüsterte Jason.

Der Anführer sah zuerst auf die beiden Kinder, dann auf die Zeitreisenden. Dabei kam ein Laut über seine Lippen, der sich wie eine Frage anhörte, aber natürlich wussten sie nicht, was er meinte.

»I-ich verstehe nicht«, erwiderte Namira und schüttelte langsam den Kopf. »Aber wir wollen euch nichts tun. Wir sind nur …«

Weiter kam sie nicht.

Der Höhlenmensch beugte sich zu ihr herab und brüllte

sie so laut und feindselig an, dass ihr für einen Moment Hören und Sehen verging. Und da sein Atem nach fauligem Fleisch roch, auch das Riechen.

»Schon gut, wir tun euch nichts«, wiederholte Jason und hob beschwichtigend die Hände. »Warum lasst ihr uns nicht einfach gehen, dann könnten wir …«

Er verstummte, als sich die ohnehin schon finstere Miene des Mannes noch mehr verfinsterte. Die buschigen Augenbrauen zogen sich zusammen, die Mundwinkel fielen nach unten, während er die großen Hände zu Fäusten ballte und dann auf Jason zukam. Wütend stampfte er heran, die Kinder ergriffen schreiend die Flucht und Jason dachte schon, dass seine letzte Stunde geschlagen hätte – als vom Eingang her plötzlich ein lauter Schrei ertönte.

Das Wort – wenn es eines war – verstanden sie auch diesmal nicht, aber es lag so viel Furcht und Panik darin, dass es nur ein Warnruf sein konnte.

Im nächsten Moment brach Chaos in der Höhle aus.

Männer und Frauen schrien wild durcheinander, die Kinder flüchteten zu ihren Müttern, die sie aufnahmen und an sich drückten, während sich alle mit Keulen und Speeren bewaffneten. Für Jason und Namira interessierte sich in diesem Moment niemand mehr und ein paar Augenblicke später wurde den beiden auch klar, wieso.

Draußen vor dem Eingang der Höhle tauchten plötzlich weitere Steinzeitmänner auf, die allesamt bewaffnet waren und heisere Schreie ausstießen – aber es waren keine Neandertaler wie die Bewohner der Höhle.

Es waren Cro-Magnon …

33

»Ein Überfall«, zischte Jason atemlos – und tatsächlich trafen die Jäger der Neandertaler und die der Cro-Magnon schon im nächsten Moment aufeinander.

Ein barbarischer Kampf entbrannte am Höhleneingang. Mit ihren Keulen und Speeren schlugen und stachen die Steinzeitmenschen aufeinander ein. Die Laute, die sie dabei ausstießen, waren fürchterlich, ein Schreien und Heulen, wie Jason und Namira es noch nie zuvor gehört hatten. Es dauerte nur Augenblicke, bis Blut floss und die Ersten verwundet zu Boden sanken.

Jason und Namira waren aufgesprungen, unfreiwillig wurden sie Zeugen des grässlichen Schauspiels.

»Wie furchtbar«, stieß Namira hervor. »Warum tun die das?«

»Vielleicht geht es um Vorräte«, schlug Jason vor. »Oder sie hatten schon früher Ärger miteinander.«

»Oder es geht nur darum, dass sie anders sind«, fügte Namira bitter hinzu, die ihren Blick nicht abwenden konnte. »Mein Vater sagt, dass dies stets die Hauptursache aller Kriege war – offenbar auch schon vor 40.000 Jahren.«

Am Eingang zeichnete sich ab, dass die Cro-Magnon wohl gewinnen würden. Obwohl die Neandertaler ihre Höhle tapfer verteidigten, schienen die Vorfahren des modernen Menschen ihnen doch überlegen zu sein. Der Kampf verlagerte sich zusehends in die Höhle hinein.

»Ich weiß nicht, wie's dir geht, aber ich möchte nicht zwischen die geraten«, meinte Jason. »Lass uns ein paar Vorräte zusammenklauben und uns tiefer in die Höhle zurückziehen.«

»Und dann?«

»Verstecken wir uns dort, bis alles vorbei ist.«

Namira stimmte zu – welche große Wahl hatten sie schon? In aller Eile lasen sie vom Höhlenboden auf, was ihnen nützlich erschien, vor allem ihre Feldflaschen, die Taschenlampen sowie Proviant. Dann zogen sie sich in die Tiefe der Höhle zurück, während der blutige Kampf um das Überleben erbarmungslos weitertobte.

Je weiter Jason und Namira dem Gewölbe ins Innere des Berges folgten, desto schmaler wurde es. Wie ein Bergwerksstollen wand es sich mal zur einen und mal zur anderen Seite, der Kampflärm hallte schaurig darin wider.

Hinter einem Felsvorsprung suchten sie schließlich Zuflucht. Sie schalteten die Taschenlampen aus und kauerten in fast völliger Dunkelheit, lauschten den schaurigen Geräuschen – bis es plötzlich krachte, so laut, dass sie sich instinktiv die Ohren zuhielten.

Und gleich darauf noch einmal.

Schüsse!

»Nimrod«, stieß Jason erschrocken hervor.

»Das sind nicht irgendwelche Cro-Magnons«, hauchte Namira atemlos, »das sind *seine* Leute!«

Noch zweimal donnerte die Waffe aus einer Zukunft, die sich die Bewohner dieser Höhle nicht einmal entfernt vorstellen konnten. Was sie unter ihnen anrichtete, konnten sich Jason und Namira sich in ihrem Versteck nur ausmalen.

Danach schien der Kampf zu Ende. Die Cro-Magnon-Männer brachen in lautes Triumphgeheul aus, mit dem sie ihren Sieg über die Neandertaler feierten.

»Und das sind unsere Vorfahren, die Vorläufer des zivilisierten Menschen.« Jason lachte bitter auf.

»Die tun nur, was der Schatten ihnen befiehlt«, vermutete Namira.

»Aber warum macht er das? Warum lässt er einen Stamm von Neandertalern überfallen? Das ergibt doch keinen Sinn!«

»Es sei denn, er hätte etwas Bestimmtes mit ihnen vor«, überlegte Namira – und plötzlich begriff sie. »Natürlich, das ist es!«

»Was?« In der Dunkelheit sah Jason sie verständnislos an.

»Nimrod hat sich Mammutblut beschafft, weil er sie in der Zukunft neu erschaffen will – aber sie sind nicht das Einzige, was er vor dem Aussterben bewahrt!«

Jetzt wurde auch Jason der Zusammenhang klar. »Natürlich, du hast recht«, flüsterte er schaudernd. »Jetzt weiß ich, warum mir diese Neandertaler so vertraut vorkamen ...«

»Die Grauen Wächter«, erwiderte Namira tonlos. »Irgendwie muss Nimrod es geschafft haben, ihre DNS im Labor so mit der moderner Menschen zu kreuzen, dass dabei diese miesen Typen entstanden sind!«

»Das würde ihre immensen Körperkräfte erklären«, folgerte Jason. »Und wohl auch, warum sie so gut wie nie etwas sagen.«

»Womöglich sind sie zur Sprache gar nicht fähig«, sagte Namira. »Nimrod genügt es, wenn sie bedingungslos ausführen, was er ihnen befiehlt.«

»Das ist der Timelock«, war Jason überzeugt. »Das muss er sein! Womöglich wird er ihn heute noch ...«

»Schhh!«, brachte Namira ihn energisch zum Schweigen.

Das Siegesgeheul der Steinzeitjäger war verstummt.

Schritte über den steinernen Boden waren jetzt zu hören – und sie näherten sich!

»Sie suchen nach uns«, stieß Namira entsetzt hervor. »Vermutlich hat Nimrod die Reste unserer Ausrüstung gesehen.«

Jason merkte, wie sein Gesicht ganz heiß wurde. An diese Möglichkeit hatte er in der Aufregung gar nicht gedacht!

»Wir müssen tiefer in die Höhle, schnell!«, zischte er und sie sprangen auf und eilten noch tiefer in den Felsstollen, das Licht der Taschenlampen mit den Händen abschirmend, sodass es nicht gleich auffiel.

Weit kamen sie jedoch nicht.

Nach nur zwanzig Metern endete die Höhle in einer Sackgasse. Es war eine kleine Kammer, auf deren Grund sich Wasser sammelte. Sintersäulen reichten von der Decke bis zum Boden, so als ob sie das Gewölbe tragen würden. Hektisch leuchtete Jason mit der Taschenlampe umher.

Es gab keinen Ausweg.

»Endstation«, stellte er beklommen fest.

»Was jetzt?« Namira fuhr herum. Die Schritte näherten sich weiter, dazu war der Widerschein von Fackeln an den Felswänden zu erkennen. »Die werden uns gleich einholen!«

Namira ging in Kampfposition, die Hände zu Fäusten geballt und einen grimmigen Ausdruck im Gesicht.

»Echt jetzt?«, fragte Jason. »Du willst gegen Nimrod und eine ganze Horde Steinzeitmenschen kämpfen?«

»Hast du einen besseren Vorschlag?«

Jason überlegte. »Vielleicht«, sagte er dann und trat auf sie zu. »Gib mir deine Hände.«

»Wozu?«

Statt einer Antwort sah er sie nur an.

»Nein«, sagte sie und schüttelte den Kopf.

»Nimrod darf uns nicht kriegen, sonst ist alles vorbei«, schärfte Jason ihr ein.

»Aber der Timelock! Wir haben ihn noch nicht zerstört ... das bedeutet, dass die Änderungen, die Nimrod vornimmt, für immer bestehen werden!«

»Ich weiß, und das ist nicht gut«, räumte Jason ein.

»Aber in der Zukunft haben wir noch die Möglichkeit, etwas zu ändern – hier dagegen nicht mehr. Wenn wir nicht augenblicklich verschwinden, werden Nimrods Urmenschen uns schnappen, und dann ...«

»Schon gut.« Sie trat auf ihn zu, wobei sie ihm tief in die Augen sah. »Tu es!«

Jason nahm ihre Hände in seine und schloss die Augen. Im ersten Moment war alles, was er wahrnahm, das Pochen seines eigenen Herzens und das Rauschen des Blutes in seinem Kopf. Und er konnte die Rufe der Cro-Magnon-Menschen hören, die jeden Augenblick hier sein würden, mit ihren steinernen Speeren und Klingen ... und ihrem dunklen, schattenhaften Herrn.

Es gab nur diese eine Möglichkeit.

Sie mussten verschwinden.

Jetzt ...

Jason richtete alle Konzentration, zu der er noch fähig war, auf den Strom der Zeit, auf den nächsten Timelock und die Epoche, in der er sich verbergen mochte. Das Gefühl der Schwerelosigkeit überkam ihn und der Zeitschlund öffnete sich und nahm die beiden Reisenden in sich auf ...

Nur Sekunden bevor ihre Verfolger das Ende der Höhle erreichten, waren Jason und Namira verschwunden.

34

KYOTO, JAPAN
Unterdessen ...

Diesmal hatten sie reiche Beute gemacht.

Otaku hatte *yakitori* erbeutet, gleich ein halbes Dutzend. Jetzt saßen seine kleine Schwester und er in einer abgelegenen Seitengasse zwischen Müllcontainern und ließen sich die Hähnchenspieße schmecken.

»Lecker«, lobte Hana und leckte sich die süßlich-würzige Soße von den Fingern.

»Nicht wahr?« Otaku grinste unter seinem blauen Schopf hervor. Er war ziemlich stolz auf seinen Erfolg. Erstmals seit Tagen konnten sie sich ihre Mägen richtig vollschlagen. »Ich bin froh, dass es dir wieder besser geht, Krümel«, fügte er hinzu.

»Bin ich auch«, versicherte Hana zwischen zwei Happen – sie genoss dass wohlig-warme Gefühl, das sich in ihrem Magen ausbreitete. »Ich glaube, du hattest recht, großer Bruder. Das alles war nur ein schlimmer Traum und jetzt ist er vorbei.«

»Natürlich habe ich recht. Große Brüder haben *immer* recht«, fügte er hinzu und grinste, sodass die rote Soße zwischen seinen Zähnen zu sehen war. Hana machte es ihm nach und beide mussten lachen.

Es war das erste ausgelassene Gelächter seit Langem.

»Das nächste Mal werde ich dir wieder helfen«, kündigte Hana frohgelaunt an. »Und diesmal werde ich nicht dabei einschlafen, das verspreche ich dir.«

Otaku, der sein Spießchen gerade abgenagt hatte und nach dem nächsten greifen wollte, stutzte plötzlich. »Was meinst du damit?«, fragte er verblüfft.

»Na ja, das letzte Mal eben«, erwiderte sie achselzuckend. »Als ich dir helfen sollte und dann auf einmal bewusstlos war. Du musstest mich den ganzen Weg zurücktragen …«

Sein Blick wurde nur noch verständnisloser. »Wann soll das gewesen sein?«

»Vor ein paar Tagen …«

»Blödsinn«, sagte er.

Hana ließ ihr Spießchen sinken. »Weißt du es denn nicht mehr?«

»Was soll ich nicht mehr wissen?«

»Was geschehen ist … vor ein paar Tagen.«

»Ich weiß es nicht, weil nichts geschehen ist«, gab Otaku zur Antwort. Er griff nach dem nächsten Spieß und an der Art, wie er davon abbiss, konnte Hana erkennen, dass er langsam sauer wurde.

»Tut mir leid, ich möchte nicht mit dir streiten«, beteuerte sie, »aber du musst mir glauben, wenn ich dir sage, dass …«

»Ich muss dir gar nichts glauben«, widersprach er kauend.

»Du ... erinnerst dich also nicht daran, dass wir beide auf dem Markt gewesen sind? An den Mann, dessen Gesicht genauso rot war wie der Tintenfisch, den er verkauft hat?«

»Wir sind heute auf dem Markt gewesen, vorhin erst«, hielt er genervt dagegen. »Hast du da vielleicht irgendwo einen Mann mit einem roten Gesicht gesehen?«

Hana dachte kurz nach. »Nein«, gab sie zu. »Da hast du recht ...«

»Siehst du.« Er nickte zufrieden.

»... weil er nicht mehr da ist«, fuhr Hana leise fort. »Und weil sich niemand außer mir an ihn erinnert.«

»Fängst du jetzt doch wieder damit an?«

»Ich kann nicht anders, es stimmt«, versicherte das Mädchen. Verzweiflung stieg plötzlich in ihr auf. »Menschen verschwinden und kommen nicht wieder – und niemand kann sich mehr an sie erinnern, wenn sie fort sind. Noch nicht einmal große Brüder, auch wenn sie sonst alles wissen«, fügte sie traurig hinzu.

»Du aber schon, richtig?« Otaku schnaubte. »Krümel, hörst du dir eigentlich zu beim Reden? Das ergibt doch keinen Sinn!«

»Ich weiß, trotzdem ist es so!«

»Wenn hier jemand verschwindet, dann weil die Grauen Wächter dafür sorgen, *das* ist der Grund! Und zwar der einzige, den es gibt!«

»Nein«, widersprach sie trotzig, Tränen traten ihr dabei in die Augen. »Da ist noch etwas anderes!«

»Tatsächlich. Und was?«

»Das weiß ich nicht«, versicherte sie unter Tränen. »Aber ich weiß, dass es so ist, ich habe es gesehen ...«

»Im Traum«, ergänzte er schnaubend.

»Bitte sei mir nicht böse deswegen, ich will dich nicht ärgern. Es ist nur ...« Sie brach ab und sah zu Boden, weinte leise vor sich hin. In der Hand hielt sie noch immer das halb abgenagte Spießchen, der Appetit war ihr vergangen.

»Hey«, meinte Otaku. Seine Wut war schon wieder verflogen. »Du musst nicht weinen. Ich bin dir nicht böse, in Ordnung?«

»Nein?« Sie sah ihn verunsichert an.

»Nein«, erwiderte er und versuchte ein Lächeln. »Willst du eine Geschichte hören?«

»Was für eine?« Sie rieb sich eilig die Tränen weg.

»Such dir eine aus.«

Hana brauchte nicht zu überlegen. »Die vom Aschenputtel und dem goldenen Schuh«, verlangte sie.

»Was soll das denn für eine Geschichte sein?« Otaku blies durch die Nase. »Komm schon, Schluss jetzt mit dem Unfug.«

»A-aber das ist meine Lieblingsgeschichte! Du hast sie mir doch schon so oft erzählt, dass du gar keine Lust mehr dazu hattest. Aber dann hast du es doch getan, weil ich sie so gern mag. Das Mädchen in der Geschichte hat auch keine Eltern, genau wie ...«

Sie verstummte, als sie Otakus ratlosen Blick bemerkte.

»Du hast keine Ahnung wovon ich spreche, oder?«, fragte sie leise.

Ihr großer Bruder sah sie nur schweigend an.

»Nein«, gab Hana sich selbst die Antwort. »Du hast keine Ahnung ...«

35

IRGENDWO
Irgendwann ...

Von einer Zeit in die andere zu wechseln, war ein wenig so, als würde man kopfüber in ein Becken mit eiskaltem Wasser springen, um schon im nächsten Moment davon wieder ausgespuckt zu werden.

Nicht dass man dabei nass geworden wäre, aber man fühlte sich genauso überrascht und verwirrt und war zunächst völlig orientierungslos. Und soweit es Jason betraf, verspürte er auch eine tiefe innere Erschöpfung.

Trotzdem galt seine erste Sorge Namira ...

Er blinzelte und nahm erleichtert wahr, dass sie noch bei ihm war und sie beide auf festem Boden standen – in Raum und Zeit verloren gegangen waren sie also auch diesmal nicht. Und Nimrod und seinen Urzeitjägern waren sie wohl entkommen ...

Sie ließen einander los und sahen sich ungläubig blinzelnd in ihrer neuen Umgebung um, während sie das Gefühl hatten, dass nach ihren Körpern auch ihr Geist allmählich in diesem neuen Hier und Jetzt ankam. So musste es sein, wenn man als Baby auf die Welt kam und noch keine Ahnung hatte, was einen in diesem Leben alles erwartete. Einerseits konnte einem der Gedanke richtig Angst machen. Andererseits öffnete er ein Universum voller Möglichkeiten ...

Sie waren auf einer Art Dorfplatz gelandet.

Ringsum standen einfache Häuser, die aus Lehm gebaut waren und nur ein Stockwerk hatten. Die Dächer waren flach, dazwischen waren löchrige Tücher zum Schutz vor der Sonne gespannt. Weit und breit war niemand zu sehen, was wohl an der Uhrzeit lag – der Dämmerung nach, die im Osten heraufzog, war es früh am Morgen. Nebliger Dunst lag über den Häusern, der von einem nahen Gewässer aufzusteigen schien.

»Wohin hast du uns gebracht?«, wollte Namira wissen.

»Ich weiß nicht«, gestand Jason offen. »Ich bin genau wie beim letzten Mal nur meinem Gefühl gefolgt ...«

»Und hier hast du den nächsten Timelock gesehen?«, fragte sie, während sie sich zweifelnd umblickte.

»Nein, so funktioniert das nicht.« Er schüttelte den Kopf. »Ich sehe die Dinge nicht wirklich ... es ist mehr eine Ahnung. So, wie wenn man einen Stein auf etwas wirft und schon vor dem Werfen weiß, dass man es treffen wird.«

»Na schön.« Sie seufzte. »Dann wollen wir hoffen, dass uns deine Ahnung ...«

In diesem Augenblick stieg die Sonne über den Horizont und die ersten Strahlen durchbrachen den Morgendunst. Als würde ein gigantischer Vorhang beiseitegezogen, war jenseits der Häuser plötzlich ein Bauwerk zu sehen, so riesig, dass es im ersten Moment wie eine Täuschung wirkte, eine Fata Morgana ... aber es war tatsächlich da.

Eine riesige, alles überragende Pyramide!

Allerdings war sie noch nicht fertiggestellt. Etwa zwei Drittel ragten majestätisch in die violette Dämmerung, die Spitze fehlte noch. Stattdessen waren überall Gerüste und Rampen zu erkennen, die von den Bauarbeiten an dem gigantischen Bauwerk zeugten.

Jason und Namira waren so von dem Anblick gefangen, dass sie zunächst nicht merkten, wie eine schmächtige Gestalt zu ihnen trat.

Es war ein Junge mit bronzefarbener Haut und kurzen schwarzen Löckchen, der mit großen Augen zu ihnen aufblickte. Eine schäbige Tunika war seine einzige Kleidung. Entsprechend seltsam mussten ihm die beiden Zeitreisenden in ihren ziemlich mitgenommenen Kleidern und ihren dreckverschmierten Gesichtern vorkommen.

Namira konnte die Furcht des Jungen fühlen. Deshalb lächelte sie und beugte sich zu ihm hinab, sodass sie mit ihm auf Augenhöhe war. »Keine Sorge, wir tun dir nichts. Wir sind nur Besucher auf der Durchreise.«

Sie hatte ganz langsam gesprochen und er schien zu begreifen, was sie sagte, denn es stand Erleichterung in seinem schmalen Gesicht zu lesen.

»Besucher von wo?«, wollte er wissen. Er sprach einen eigenartigen Dialekt, aber sie waren in der Lage, ihn zu verstehen – so wie er ganz offenbar ihr Interanto verstand.

»Das – äh – ist nicht wichtig«, beeilte sich Jason zu versichern. »Aber wir würden gerne erfahren, wo wir hier sind. Kannst du uns das sagen?«

Der Junge sah ihn seltsam an. »*Ramesisumeriamun*«, erwiderte er dann.

»Was?« Jason legte die Stirn in Falten – er verstand kein Wort. Vielleicht hatte er sich ja getäuscht und …

»*Ramesisumeriamun*«, wiederholte der Junge, langsamer diesmal, so als ob es dadurch besser verständlich würde.

»Tut mir leid, Kleiner«, erwiderte Jason kopfschüttelnd, »aber ich weiß nicht, was …«

»Aber ich weiß es«, fiel Namira ihm ins Wort und sah ihn dabei vielsagend an. »Es ist der altägyptische Name von Pi-Ramesse, der uralten Stadt, auf deren Grundmauern der Lenker die Metropole errichten ließ … Ich meine, auf der er sie errichten lassen wird, in schätzungsweise dreitausend Jahren!«

»Du meinst …?« Jason starrte sie an, während ihm ganz allmählich klar wurde, was das bedeutete. »Diese Pyramide dort …« Er deutete auf das zu zwei Dritteln fertiggestellte Bauwerk. »… ist das, was man in drei Jahrtausenden als die Große Pyramide überall auf der Welt kennen und fürchten wird? Es hieß immer, dass ihr Bau während der Regierungszeit von Pharao Ramses des Zweiten erfolgte, im Herzen von dessen Hauptstadt Pi-Ramesse – oder Ramesisumeriamun, wie sie damals hieß. Das erklärt auch, warum uns der Junge versteht, denn unser Interanto basiert auf dem Altägyptischen …«

»Ramesisumeriamun«, bestätigte der Junge lächelnd und nickte.

»Dann ist Nimrod wohl bereits am Werk«, folgerte Jason, worauf das Lächeln im Gesicht des Jungen sofort verschwand.

»Nimrotep«, flüsterte er erschrocken.

»Sieht ganz so aus«, bestätigte Namira beklommen.

»Bitte«, sagte der Junge, »sagt nicht den Namen vom Hohepriester. Bringt großes Unglück über uns alle!«

»Hohepriester?«, hakte Jason nach. »Das ist er hier also? Der Typ hat echt keine Skrupel!«

»Hohepriester von Anubis«, bestätigte der Junge leise, während er gleichzeitig vor ihm zurückwich.

»Vorsicht, Jason«, warnte Namira. »Du machst ihm Angst ...«

»Wer seid ihr?«, wollte der Junge jetzt von ihnen wissen. »Auch Sklaven?«

»Unsinn, wir ...«, setzte Jason zu einer Erwiderung an – als ihm plötzlich klar wurde, warum der Junge so schäbige Kleider trug. »Bist du ein Sklave?«, hakte er nach.

»Alle hier«, bestätigte der Junge, auf die sie umgebenden Häuser deutend. »Arbeiter für Pyramide«, fügte er hinzu, auf das gewaltige Bauwerk zeigend.

»So langsam verstehe ich«, meinte Namira.

»Ich auch.« Jason nickte. »Und wo ...?«

»Ihr da! Stehen bleiben!«

Zwei Männer traten auf den Dorfplatz. Sie waren nackt bis auf weiße Lendenschürze und gestreifte Tücher, die sie auf den Köpfen trugen. Beide waren mit gefährlich aussehenden Speeren bewaffnet und trugen lange Schilde.

»Soldaten!«, hauchte der Junge entsetzt.

Jason und Namira wechselten Blicke, doch zur Flucht war es zu spät. Schon kamen die beiden auf sie zu, die Speere hatten sie drohend gesenkt.

»Keine Bewegung, Sklaven!«, scholl es ihnen entgegen.

36

»Sklaven?«, fragte Namira nach. »Da müsst ihr uns wohl verwechseln …«

»Schweig, Weib!«, fuhr der eine Soldat sie an. »Warum bist du so seltsam angezogen?«

»Und warum habt ihr noch vor dem Weckruf die Unterkunft verlassen?«, blaffte der andere. »Ihr wisst, dass das bei Strafe verboten ist!«

»Die beiden sind nur Besucher«, beeilte sich der Junge zu erklären. »Sie gehören nicht hierh…«

»Ruhe, vorlauter Bengel«, fuhr der Wächter ihn an. »Ich muss dir wohl erst Manieren beibringen?«

Damit wirbelte er den Speer herum und holte aus, um den Jungen mit dem stumpfen Ende auf den Kopf zu schlagen – doch der Hieb kam niemals an, denn Jason ging dazwischen und packte den Schaft des Speers.

»Was fällt dir ein?«, schnarrte der Soldat, während sein Kumpan bereits auf Jason zusetzte, die eigene Waffe zum Stoß erhoben – doch er hatte seine Rechnung ohne Namira gemacht. Die stellte dem Wächter ein Bein, sodass er ins

Stolpern geriet. Namira wirbelte um ihre Achse und holte ihn mit einem Tritt endgültig von den Beinen.

Der andere Soldat, der den Jungen hatte schlagen wollen, war einen Augenblick lang wie erstarrt vor Überraschung – im nächsten Moment krachte sein Schild, den Jason kurzerhand gepackt hatte, mit voller Wucht gegen sein Kinn und schickte ihn ins Reich der Träume. Der Mann fiel um wie ein nasser Sack und blieb neben seinem bewusstlosen Kameraden liegen.

»Alles in Ordnung?« Jason sah Namira fragend an.

»Klar.« Sie grinste. »Auf einen Fußtritt aus der Zukunft war der Typ nicht vorbereitet.«

»Wa-was habt ihr getan?«, stammelte der Junge. Die Blicke seiner weit aufgerissenen Augen flogen zwischen den Zeitreisenden und den bewusstlos am Boden liegenden Soldaten hin und her.

»Dir den Hintern gerettet«, meinte Jason achselzuckend. »Übrigens gern geschehen.«

»A-aber das sind Soldaten des Königs! Sie ... sind unbesiegbar«, stellte der Junge atemlos fest.

»Na ja, geht so.« Namira zuckte mit den Schultern.

»Wer seid ihr wirklich?« Er sah sie in scheinbar grenzenlosem Erstaunen an. »Ihr seid seltsam gekleidet und sprecht ohne Furcht den Namen des Hohepriesters aus ... und ihr habt die Wachen des Königs besiegt! Ihr müsst sehr mächtige Wesen sein ...«

»Mein Name ist Jason«, stellte der sich vor.

»Ich bin Namira«, fügte diese hinzu.

»Kinya«, sagte der Junge und klopfte sich auf die Brust.

Im nächsten Moment wollte er sich auf den staubigen Boden werfen, aber Jason hielt ihn zurück.

»Langsam, Kumpel, dazu besteht kein Grund.«

»Seid ihr denn keine Götter?«

»Nein«, versicherte Namira. »Wir sind nur Menschen, Reisende, nicht mehr und nicht weniger – und deshalb sollten wir verschwinden, ehe die Wachen wieder zu sich kommen«, fügte sie an Jason gewandt hinzu.

»Wollt ihr mit mir kommen?«

»Wohin?«, fragte Jason.

»In die Sklavenstadt«, erwiderte Kinya, auf die flachen Lehmbauten deutend. »Dort gibt es unzählige Kammern und Eingänge und dunkle Gassen. Da werden euch die Soldaten niemals finden.«

»Du bist also wirklich ein Sklave?«, fragte Namira beklommen.

Kinya nickte. »Weil meine Eltern Sklaven waren«, fügte er zur Erklärung hinzu.

»Waren?«

»Sie sind nicht mehr da«, erwiderte er leise. »Sie haben beide im Steinbruch gearbeitet. Eines Tages sind sie nicht zurückgekommen. Ein Unfall ist dort passiert …«

»Tut mir leid, Kleiner«, meinte Jason.

»Viele Kinder im Lager haben keine Eltern mehr«, erwiderte Kinya tapfer.

»Ich auch nicht«, entgegnete Jason.

Namira sagte nichts dazu, verzog nur schmerzlich das Gesicht. Sie wirkte traurig, vermutlich dachte sie wieder an ihren Vater.

Was ihm wohl widerfahren war? Ob er den Grauen Wächtern hatte entkommen können?

»Dann kommt mit«, forderte Kinya sie auf, der ziemlich begeistert darüber zu sein schien, dass er neue Freunde gefunden hatte. »Ich weiß auch, wo es Frühstück gibt ...«

Jason und Namira wechselten Blicke. Sie waren eben erst in dieser Zeit angekommen. Was sie tatsächlich dringend brauchten, war ein Platz, wo sie sich ausruhen und ihr weiteres Vorgehen in Ruhe besprechen konnten ...

»Einverstanden«, stimmte Jason zu.

»Unter einer Bedingung«, schränkte der Junge ein. Er hob belehrend einen Zeigefinger und sah sie beide vorwurfsvoll dabei an. »Ihr dürft den Namen des Hohepriesters des Totenkults nicht mehr laut sagen, das bringt Unglück über uns alle.«

»Des Hohepriesters des Totenkults?« Jason hob die Brauen. »Du meinst Nim...?«

»Versprochen«, fiel Namira ihm energisch ins Wort – und dann flüchteten sie sich auch schon in die dunklen Gassen, die sich jenseits des Platzes erstreckten.

37

KYOTO, JAPAN
In der Gegenwart ...

Die nächste Veränderung betraf Himari.

Die alte Dame, die im Untergrund lebte, seit die Grauen Wächter ihren Sohn entführt und nicht mehr zurückgebracht hatten, war von einem Tag zum anderen verschwunden.

Und nicht nur das. Auch der große Karton, der neben der Treppe zur alten U-Bahn-Station stand und der ihre Behausung gewesen war, war von einem Tag zum anderen nicht mehr da.

Natürlich fragte Hana bei den anderen Obdachlosen nach, die in der Nachbarschaft lebten. Aber keiner von ihnen konnte sich an eine alte Frau mit dem Namen Himari – oder H-1198 – erinnern.

Und damit waren sie nicht allein ...

»Himari? Wer soll das sein?« Otaku sah Hana fragend an.

»Die alte Frau, die in ihrem Karton an der großen Treppe wohnte, weißt du nicht mehr?«, fragte sie. »Sie hat dich immer ›Blaukopf‹ genannt ...«

»An der großen Treppe?« Otaku schüttelte den Kopf. »Da war noch nie ein Karton ... geschweige denn jemand, der darin gewohnt hätte. Wäre ja auch idiotisch, da würden die Grauen doch zuerst nachsehen.«

»Doch«, widersprach Hana trotzig. »Himari hat dort gewohnt, bis gestern noch! Sie war unsere Freundin und hat manchmal auf mich aufgepasst. Dafür hast du ihr manchmal vom Markt Rüben mitgebracht oder eine Orange, die mochte Himari so gerne ... Die Grauen Wächter haben ihren Sohn mitgenommen, deshalb war sie immer so traurig, wenn sie ...« Der Rest von dem, was Hana sagen wollte, ging in Tränen unter.

»Warum weinst du?«, wollte Otaku wissen.

»Weil ... sie ganz allein war«, erklärte Hana schniefend. »Und weil es sonst niemand tut.«

Otaku, der dabei gewesen war, ihre Kammer zu verlassen, um Essen zu besorgen, stieß seufzend die Kapuze seines Hoodies wieder zurück. »Warum machst du das?«, wollte er wissen.

»Was?« Sie wischte sich die Augen.

»Warum denkst du dir solche Sachen aus? Eine alte Frau, die spurlos verschwindet ... Ich meine, was soll das? Soll das womöglich eine Geschichte werden? Eine, die ich noch nicht kenne? Ist es das?«

»Nein.« Hana schüttelte den Kopf. »Es passiert wirklich, Otaku. Immer wieder verschwinden Leute. Ich weiß nicht, warum das passiert, aber es geschieht immer öfter. Die Welt verändert sich, aber du und die anderen, ihr bekommt davon nichts mit.«

Otaku seufzte.

Einen Moment lang schien er unschlüssig zu sein, ob er wütend werden oder die Ruhe bewahren sollte. Er entschied sich für Letzteres und ging in die Knie, sah seiner kleinen Schwester in die Augen. »Krümel«, sagte er leise, »ich fürchte, dass ich dir ein paar Geschichten zu viel erzählt habe – und dass du den Unterschied zwischen einer guten Geschichte und der Wirklichkeit nicht mehr kennst.«

»Kenn ich wohl«, widersprach sie.

»Ich ... wollte dir das eigentlich nicht sagen«, begann er zögernd, »aber ich fürchte, dass du einen Arzt brauchst.«

»Einen Arzt?« Ihre Augen weiteten sich entsetzt. »Aber ... du hast doch gesagt, dass wir dafür kein Geld haben!«

»Es gibt Krankenhäuser für Leute wie uns ... Leute ohne Geld, meine ich.«

»A-aber ... dort werden sie uns registrieren! Und uns trennen! Das hast du immer gesagt!«

»Ich weiß, Krümel.« Er nickte traurig. »Aber vielleicht müssen wir bereit sein, dieses Opfer zu bringen, wenn sie dir dafür helf...«

»Auf keinen Fall!«, fiel sie ihm heiser ins Wort. »Ich will bei dir bleiben!«

»Das ist schön. Aber etwas stimmt nicht mit dir, Krümel. Und ich kann dir nicht helfen, verstehst du?«

»Nein«, widersprach sie und stieß ihn von sich weg. »Du bist es, der nicht versteht! Ich bin völlig in Ordnung, die Welt ist es, die verrücktspielt!«

Er sah sie an und hob die Brauen. »Hast du eine Ahnung, wie irre sich das anhört?«

»Ich weiß«, versicherte sie, »aber …« Sie stutzte, als ihr plötzlich ein Gedanke kam. »Und wenn ich es dir beweisen kann?«, fragte sie.

»Was willst du mir beweisen?«

»Dass ich nicht verrückt bin. Und dass sich wirklich alles verändert, ohne dass du es merkst.«

»Wie soll das denn gehen?«

Hanas Stirn legte sich in Falten, während sie angestrengt nachdachte. Und dann, plötzlich, kam ihr die rettende Idee …

»Ganz einfach«, erwiderte sie, jetzt wieder strahlend, »mit einer Geschichte!«

38

PI-RAMESSE, ÄGYPTEN
3300 Jahre in der Vergangenheit

Der Weckruf, von dem der Wächter gesprochen hatte, war ein schrilles Hornsignal, so laut und durchdringend, dass es einem durch Mark und Bein ging.

Daraufhin kam Leben in die Gassen der Sklavenstadt. Hunderte von Männern, Frauen und Kindern drängten aus dunklen Eingängen ins Freie. Nubier waren darunter, Hebräer und andere Menschen aus Ländern, gegen die Ägypten Krieg geführt hatte; aber auch deren Nachkommen, die wie Kinya bereits in Gefangenschaft geboren worden waren und nichts anderes kannten als das Leben im Lager. Ihre Körper waren schmal und ausgezehrt von der anstrengenden Arbeit und aus ihren Augen sprach schon jetzt am frühen Morgen eine Müdigkeit, die Jason und Namira erschaudern ließ. Es kam ihnen vor, als würden die Bewohner der Sklavenstadt atmen, essen und sprechen ... aber nicht wirklich leben.

Das Frühstück, von dem Kinya ihnen erzählt hatte, bestand aus einem dicken Brei, zubereitet aus einem Getreide, das man Khorasan nannte. Es hatte kaum Eigengeschmack, und da es weder Salz noch Zucker gab, schmeckte es etwas fade. Trotzdem brachte es Jason und Namira ihre Kräfte zurück – und es war allemal besser als das, was man ihnen im Speisesaal der Anstalt vorgesetzt hatte.

An einem Brunnen, an den ihr neuer Freund sie führte, wuschen sie sich die Gesichter. Jason hatte Mühe, das verkrustete Blut abzubekommen. Seine Schläfe schmerzte noch, wenn er sie berührte, aber langsam wurde es besser.

Ihre Kleider, die erstens zerschlissen und zweitens viel zu auffällig waren, tauschten sie gegen die Arbeitskleidung der Sklaven, die Kinya ihnen brachte – einfache, knielange Tuniken, die man über noch einfacheren Lendenschurzen trug. Bequem war das Zeug nicht. Da es aus Leinen gefertigt war, kratzte es ziemlich auf der Haut, zumal wenn es heiß war. Aber wenigstens würden sie so nicht weiter auffallen.

Was aus den beiden Wächtern geworden war, wussten Jason und Namira nicht. Zu sich gekommen waren sie inzwischen ganz sicher – und vielleicht auch schnurstracks zu ihren Vorgesetzten gerannt, um den Vorfall zu melden.

Oder aber – und das war die Hoffnung der Zeitreisenden – sie schämten sich dafür, dass zwei unbewaffnete Halbwüchsige sie ausgeknockt hatten, und bewahrten Stillschweigen, weil ihnen die Sache peinlich war. Vielleicht, sagten sich Jason und Namira, waren Erwachsene ja auch schon vor dreitausend Jahren so gewesen.

Nach dem Frühstück setzten sich die Arbeiterkolonnen Richtung Baustelle in Bewegung. Alle schienen genau zu wissen, was sie zu tun und wohin sie zu gehen hatten – in all der Zeit, in der sie bereits als Sklaven dienten, hatten sie den Zorn ihrer Herren fürchten gelernt. An Widerstand oder gar an Flucht schien niemand zu denken. Hoffnungslosigkeit herrschte in dem Lager und es erfüllte Jason mit unbändiger Wut, dass sich Nimrod ausgerechnet diese Zeit ausgesucht hatte, um seine finsteren Pläne weiterzuverfolgen und den nächsten Timelock zu setzen.

Wie und wo genau er das vorhatte, wussten sie nicht, aber sie mussten es möglichst rasch herausfinden.

Als hilfreich erwies sich, dass Kinya als Wasserträger arbeitete – seine Aufgabe bestand darin, mit einem Wasserschlauch herumzugehen und den Leuten Wasser zu bringen, damit sie trotz der sengenden Hitze und der schweren Arbeit nicht zusammenbrachen, während sie die Pyramide bauten. Auch Jason und Namira hängten sich kurzerhand Wasserschläuche um. Auf diese Weise konnten sie sich ungehindert auf der gewaltigen Baustelle bewegen, auf der Zehntausende von Sklaven arbeiteten, manche als Steinmetze, andere als Zimmerleute, die die Gerüste bauten. Die meisten jedoch als einfache Arbeiter, die die mächtigen Quader aus Sandstein über steile Rampen hinaufschleppten und die Pyramide immer noch höher in den Himmel wachsen ließen. Hin und wieder waren unter den Arbeitern auch Berge mit dunklem Fell auszumachen – Mammuts, die als Lasttiere eingesetzt wurden.

Der Anblick war überwältigend, überall war Bewegung – auf den Rampen und Gerüsten ebenso wie in den Niederungen oder am Ufer des nahen Flusses, wo die Schiffe mit den Quadern ankamen und über große Seilwinden entladen wurden. Staub lag in der Luft und der beißende Geruch von Schweiß ... und über allem war das allgegenwärtige Knallen der Peitschen zu hören, mit denen die ägyptischen Aufseher die Sklaven antrieben.

Obwohl keiner der Sklaven den Namen des Mannes aussprechen wollte, der am Hof des Pharao den Posten eines Hohepriesters besetzte, waren sich alle einig, dass er es war, dem sie ihr elendes Dasein verdankten. Denn er war es gewesen, der Ramses davon überzeugt hatte, eine Pyramide als Grabmal für sich zu errichten, wie es die Könige Cheops, Chephren und Mykerinos vor über tausend Jahren getan hatten ... Doch auch das war letztlich eine Lüge.

Denn was immer Nimrod – oder Nimrotep, wie er sich hier nannte – dem Pharao versprochen haben mochte, die Pyramide würde niemals als Grabmal dienen, sondern einzig und allein als Stätte seiner eigenen Macht.

Es war seine Pyramide und Jason hasste sie so sehr, wie er Nimrod selbst hasste.

Den Mann, der seine Eltern getötet hatte ...

»Hast du den Hohepriester des Anubis schon mal gesehen?«, wollte Namira von Kinya wissen, während sie Wasser an durstige Männer verteilten. Staub lag so dick auf ihrer Haut, dass sie fast selbst wie aus Stein gemeißelt aussahen, mit gezackten Rinnsalen von Schweiß darauf.

»Er kommt manchmal, um den Fortschritt auf der Baustelle zu sehen«, erwiderte der Junge. »Alle haben Angst vor ihm«, fügte er leiser hinzu.

»Warum?«, fragte Jason.

»Wegen der Pyramide.« Kinya deutete auf das unfertige

Bauwerk, das in der Mittagshitze gleißte. »Manchmal wählt er Leute aus und nimmt sie mit.«

»Er nimmt Sklaven ... mit in die Pyramide?«

Kinya nickte. »Und sie kehren nie zurück«, fügte er leiser hinzu. »So wie meine Mutter.«

»Deine Mutter?«, fragte Namira betroffen nach. »Ich dachte, deine Eltern wären bei einem Unfall ...?«

»Das war mein Vater«, schränkte der Junge mit tonloser Stimme ein. »Meine Mutter haben die Schakale geholt.«

»Wer?« Jason runzelte die Stirn.

»Die Tempeldiener«, erwiderte der Junge schaudernd. »Sie sind nicht wie Menschen, wisst ihr ... sondern mehr wie Tiere, wie die Bestien des Anubis. Ihr Zorn ist fürchterlich, nicht nur wir Sklaven haben Angst vor ihnen, sondern sogar die ägyptischen Soldaten.«

Jason und Namira wechselten Blicke.

Da ihre Wasserschläuche leer waren, gingen sie zurück zum Brunnen, um sie neu zu befüllen.

»Manchmal«, fuhr Kinya unterwegs fort, »hört man nachts auch Schreie.«

»Aus der Pyramide?«, fragte Namira.

Der Junge nickte.

»Wir müssen hinein«, stellte Jason entschlossen fest.

»Nein!« Kinya schüttelte entsetzt den Kopf. »Wenn ihr das tut, werdet ihr nicht zurückkommen, genau wie meine Mama!«

»Wann ist das gewesen, Kinya?«, wollte Namira wissen.

»Ich war noch sehr klein damals, nur fünf Sommer. Aber ich weiß es noch ganz genau, wie sie gekommen sind und …« Er verstummte, die Erinnerung schien zu schrecklich zu sein.

»Tut mir leid«, sagte sie sanft. Erneut wechselten sie und Jason Blicke. So lange also trieb Nimrod bereits sein Unwesen in dieser Epoche.

Höchste Zeit, es zu beenden …

»Keine Sorge, Kleiner«, versicherte Jason. »Uns kann der Hohepriester nichts anhaben. Wir …«

Der Rest von dem, was er sagen wollte, ging in einem lauten Fanfarenstoß unter.

»Das ist das Zeichen des Hohenpriesters«, flüsterte Kinya erschrocken. »Nun könnt ihr ihn mit eigenen Augen sehen!«

39

Nimrod kam tatsächlich.

Und wie.

So als wollte sich der Mann, der sich später einmal zum Herrscher der Welt aufschwingen würde, schon jetzt ein Denkmal setzen, kam er nicht etwa zu Pferd oder mit einer Kutsche, sondern thronte auf einem riesigen Etwas. Es war aus Holz gebaut, an die zehn Meter hoch und etwa doppelt so lang, und soweit Jason und Namira es beurteilen konnten, stellte es ein Raubtier dar, das mit erhobenem Haupt und nach vorn gestreckten Pfoten auf dem Boden kauerte. Grausige Augen waren auf den klobigen hölzernen Schädel gemalt, der wie der eines Hundes aussah, mit großen spitzen Ohren ...

»Ach du Scheiße«, stieß Jason halblaut hervor. »Was soll das denn darstellen?«

»Einen Schakal«, flüsterte Kinya.

»Wieso ausgerechnet einen Schakal?«

»Weil der Schakal das Tier des Totengottes Anubis war«, erklärte Namira, »dessen Hohepriester Nimrotep ist.«

»Bitte«, flehte Kinya, »nicht den Namen sagen ...«

Wie ein Schiff pflügte der hölzerne Schakal durch das Meer der Sklaven – natürlich nicht von allein. Als er näher kam, konnte man erkennen, dass das riesige Gebilde auf hölzernen Rädern ruhte – und dass mindestens einhundert Sklaven es über Seile und lange Stangen anschoben.

»Und wo ist der Hohepriester?«, wollte Jason wissen.

»Warte ab«, raunte Kinya ihm atemlos zu, »gleich wird er erscheinen ...«

Der Junge war nicht der Einzige, der vor Angst zitterte. Die Sklaven machten dem Schakal nicht nur Platz, sie warfen sich förmlich in den Staub. Den Grund für ihre Furcht konnte man bereits im nächsten Moment erkennen, denn dem riesigen Wagen folgte ein Dutzend hünenhafter Krieger, die mit Lendenschurzen bekleidet waren und muskulöse behaarte Körper hatten. Über den Köpfen trugen sie schwarze hölzerne Masken, die sie ebenfalls wie Schakale aussehen ließen. Und sie hatten Peitschen in ihren Pranken, die sie über den Köpfen der eingeschüchterten Sklaven tanzen ließen.

»Die Tempeldiener des Anubis«, flüsterte Kinya eingeschüchtert, während er sich ebenfalls auf die Knie niederließ. »Es heißt, sie kommen direkt aus der Unterwelt.«

»Das bezweifle ich«, knurrte Jason grimmig. »Aber etwas an den Kerlen kommt mir ziemlich bekannt vor.«

»Mir auch«, stimmte Namira flüsternd zu. »Ihre Art, sich zu bewegen, so grob und brutal ...«

»Bitte«, flehte Kinya, »ihr müsst auch knien. Sonst kriegen wir furchtbaren Ärger!«

Jason schnaubte.

Er hatte keine Lust, sich vor einem Typen zu beugen, der sein überlegenes Wissen aus der Zukunft dazu nutzte, die Menschen dieser Zeit brutal zu unterdrücken. Aber nachdem weit und breit niemand mehr zu sehen war, der noch auf beiden Beinen stand, und sie ganz sicher keine Aufmerksamkeit erregen wollten, ließen Namira und er sich schließlich doch nieder.

Der Schakal wälzte sich unterdessen ächzend weiter, bis er vor den schräg ansteigenden Mauern der Pyramide zum Halten kam. Auf der Seite, die das Gefährt angesteuert hatte, war das Bauwerk bereits fertiggestellt, in luftiger Höhe gab es dort ein Portal, das in die schräge Mauer eingelassen war.

Die Sklaven bewegten den Schakal so weit vor, bis seine lange, nach vorn gewölbte Schnauze das steinerne Portal fast berührte. Dann wurde ein verborgener Mechanismus betätigt und im nächsten Moment öffnete sich das Maul des hölzernen Raubtiers. Während Kinya seinen Blick fest auf den Boden gerichtet hielt, beobachteten Jason und Namira, wie sich der obere Teil des Schakalkopfes wie von Geisterhand zu heben begann. Darunter kam eine Art Thron zum Vorschein, auf dem eine einsame Gestalt saß.

Sie trug ein weites schwarzes Gewand mit einer hohen Kopfbedeckung, die sie groß und unheimlich erscheinen ließ. Eine Art Schleier hing rings herunter, sodass das Gesicht des Mannes nicht zu erkennen war, aber Jason und Namira wussten auch so, um wen es sich handelte.

Nimrod ...

Wieder erklang ein Fanfarenstoß und die Gestalt auf dem Thron erhob sich.

»Huldigt Nimrotep, dem Hohepriester des Anubis!«, rief daraufhin eine tiefe Stimme, die weithin zu hören war – doch die Sklaven, sosehr sie die Häupter auch beugten und zitterten, schwiegen.

»Huldigt Nimrotep!«, verlangte die Stimme wieder.

Doch eisiges Schweigen lag über der Baustelle, nur der leise Wüstenwind war zu hören.

Schließlich erhob sich ein alter Mann.

Sein Sklavengewand war schäbig und sein Rücken so gebeugt, dass er kaum noch aufrecht stehen konnte, aber seine Stimme war kräftig und fest. »Die Knie mögen wir beugen, aber wir werden dir nicht huldigen, Priester!«, schrie er an dem hölzernen Gefährt empor. »Dir nicht und auch nicht deinem schakalköpfigen Gott!«

Niemand außer ihm erhob sich und es stimmte auch niemand zu. Aber die drückende Stille blieb bestehen.

»Oh nein«, hauchte Kinya.

»Wieso?«, fragte Namira flüsternd. »Was geschieht jetzt?«

Der Junge antwortete nicht, dafür war zu sehen, wie die maskierten Tempeldiener vortraten. Zwei der grobschlächtigen Riesen packten den alten Mann und schleppten ihn fort, die anderen begannen, mit ihren Peitschen auf die vor ihnen knienden Menschen einzuschlagen.

»Huldigt Nimrotep!«, verlangte die Stimme wieder, während die Peitschen erbarmungslos knallten. »Tut gefälligst, was man euch sagt, ihr starrsinnigen Sklaven!«

»Heil dir, Nimrotep, Hohepriester des Anubis!«, kreischte schließlich jemand gequält. Nach und nach stimmten die anderen Sklaven in die Huldigung ein. »Heil dir, Nimrotep, Hohepriester des Anubis ...«

Es waren leere Worte ohne jede Bedeutung.

Niemand meinte, was er sagte, und Jason hatte den Eindruck, dass manche nur den Mund auf und zu machten, so wie er selbst, wenn es darum ging, die Grußformel zu sprechen ... Ganz offenbar hatte Nimrod ein Faible dafür, dass man ihm huldigte. Wann immer Jason dem Kerl begegnete – er wurde ihm immer noch verhasster.

Eine Weile stand der zukünftige Herrscher der Welt dort oben und ließ sich die Huldigung der Menge gefallen, während weiter die Peitschen knallten und der arme alte Mann von den Anubisdienern zusammengeschlagen wurde.

Dann verließ er seinen Platz im Kopf des Schakals und schritt über dessen hölzerne Zunge, die sich wie ein Teppich vor ihm ausbreitete, zum Eingangsportal. Dabei war deutlich zu erkennen, dass er noch mehr humpelte als bei ihrer letzten Begegnung. Die Zeitsprünge ohne den Seelenwürfel schienen ihm zuzusetzen. Zwei Diener mit Fackeln nahmen ihn am Eingang der Pyramide in Empfang und im nächsten Moment wäre er wohl im Inneren des gewaltigen Bauwerks verschwunden – doch plötzlich blieb er stehen.

Gleichzeitig fühlte Jason einen Stich in seinem Inneren. Eine Erinnerung? Eine Vorahnung?

»Was hast du?«, raunte Namira ihm zu.

Jason antwortete nicht. Er kniete nicht mehr, er kauerte jetzt am Boden und hatte nicht weniger Angst als Kinya und seine Leute ... mehr als je zuvor fühlte er, dass da etwas war. Eine geheimnisvolle Verbindung, die ihn und Nimrod auf eine geheimnisvolle Weise betraf, wie ein unsichtbares Band ...

Von seinem hohen Stand starrte der abtrünnige Zeithüter auf das Heer der Sklaven herab. Jason fühlte seinen bohrenden Blick im Nacken. Er hielt den Atem an und hütete sich davor aufzusehen, hoffte nur, dass die Menge der Menschen und die Kleidung, die er trug, ihn schützen würden ... aber gewiss war das nicht. Irgendetwas war da draußen, er konnte es fühlen, hell und lodernd wie ein Feuer ...

... das jedoch im nächsten Moment erlosch.

Als der Hohepriester sich abwandte und in Begleitung seiner Diener in der Pyramide verschwand, da war es, als würde eine unsichtbare Last von den Sklaven genommen – und auch Jason fühlte in diesem Moment unsagbare Erleichterung.

Die Sklaven erhoben sich und wandten sich wieder ihrer Arbeit zu, während die schakalköpfigen Tempeldiener die schräg ansteigenden Mauern der Pyramide hinaufhuschten und ihrem düsteren Herrn in das dunkle Innere folgten.

»Jetzt weiß ich, warum sie mir so bekannt vorkommen«, sagte Namira, während sie wieder aufstand und den Staub von ihrer Tunika klopfte. »Offenbar hat Nimrod bereits erfolgreich mit dem Erbgut der Neandertaler experimentiert ...« Sie unterbrach sich, als sie sehen konnte, welche Wirkung ihre Worte in Kinyas Gesicht hinterließen. »Tut mir leid, Kleiner. Ich wollte dich nicht erschrecken.«

»Schon gut«, meinte er und winkte ab. »Ich verstehe nichts von dem, was ihr sagt, aber ihr scheint den Hohepriester gut zu kennen ... Seid ihr wirklich nur Reisende?«

»Sozusagen«, stimmte Jason zu. Er massierte sich die Schläfen, hatte sich noch immer nicht ganz von seinem schaurigen Erlebnis erholt. Was immer es gewesen war, es war nicht eingebildet, sondern durch und durch echt gewesen ...

»Aber wir sind nicht nur zufällig hier«, fügte Namira hinzu, »sondern um etwas zu verhindern.«

»Was wollt ihr verhindern?«

»Etwas Böses«, sagte sie nur.

»Hat es mit ... mit ihm zu tun?« Ängstlich sah der Junge zu der Pyramide, um die nun wieder die Arbeiter wuselten, sowohl am Boden als auch auf den Gerüsten.

»Allerdings.« Sie nickte.

»Dann sollten wir es dem Sklavenrat sagen«, war Kinya überzeugt. »Vielleicht wissen die Ältesten, was ...«

»Nein, wir sagen es niemandem«, schärfte Namira ihm ein. »Keinem, verstehst du?«

»Nein, ich verstehe nicht«, beharrte der Junge mit bemerkenswertem Starrsinn. »Wer seid ihr und was wollt ihr hier?«

Jason und Namira sahen sich an.

Ihr junger Freund schien zu spüren, dass etwas mit ihnen nicht stimmte, dass sie nicht in diese Zeit gehörten und im Grunde noch nicht einmal in diese Welt ... aber sie konnten auch nicht riskieren, ihm alles zu sagen. Andererseits, wusste er nicht ohnehin schon zu viel? Und brauchten sie nicht unbedingt einen Verbündeten in dieser Zeit?

»Zu verstehen gibt es da nicht viel«, erwiderte Jason achselzuckend. »Vertraust du uns oder nicht?«

Kinya sah beide an. Er brauchte nicht lange zu überlegen. »Ihr habt mich vor den Soldaten gerettet«, sagte er. »Natürlich vertraue ich euch.«

»Dann sorge dafür, dass wir in die Pyramide kommen«, verlangte Jason.

»Nein!«, rief der Junge entsetzt. »Wer einmal hineingeht, kommt nie mehr heraus!«

»Wir schon«, versicherte Namira.

»Genau«, stimmte Jason zu. »Falls etwas schiefgehen sollte, verschwinden wir einfach«, behauptete er, obwohl er sich da keineswegs sicher war. Etwas hatte sich verändert, das fühlte er. Und er konnte nur hoffen, dass seine Fähigkeit davon nicht betroffen war …

»Seid ihr so etwas wie Magier?«, fragte Kinya und sah sie mit einer Mischung aus Furcht und Neugier an. »Zauberer?«

»Nein, viel besser«, wehrte Namira ab und setzte ein verwegenes Grinsen auf. »Wir sind Zeitrebellen.«

40

KYOTO, JAPAN
In der Gegenwart

»Und jetzt?« Otaku verschränkte die Arme vor der Brust und sah Hana herausfordernd an.

Sie waren am Ort der geheimen Bücher.

Hana hatte ihren großen Bruder lange überreden müssen, mit ihr diesen Ausflug zu machen, aber schließlich hatte er sich dazu bereit erklärt – wenn auch unter Protest und ziemlich mieser Laune. Seinem verkniffenen Gesicht war überdeutlich anzusehen, dass er das alles für Unfug hielt.

»Wie willst du mir beweisen, dass deine wilden Behauptungen wahr sind?«, fragte er.

»Sieh dich um«, sagte sie und deutete ringsum auf die Regale, die wie bei ihrem letzten Besuch mit Büchern gefüllt waren – allerdings hatte sich etwas verändert ...

»Und?«, fragte er schroff.

»Fällt dir nichts auf?«

»Dass du eine kleine Nervensäge bist?«

»Nein.« Sie musste kichern. »Außerdem.«

Otaku schüttelte den Kopf. »Ich weiß nicht, was du meinst. Hier ist alles genau wie immer.«

»Irrtum.« Jetzt war sie es, die den Kopf schüttelte, dass ihre Zöpfe nur so flogen. »Die Bücher sind weniger geworden.«

»Was?« Erschrocken trat er vor. »Du meinst, jemand ist hier gewesen und hat sie gestohlen?« Er leuchtete die Regale mit der Taschenlampe ab – und atmete erleichtert auf. »Was hast du denn?«, fragte er. »Ist doch alles noch da!«

»Irrtum«, sagte Hana wieder. Sie trat an das Regal und deutete auf eine bestimmte Stelle. »Hier an diesem Platz stand ›Der wunderbare Zauberer von Oz‹. Das Buch hast du von Himari bekommen und du hast es mir mindestens zwanzigmal vorgelesen. Es geht um ein kleines Mädchen, das von einem Sturm in ein Zauberland getragen wird. Und hier drüben …« Sie ging zum anderen Ende des Regals. »… stand ›Die Schatzinsel‹. Das hast du mir auch vorgelesen, aber ich mochte es nicht so gerne, weil es manchmal gruselig war.« Trotzdem lieferte sie ihm eine kurze Nacherzählung des Inhalts, in dem sich ein Junge namens Jim Hawkins auf die Suche nach einem legendären Piratenschatz begab und ihn schließlich auch fand.

»Ein anderes Buch ist auch nicht mehr da«, fügte sie hinzu, »›Die Brüder Karamello‹ oder so. Das mochte ich auch nicht, weil es so schrecklich langweilig war.« Hana sah ihren großen Bruder hoffnungsvoll an, um zu prüfen, ob ihre Worte ihn bereits überzeugt hatten – doch nach wie vor stand nichts als Argwohn in seinem Gesicht zu lesen.

»Wie machst du das?«, wollte er wissen. »Denkst du dir das alles aus, während du redest? Von diesen Büchern habe ich noch nie etwas gehört!«

»Aber du hast sie gelesen, alle! Und du hast dir ihre Geschichten gemerkt, um sie weitererzählen zu können ... genau wie die von den drei Musketieren ... das heißt, eigentlich sind es vier Musketiere, weil D'Artagnan ja noch dazukommt. Die anderen heißen Athos, Portos und Aramis.«

»Wer?« Otaku war sichtlich verwirrt.

»Und von Miyamoto Musashi hast du mir auch erzählt, dem großen Schwertkämpfer. Du hast gesagt, dass er immer dein Lieblingsheld gewesen ist, als du noch klein warst, weil du dich immer im Dunkeln gefürchtet hast und du von Miyamoto-San gelernt hast, was Mut und Ehre bedeuten ...« Zuletzt war Hanas Stimme immer leiser geworden – und immer verzweifelter. Sie hatte so sehr gehofft, dass dieser Ort und ihr Wissen über Bücher, die ebenso verschwunden waren wie manche Menschen, irgendetwas bei ihrem großen Bruder bewirken würden.

Aber das schien nicht der Fall zu sein.

Otaku wollte ihr einfach nicht glauben.

Tränen der Enttäuschung rannen ihr über die Wangen und einmal mehr begann sie leise zu weinen.

»Woher weißt du das?«, fragte ihr großer Bruder plötzlich.

»Was ... meinst du?«

»Dass ich mich als kleiner Junge im Dunkeln gefürchtet habe. Das habe ich dir nie erzählt ...«

»Doch, hast du«, versicherte sie. »Du weißt es nur nicht mehr – so wie du auch nicht mehr weißt, dass du das Buch über Musashi gelesen hast und wir darüber gesprochen haben. Oder dass wir mal eine Freundin namens Himari hatten.«

Im Schein der Taschenlampe sah Otaku sie seltsam an. Verärgert sah er jetzt nicht mehr aus, eher verunsichert. »Nehmen wir einmal an, du hättest recht«, sagte er leise. »Warum sollte ich mich nicht mehr an all diese Dinge erinnern?«

»Weiß ich nicht, aber du bist nicht der Einzige. Niemand außer mir kann sich an Himari erinnern. Mit den Menschen verschwinden auch die Erinnerungen an sie.«

»Und warum verschwinden die Menschen?«

Sie zuckte mit den Schultern.

»Und die Bücher?«

»Na ja, den ›Zauberer von Oz‹ haben wir von Himari bekommen. Und wenn sie verschwindet und mit ihr auch alle Erinnerungen an sie, dann verschwindet natürlich auch das Buch von ihr ...«

»Das ... ist völlig verrückt«, wandte er ein. »Ich meine, wohin sollten diese Himari und all die anderen Menschen denn verschwunden sein? Und warum sollte so etwas überhaupt passieren?«

»Weiß ich auch nicht. Du musst es mir einfach glauben.«

Otaku seufzte. »Krümel, ich ...«

»Warum fällt dir das so schwer?« Im Licht der Taschenlampe sah sie ihn vorwurfsvoll an.

»Ernsthaft jetzt? Du willst wissen, warum ich ein Problem damit habe, mir vorzustellen, dass Menschen ohne jeden Grund verschwinden und sich daraufhin auch unsere Erinnerung verändert? Und dass du die Einzige bist, die es merkt? Eine Achtjährige?«

»Fast neun«, rechnete sie vor.

»Oh Mann.« Otaku ließ Kopf und Schultern sinken.

»Dann ... glaubst du mir jetzt?«

»Natürlich nicht«, erwiderte er, während er sich argwöhnisch im Halbdunkel der kleinen Bibliothek umblickte. »Aber ich gebe zu, dass du mich zum Nachdenken gebracht hast.«

»Dann gehst du nicht mit mir ins Krankenhaus?«, fragte sie vorsichtig.

Otaku schnaubte. »Nein«, sagte er dann. »Vorerst nicht.«

»Danke!« Sie schlang ihre dünnen Arme um ihn, drückte ihn so heftig, wie sie nur konnte.

»Schon gut. Und jetzt lass uns gehen. Ich brauch was zu futtern.« Mit Mühe gelang es ihm, sich aus ihrer Umarmung zu befreien. Dann sah er sich noch einmal im Lampenschein um.

»Was tust du?«, fragte Hana.

»Ich präge mir alles genau ein – damit du das nächste Mal nicht wieder behaupten kannst, es würde was fehlen.«

»Das wird dir nichts nützen«, sagte sie ebenso leise wie traurig. »Denn wenn das nächste Mal tatsächlich etwas fehlt, wirst du dich nicht daran erinnern.«

41

PI-RAMESSE, ÄGYPTEN
3300 Jahre in der Vergangenheit
In der Nacht

»Das ist nicht gut«, flüsterte Kinya. Unruhig trat er von einem Bein auf das andere, während sein Blick zwischen Jason und Namira hin und her wanderte. »Wir sollten nicht hier sein. Wir *dürften* gar nicht hier sein«, verbesserte er sich schnell.

»Nimrod auch nicht«, versetzte Jason trocken. Wachsam blickte er sich auf der einen Seite um, während Namira die andere im Auge behielt. Sie wollten nicht wieder auf Soldaten des Pharao treffen. Und auf Nimrods Neandertaler-Wachen ganz sicher auch nicht.

Es war kurz nach Mitternacht und sie befanden sich auf der Rückseite der Pyramide, also auf der entgegengesetzten Seite des Portals, durch das Nimrod das Bauwerk am Nachmittag betreten hatte. Irgendwann später war er wieder herausgekommen, mit demselben pompösen Getue: Der hölzerne Schakal war wieder vorgefahren und das große Maul hatte sich dramatisch geöffnet und Nimrod aufgenommen, während seine Tempelwächter Furcht und Schrecken unter den Sklaven verbreitet hatten. Jason schüttelte es noch jetzt vor Abscheu, wenn er daran dachte.

Seine Erfahrungen in der Anstalt, sein ganzes bisheriges Leben hatten ihn zu der tiefen Überzeugung gebracht, dass kein Mensch vor einem anderen Menschen knien sollte.

Nimrod sah das wohl anders.

»Und hier müssen wir rauf?« Ein wenig skeptisch blickte Namira an der Strickleiter empor. Sie hing von dem Baugerüst herab, das an der Pyramide emporragte. Da das gewaltige Monument auf dieser Seite noch nicht fertiggestellt war, war das Gestein noch nicht glatt behauen und verputzt worden. Stattdessen wuchs das Bauwerk in kantigen Stufen nach oben, die jedoch zu hoch waren, um sie ohne Hilfe zu erklimmen.

»Wenn ihr unbedingt wollt.« Kinya machte kein Hehl daraus, dass er das für einen dummen Einfall hielt. »Dort oben gibt es einen Eingang für die Leute, die in der Pyramide zu tun haben – Steinmetze aus Theben und andere. Sklaven wie wir haben dort aber keinen Zutritt.«

»Der Eingang wird also bewacht?«

Der Junge nickte betrübt. »Wollt ihr es euch nicht noch mal anders überlegen?«

»Eigentlich schon«, erwiderte Jason – der Gedanke, sich direkt in die Höhle des Löwen zu begeben, gefiel ihm tatsächlich nicht besonders. Wer konnte sagen, was sie dort drin erwartete? »Aber ich fürchte, wir haben keine andere Wahl«, fügte er dennoch grimmig hinzu.

»Wieso? Was machen Zeitrebellen?«

»Sie stehlen Zeit«, erwiderte Namira mit flüchtigem

Lächeln. »In diesem Fall dem Hohepriester, weil er sonst nämlich Übles damit anstellen wird.«

»Was soll das heißen? Wie übel?«

»Stell dir einfach vor, dass es auf alle Zeit so sein wird wie hier«, erklärte Jason. »Nimrod wird Angst verbreiten und die Menschen werden seine Sklaven sein, auch noch in dreitausend Jahren.«

»In drei... dreitausend Jahren?« Mit vor Staunen offenem Mund guckte Kinya ihn an. »Heißt das ... dass ihr von da kommt? Von in dreitausend Jahren?«

»Wirklich großartig.« Namira schenkte Jason einen tadelnden Blick. »Wenn man bedenkt, dass wir nichts über diese Dinge sagen sollten ...«

»Ja, Kleiner«, bestätigte Jason trotzdem. »Wenn wir nicht tun, was wir tun müssen, dann wird der Schrecken niemals enden und es wird immer weitergehen, Land für Land, Jahrhundert für Jahrhundert. Nimrod wird ganze Kontinente erobern und irgendwann die Welt beherrschen – und diese Pyramide wird zum Symbol seiner Macht werden.«

»Es wird den Menschen nicht mehr erlaubt zu sein, frei zu denken und zu fühlen«, fügte Namira leise hinzu. »Sie werden keine sichtbaren Ketten tragen, aber sie werden Sklaven sein, genau wie deine Leute.«

Kinya nickte, er schien zu verstehen. »Aber – wie kann es sein, dass ...« Er unterbrach sich und senkte seine Stimme zu einem fast lautlosen Flüstern. »Wie kann es sein, dass ... dass Nimrotep in dreitausend Jahren noch lebt?«, fragte er dann. »Ist er unsterblich? Ein ägyptischer Gott?«

»Nein – aber er kann durch die Zeit reisen«, entgegnete Jason. »Genau wie wir.«

Einen Augenblick schien es ungewiss, ob der Junge laut schreien würde oder hysterisch lachen. Beides wäre gefährlich gewesen. Doch Kinya beherrschte sich. »Ich werde euch helfen«, erklärte er stattdessen schlicht.

»Das hast du schon, indem du uns hierhergeführt hast«, versicherte Namira.

»Und wie wollt ihr hineinkommen, habt ihr euch das schon überlegt?«

Die beiden wechselten Blicke – tatsächlich hatten sie darüber noch nicht nachgedacht. Sich auf einen Kampf einzulassen, war jedenfalls keine gute Idee. Selbst wenn da oben keiner von Nimrods Leibwächtern postiert war – die Tempelwachen waren sicher aus anderem Holz geschnitzt als die Aufseher im Sklavenlager. Außerdem durften Jason und Namira kein Aufsehen erregen, sonst würde ihre Mission zu Ende sein, noch bevor sie richtig angefangen hatte.

»Ich könnte die Wachen ablenken, sodass ihr an ihnen vorbeischleichen könnt«, schlug Kinya mutig vor.

»Und was wird dann mit dir passieren?«, fragte Jason.

»Vermutlich gar nichts.« Er grinste und deutete auf den ledernen Schlauch, den er um die Schulter trug. »Ich bin schließlich Wasserträger, die werden hier dringend gebraucht.«

»Das willst du wirklich für uns tun?« Namira lächelte. »Dafür wären wir dir dankbar, Kleiner.«

»Noch in dreitausend Jahren«, fügte Jason grinsend

hinzu – wofür er sich wiederum einen tadelnden Blick einfing.

»Worauf warten wir dann?«, fragte Kinya und war schon dabei, wieselflink die erste Strickleiter zu erklimmen. Jason und Namira ließen ihm etwas Vorsprung, dann folgten sie ihm auf das Gerüst, das Stufe für Stufe, Stockwerk um Stockwerk an der Pyramide emporkletterte.

Da jede Stufe gut zwei Meter hoch war, gewannen sie rasch an Höhe. Schon nach wenigen Stockwerken konnte man die Sklavenstadt mit ihren flachen Gebäuden weit überblicken. Jenseits davon umfloss der Nil das Gelände in einer weiten Schleife, das Mondlicht ließ seine dunkle Oberfläche glitzern. Schließlich konnten die drei Gefährten durch die Ritzen der aus Weiden geflochtenen Gerüstplatte orangefarbenen Fackelschein erkennen. Dahinter klaffte ein dunkler Eingang, vor dem ein mit einem riesigen, mörderisch aussehenden Schwert bewaffneter Soldat Wache hielt.

»Halt!«, rief er, als er das Knarren auf dem Gerüst vernahm, und hob mit beiden Händen das Schwert. »Wer ist da?«

Jason und Namira verharrten reglos. Kinya bedeutete ihnen, sich ganz still zu verhalten. Dann kletterte er die letzte Strickleiter nach oben.

»Ich bin es nur, Herr«, sagte er dabei und gab sich ganz unterwürfig.

»Ein Sklavenjunge«, stellte der Wächter fest – seine Mundwinkel fielen dabei vor Abscheu herab, so als würde er eine Ratte entdecken. »Was willst du, du Laus?«

»Nichts, Herr – außer Euch die Wacht ein wenig erleichtern«, versicherte Kinya beflissen. Er machte das wirklich sehr gut. »Ich bin Wasserträger und bringe Euch zu trinken.«

»So? Warum das denn?«

»Der Hauptmann hat gesagt, dass ich mich um Euch kümmern soll«, erwiderte Kinya schlagfertig.

»Wirklich?« Der Soldat kratzte sich unter seinem Kopftuch. »Das hätte ich dem alten Leuteschinder gar nicht zugetraut.«

»Doch, Herr«, versicherte Kinya, während er den Wasserschlauch abnahm und ihn dem Wächter reichte. »Er sagt, Ihr wärt sein bester Mann ...«

Das ließ sich der Soldat gerne gefallen. Sein Schwert lehnte er kurzerhand an die Innenwand des Eingangs, dann trat er auf den Jungen zu und riss ihm den Schlauch aus der Hand.

In diesem Moment erklangen aus dem Inneren der Pyramide schaurige Geräusche ... Schreie, die weder von einem Menschen noch von einem Tier zu stammen schienen.

»Was war denn das?«, fragte Kinya erschrocken.

»Was weiß ich?« Der Soldat zuckte mit den breiten Schultern, während er den Schlauch entkorkte. »Geht mich nichts an, was da drin passiert – und dich ebenfalls nicht, verstanden?«

»Natürlich, Herr«, versicherte Kinya.

Der Wächter begann, in gierigen Schlucken zu trinken. Dabei war sein Blick hinauf zum sternenübersäten Nachthimmel gerichtet – und Jason und Namira nutzten die Gelegenheit.

Statt die Strickleiter zu verwenden, kletterten sie an einer der Gerüststangen empor. Auf diese Weise gelangten sie auf die andere Seite der wackeligen Konstruktion. Leise erklommen sie die Plattform und schlichen hinter dem Wächter vorbei, der das kühle Nass weiter gierig in sich hineinlaufen ließ.

Lautlos tauchten sie ein Stückweit in die Schwärze des Eingangs ein. Doch dann hielt Jason inne und wandte sich noch einmal um.

Diesmal war es keine Vision, die er hatte, nur eine unheilvolle Ahnung ...

»Was ist?«, flüsterte Namira. »Wir müssen weiter!«

»Der Junge«, hauchte Jason. »Was wird aus ihm?«

»Er ist in seiner Zeit, so wie wir in unserer sind. Wir können nichts für ihn tun«, erwiderte sie.

Jason nickte. Er wusste, dass sie recht hatte, aber ihm war alles andere als wohl dabei.

Widerstrebend wandte er sich ab und folgte Namira in den Stollen, der sich tief ins Innere der Pyramide zu erstrecken schien.

In diesem Moment erklang abermals ein fürchterlicher Schrei.

42

Die Schreie dauerten an.

Unheimlich hallten sie durch die Korridore, die wie die Pyramide selbst schräge Wände hatten. Oft waren sie auch mit ägyptischen Symbolen versehen, von denen Jason und Namira zwar nicht wussten, was sie bedeuten sollten, die aber dennoch unheilvoll wirkten.

Die grässlichen Laute machten es nicht besser.

»Was mag das nur sein?«, fragte Namira leise.

»Nach Menschen klingt es jedenfalls nicht«, meinte Jason schaudernd, »aber nach Tieren auch nicht. Was mag Nimrod da drin bloß treiben?«

»Es gibt sicher einen Grund, warum die Menschen dieser Zeit sich alle vor ihm fürchten«, war Namira überzeugt. »Die Sklaven heute Nachmittag hatten alle Todesangst und das liegt sicher nicht nur an Nimrods Leibwächtern.« Im Schein ihrer Taschenlampe sah sie Jason düster an. »Mit Angst kenne ich mich aus, weißt du?«

Jason erwiderte nichts, aber er merkte, wie sich sein Magen zusammenkrampfte. Dr. Wolff, A-1528, selbst Rektor Radowan mit all seiner Autorität kamen ihm geradezu lächerlich vor im Vergleich zu dem, was sie im Inneren dieser Pyramide erwarten mochte.

Dennoch hätte er nicht zurückgewollt.

Nicht nach allem, was geschehen war.

Nicht nach allem, was er nun wusste.

Nicht bei allem, was er war.

Immer tiefer drangen sie ins Innere der Pyramide vor. Ihre Lampen, die ihnen als Einziges von ihrer Ausrüstung verblieben waren, schnitten fahle Lichtkegel in die Finsternis und beleuchteten Bilder an den Wänden – Darstellungen aus dem Alltagsleben der Ägypter, aber auch vom Krieg, von der Jagd und vom Leben am Nil ... und immer wieder war eine Gestalt zu erkennen, die größer gezeichnet war als alle anderen und den Kopf eines Schakals hatte.

Anubis, der Gott der Unterwelt.

Jason und Namira schlichen weiter. In regelmäßigen Abständen blieben sie stehen, knipsten die Lampen aus und lauschten, ob irgendwo in der Dunkelheit vor ihnen vielleicht Schritte oder Stimmen zu hören wären, aber das war nicht der Fall. Alles schien ruhig zu sein in Nimrods Pyramide – bis auf die Schreie, die immer wieder zu hören waren und sie jedes Mal bis ins Mark erschaudern ließen.

»Ich hasse diesen Ort«, knurrte Jason.

»Da bist du nicht allein«, stimmte Namira zu.

Irgendwann teilte sich der Gang vor ihnen. Sie blieben stehen, einen Moment lang unentschlossen, welche Richtung sie einschlagen sollten, als aus dem rechten Gang einer der schaurigen Laute drang. Die natürliche Reaktion wäre es vermutlich gewesen, den anderen Korridor zu nehmen. Jason und Namira jedoch fassten sich ein Herz und nahmen den rechten Abzweig, der Quelle der grässlichen Geräusche entgegen.

»Den Weg müssen wir uns unbedingt merken«, raunte Namira Jason zu. »Es hat Grabräuber gegeben, die sich im Inneren von Pyramiden verirrt und nie mehr herausgefunden haben. Irgendwann hat man dann ihre Überreste gefunden.«

»Besser spät als nie.«

»Sehr witzig.«

Einige Eingänge gingen von dem Korridor ab. Jason und Namira blieben stehen und leuchteten hinein. Die Kammern waren alle ungefähr gleich groß. In ihrer Mitte waren hohe Liegen aus Sandstein oder Holz errichtet und ein eigentümlich klebriger Geruch hing in der kühlen Luft.

»Gästebetten?«, feixte Jason.

»Quatsch, das sind Balsamierungsgewölbe. Da werden Verstobene für die Reise ins Jenseits vorbereitet und mumifiziert.«

»Wirklich?« Natürlich wusste Jason, was Mumien waren, auch im Unterricht hatten sie etwas darüber gelernt. Jedoch an dem Ort zu sein, wo so eine Balsamierung stattfand, schickte ihm eine Gänsehaut über den Rücken – verstärkt durch die Werkzeuge, die in einer Wandnische bereitlagen: Sägen und Messer ...

Schaudernd gingen sie weiter und gelangten in einen Saal, dessen niedrige Decke von dicken Säulen getragen wurde. Sie waren reich bemalt, mit Darstellungen aus dem

»Buch der Pforten«, wie Namira wusste. Jason hatte nur Augen für das, was sich zwischen den Säulen befand: riesige hölzerne Sarkophage, jeder einzelne in grellen Farben bemalt, mit leuchtenden Augen in irgendwie gruselig wirkenden Gesichtern.

»Mumien«, stieß er atemlos hervor.

»Hast du noch nie welche gesehen?«, fragte Namira achselzuckend. »In den Katakomben des Widerstands gab es viele davon. Mein Vater hat sie alle in eine Kammer bringen lassen, um die Ruhe der Toten nicht zu stören.«

»Vernünftig«, meinte Jason. Die Vorstellung, dass sich im Inneren dieser hölzernen Sarkophage Leichname befanden, verstörte ihn ein wenig.

»Vor denen musst du dich nicht fürchten«, scherzte Namira, als würde sie seine Gedanken erraten. »Die können dir nichts mehr tun.«

Diesmal war es Jason, der ein halblautes »Sehr witzig« knurrte.

Insgesamt fünf Räume passierten sie, die alle ähnlich ausgestattet waren. Steile Treppen führten von einem zum anderen. Die Kammer, in die sie schließlich kamen, war größer und prunkvoller als alle bisherigen, mit noch mehr Bildern und Schriftzeichen an den Wänden, jedoch ansonsten völlig leer.

»Das muss die eigentliche Grabkammer sein, das Herz der Pyramide«, mutmaßte Namira. »Hier wird der Pharao einst bestattet werden, in einem großen Sarkophag.«

»Schön für ihn«, meinte Jason, während er mit der Taschenlampe umherleuchtete. »Und wo geht es weiter?«

Auch Namira ließ den Lichtschein ihrer Lampe suchend umherschweifen – mit demselben niederschmetternden Ergebnis.

»Nirgends«, gab sie zu. »Es gibt nur den Weg, auf dem wir hereingekommen sind. Wir sind in einer Sackgasse gelandet – wir hätten doch den anderen Gang nehmen sollen.«

»Und wer hat dann geschrien?«, wollte Jason wissen. »Etwa eine der Mumien?«

Namira sah ihn warnend an. »Darüber macht man keine Scherze.«

»War auch nicht als Scherz gemeint«, erwiderte Jason, während er sich genauer in der Kammer umblickte. Er schritt die Säulen ab und betrachtete im Schein seiner Lampe die Malereien an den Wänden. Plötzlich blieb er stehen. »Spürst du das auch?«

»Was meinst du?«

Er hob eine Hand und winkte. »Komm hierher und dann mach es so wie ich.«

Namira wusste nicht, worauf er hinauswollte, aber sie tat ihm den Gefallen. Schon im nächsten Moment war ihr klar, was er meinte. »Ein Luftzug ... an meiner Hand«, stellte sie verblüfft fest.

»Genau.« Jason nickte. »Es muss einen Ausgang geben. Man kann ihn nur nicht sehen.«

»Du meinst einen Geheimgang?«

Er nickte, während er im Schein der Lampe die Zeichnungen genauer ansah. Womöglich, dachte er, gab es irgendwo einen Hinweis darauf, dass ...

»Hier!«, rief er und leuchtete auf eine bestimmte Stelle. »Kommt dir der Typ auch irgendwie bekannt vor?«

»Welcher Typ denn?« Namira trat zu ihm und sah auf das Wandbild. Mitten unter all den gezeichneten Figuren war eine, die größer dargestellt war. Sie trug ein langes schwarzes Gewand und eine ebenso schwarze Haube, die sie wie ein Gespenst aussehen ließ. Wie alle ägyptischen Figuren war sie von der Seite dargestellt und ein großes weißes Auge war darauf gemalt.

»Das ist Nimrod«, stellte Namira fest.

»Der Hohepriester des Anubis«, stimmte Jason grimmig zu. Er streckte die Hand aus und befühlte den Sandstein – und einer spontanen Idee folgend drückte er auf das Auge.

Zu seiner eigenen Verblüffung gab das Gestein nach, das Auge ließ sich eindrücken – und plötzlich bewegte sich der Boden unter ihren Füßen!

Beide mussten an sich halten, um vor Überraschung nicht laut aufzuschreien. Ein mechanisches Knirschen war zu hören und mit einem dumpfen Rumpeln versank das Stück Boden, auf dem sie standen, senkrecht in der Tiefe.

»Ein versteckter Aufzug«, meinte Namira.

»Gebaut von jemandem aus der Zukunft«, stimmte Jason zu.

»Woher hast du das gewusst?«

»Gar nicht.« Er schüttelte nur den Kopf. »War nur so eine Idee, ich jedenfalls hätte es so gemacht.«

Knirschend und bebend versank die Plattform im Boden und trug sie in die Tiefe.

Mit pochenden Herzen warteten die Zeitreisenden ab,

was weiter geschehen würde. Da sie nicht wissen konnten, wohin die Reise ging, schalteten sie ihre Taschenlampen vorsichtshalber aus und waren im nächsten Moment von undurchdringlicher Schwärze umgeben.

Doch schon nach wenigen Augenblicken erreichte der verborgene Aufzug das darunterliegende Stockwerk. Und anders als in den vorherigen Etagen und Kammern war es dort nicht dunkel. Allerdings waren es auch keine flackernden Fackeln oder Feuerwannen, die Licht spendeten. Stattdessen erfüllte ein gleichmäßig heller Schein den Raum.

»Es gibt hier Elektrizität«, stellte Namira mit Blick auf die Lampen fest, die an der Decke hingen. »Nimrod hat wirklich ganze Arbeit geleistet.«

Sie warteten nicht ab, bis die Plattform den Boden erreicht hatte, sondern sprangen schon vorher herunter. Rasch flüchteten sie sich hinter eine Säule, von der aus sie sich staunend umblickten.

Hätten sie nicht sicher gewusst, dass sie sich im alten Ägypten befanden, hätten sie sich im einundzwanzigsten Jahrhundert gewähnt. Zwar waren Wände und Decke des Gewölbes aus Sandstein, jedoch verliefen überall elektrische Kabel und Schläuche, durch die eine blubbernde Flüssigkeit gepumpt wurde. Die meisten führten in den Raum nebenan, aus dem genau in diesem Moment wieder einer jener furchtbaren Schreie drang. Er war jetzt viel näher und ohne das Hallen der Gewölbe und Korridore wirkte er sehr viel weniger gespenstisch. Aber noch immer hörte er sich klagend und wehmütig an, wie der Hilferuf einer gequälten Kreatur, nicht Mensch und auch nicht Tier ...

»Los«, raunte Jason Namira zu und sie huschten von ihrer Säule zum Durchgang. Dabei mussten die beiden aufpassen, nicht gegen die Bündel von Schläuchen und Kabeln zu stoßen, die von der Decke herabhingen und die Sicht auf den nächsten Raum zunächst wie ein Vorhang verhüllten. Erst nachdem sie daran vorbei waren, sahen sie, wohin sie geraten waren. Ihre Gesichter wurden glühend heiß, die Herzen schlugen ihnen bis zum Hals, während namenloses Entsetzen sie packte.

Sie waren in Nimrods geheimem Labor!

Dutzende von Sarkophagen reihten sich aneinander, fast wie die der Mumien, nur dass sie größer waren und ihre Deckel nicht ganz geschlossen. Öffnungen klafften dort, wo bei den anderen die Gesichter aufgemalt gewesen waren, und alle Sarkophage waren durch Kabel und Schläuche miteinander verbunden. Überall zischte und blubberte es und dichter Wasserdampf lag in der Luft, der von einem rötlichen Leuchten durchdrungen war. Außer ihnen schien niemand da zu sein.

Jason und Namira sahen sich an. Dann traten sie wie in Trance auf den nächstbesten der Sarkophage zu, um einen Blick durch die Öffnung zu werfen. Ihre Herzen schlugen wie wild, während sie sich vorbeugten und vorsichtig hineinspähten ...

Was sie sahen, entsetzte sie.

Es war das Gesicht eines Mannes, in das sie blickten. Allerdings schien es auf bizarre Weise noch nicht fertig zu sein, denn es war seltsam blass und hatte keinerlei Behaarung. Dafür konnte man erkennen, dass sowohl die Knochen als auch das Fleisch darüber seltsam geformt waren. Nicht nur war der Schädel gewaltig, Kinn und Stirnknochen waren auch viel stärker ausgebildet als bei einem gewöhnlichen Menschen. Der Mann hatte die Augen geschlossen und schien zu schlafen, während er in einer warmen, rötlich leuchtenden Flüssigkeit lag, die einen süßlichen Gestank verbreitete.

»Das ... ist ein Neandertaler«, flüsterte Namira betroffen. »Hier also züchtet Nimrod sie ...«

»Aber sie sehen nicht so aus wie die, die wir gesehen haben«, wandte Jason ein. Er war zum nächsten Sarkophag gegangen und sah hinein. »Irgendetwas hat er an ihnen verändert ...«

»Vermutlich hat er ihr Erbgut mit dem moderner Menschen vermischt«, nahm Namira an. »Auf diese Weise erhält er das, was man viel später einmal als die Grauen Wächter kennen und fürchten wird. Deshalb sehen die Grauen auch so aus, wie sie aussehen, und deshalb haben sie solch ungeheure Kraft. Und irgendwie sorgt Nimrod dafür, dass sie ihm treu ergeben sind und ihm aufs Wort gehor...«

Sie verstummte, als erneut ein klagender Laut zu vernehmen war, von irgendwo jenseits des roten Dunstes.

»Da muss jemand sein«, vermutete Jason.

Sie steckten die Lampen in die Gürtel ihrer Tuniken und ballten die Hände zu Fäusten, um sich notfalls sofort verteidigen zu können. So bewegten sie sich weiter vorwärts und durchquerten die roten Schleier, bis sie unvermittelt vor etwas standen, das wie ein Käfig aussah, mit Gitterstäben aus blankem Metall.

Da die Beleuchtung hier gedämpft war, konnten Jason und Namira im ersten Moment nichts erkennen. Dann jedoch bemerkten sie, dass sich in der Tiefe des Käfigs etwas bewegte ... Dunkle, haarige Gestalten saßen dort und drängten sich aneinander wie furchtsame Tiere. Die Blicke, mit denen sie Jason und Namira bedachten, waren eingeschüchtert und voller Angst ...

»Steinzeitmenschen«, flüsterte Namira. »Vermutlich sind sie in den Sarkophagen entstanden, aus Nährflüssigkeit gezüchtet.«

»Die Neandertaler, auf die wir in der Höhle getroffen sind, waren ganz anders«, stellte Jason schaudernd fest, »nicht so ängstlich und eingeschüchtert ... die hier scheinen keinen eigenen Willen zu haben, sie wirken irgendwie ...«

»... fehl am Platz«, ergänzte Namira empört. »Das sind sie ja auch. Nimrod hat sie einfach in diese Zeit geworfen, ohne sie je zu fragen, ob sie das wollen. Für diesen Wahnsinnigen sind sie nur Werkzeuge, nicht mehr ...«

»Namira!«

Jasons entsetzter Ausruf ließ sie herumfahren – doch es war schon zu spät. Entsetzt sahen sich die beiden einem von Nimrods Wächtern gegenüber, einem wahren Muskelberg, der sie aus blutunterlaufenen Augen anstarrte – und aus den roten Nebeln traten noch mehr seiner Art.

Genmanipulierte Höhlenmenschen.

Nimrods ergebene Diener.

43

KYOTO, JAPAN
In der Gegenwart

Auf dem Weg zurück sprachen sie kaum ein Wort, jeder hing seinen eigenen Gedanken nach.

Auch wenn Otaku es nicht gerne zugeben wollte, Hanas Demonstration hatte ihn nachdenklich gemacht.

Woher, in aller Welt, kannte sie all diese Geschichten, von denen sie ihm erzählt hatte? Manche davon waren geradezu genial gestrickt gewesen – und sie hatte dafür noch nicht einmal nachdenken müssen! Und woher hatte sie all die Informationen, die dafür notwendig waren, all die verschiedenen Namen der Figuren? Jeder, der sich jemals mit dem Erzählen von Geschichten befasst hatte, wusste, dass das Auswählen von Namen mit zum Schwersten gehörte – Hana dagegen hatte es scheinbar mühelos gemeistert. Was hatte das zu bedeuten?

Otaku wusste darauf keine Antwort. Jedenfalls keine, die ihm plausibel schien.

Sollte sie am Ende womöglich recht haben? Hatte er ihr all diese Dinge erzählt, ohne sich daran zu erinnern? In diesem Fall war er wohl derjenige, der ein Krankenhaus aufsuchen sollte ... Andererseits schien sich das Phänomen nicht nur ihn zu betreffen, sondern alle Menschen in ihrer Umgebung. So wie beim angeblichen Verschwinden der alten Frau, an die sich außer Hana niemand erinnerte ...

Otaku wusste nicht, was er damit anfangen sollte. Es hinterließ ein schales Gefühl in ihm. Vielleicht lag es daran, vielleicht hätte seine Vorsicht ihn auch so gewarnt – aber auf dem Weg zurück nach Hause hatte er schon bald den Eindruck, dass sie beobachtet wurden.

Natürlich wurde man immer beobachtet, wenn man durch verlassene U-Bahn-Tunnel und Kanalrohre ging. Allenthalben saßen in dunklen Nischen abgerissene Gestalten, die einen mit müden Augen ansahen. Aber das hier war anders.

Otaku hatte nicht nur den Eindruck, dass jemand sie aus dem Verborgenen heraus beäugte.

Sondern auch, dass man ihnen folgte ...

Er ließ sich nichts anmerken, weil er Hana nicht beunruhigen wollte, nahm jedoch nicht den direkten Weg zurück, sondern den über die Kanalisation. Inmitten der verzweigten Röhren und Schächte, die unter den Straßen Kyotos verliefen, gelang es ihm, den Verfolger – oder waren es mehrere? – abzuschütteln. Das schale Gefühl in seinem Inneren allerdings blieb weiter bestehen, auch dann noch, als sie endlich ihr Zuhause erreichten.

Und das nicht ohne Grund ...

Otaku drehte den Vierkantschlüssel herum, die rostige Tür der alten Wartungskammer schwang ins Innere. Hana knipste die Notbeleuchtung an – und beide sahen sofort, dass etwas nicht stimmte.

»Jemand ist hier gewesen«, stellte Otaku erschrocken fest. Die wenigen Dinge, die sie besaßen, pflegte er immer so zurückzulassen, dass sie zwar so aussahen, als würden sie wie zufällig herumliegen, doch in Wahrheit hatte jedes Ding seinen Platz. Man konnte sofort erkennen, wenn jemand diese Ordnung durcheinandergebracht hatte.

Sein Herz schlug heftig. Dass sich die Kammer mit dem Vierkantschlüssel absperren ließ, bot ein wenig Schutz, aber natürlich war sie kein Tresor. Wenn jemand es darauf anlegte, sie zu berauben, dann brauchte er dafür nur eine passende Zange, und schon …

»Zu fehlen scheint nichts«, stellte er erleichtert fest, nur um einen verunsicherten Blick in Hanas Richtung zu werfen. »Oder etwa doch?«

»Nein, ganz im Gegenteil – wer immer hier war, hat etwas dagelassen.« Sie bückte sich und schlug ihre Decke zurück, die auf dem Boden lag und eine seltsame Ausbeulung aufwies. »Es ist ein Buch«, stellte sie verwundert fest.

»Zeig her.«

Sie gab es Otaku, der es ins Licht der Lampe hielt.

»›Der wunderbare Zauberer von Oz‹«, las Otaku zu seiner Verblüffung vor. »Von Frank L. Baum.«

»Es ist nicht das, welches Himari uns geschenkt hat«, wusste Hana. »Das hatte auf der Rückseite einen dunklen Fleck und vorn stand ihr Name drin.«

Mit bebenden Händen schlug Otaku die erste Seite des Buchs auf. Da war kein Name.

»Was hat das zu bedeuten?«, fragte er.

Hana zuckte mit den Schultern und sah ihn ratlos an – und dann, plötzlich, kam ihr eine Idee ...

»Jetzt weiß ich's!«, krähte sie.

»Was weißt du?«

»Wie ich dir beweisen kann, dass ich recht habe und du unrecht!«

»Und wie?«

»Diese Geschichte hast du mir ganz oft vorgelesen«, behauptete Hana.

»Davon weiß ich nichts.«

»Eben. Wenn ich dir also haargenau erzählen kann, was drinsteht, dann beweist das doch, dass ich recht habe, oder nicht?«

»Das ... ist richtig«, bestätigte Otaku tonlos.

»Dann los, worauf warten wir?«

Er nickte zögernd und schloss die Tür hinter sich. Dann setzten sie sich einander gegenüber auf den Boden. Dabei sah Otaku seine kleine Schwester an, als ob sie ihm endgültig nicht mehr ganz geheuer wäre.

Schließlich schlug er das Buch auf und begann im trüben Schein der Notbeleuchtung zu lesen: »Dorothy lebte ...«

»... inmitten der großen Prärie von Kansas«, fiel Hana ihm ins Wort und trug den Inhalt des ersten Kapitels vor, das sie tatsächlich fast auswendig kannte.

Wort für Wort für Wort.

»Bist du überzeugt oder soll ich weitermachen?«, fragte sie, als sie am Ende des Kapitels angelangt waren. »Ich kann dir das ganze Buch erzählen, bis zum Schluss. Die

Stelle mit dem Löwen, der so furchtbar feige ist, mag ich ganz besonders.«

Otaku hatte aufmerksam zugehört und mitgeblättert. Dabei war sein Gesicht vor Staunen immer länger geworden – und zusehends bleicher. »Wann hast du das gelesen?«, wollte er wissen. »Raus mit der Sprache.«

Sie blies durch die Nase. »So gut lesen kann ich doch noch gar nicht, das weißt du genau. Ich sag's dir doch, du hast es mir vorgelesen. Zwanzigmal mindestens.«

»Aber ...« Er schüttelte den Kopf. Das alles überstieg sein Fassungsvermögen.

Hana sah ihn unsicher an. »Glaubst du mir jetzt?«

»Das ... das muss ich wohl«, gab Otaku stammelnd zurück. Er sah aus wie jemand, der nicht wusste, ob er sich jetzt klüger oder dümmer fühlen sollte. »Aber ... wo ist das hergekommen?«, fragte er, das Buch in seinen Händen betrachtend. Es war besser erhalten als die meisten anderen in seinem Besitz. Keine Flecken und keine Eselsohren. Und keine von der Feuchtigkeit gewellten Seiten.

»Ich weiß nicht.« Hana zuckte mit den Schultern. »Vielleicht haben wir ja Freunde, von denen wir nichts wissen.«

Otaku musste an den Rückweg denken, an das hässliche Gefühl, beobachtet zu werden. »Das bezweifle ich«, sagte er leise. Vielleicht, fügte er in Gedanken hinzu, war es eine Falle ... ein Hinterhalt der Grauen Wächter!

Womöglich hatten sie sein Versteck verbotener Bücher entdeckt und nun ...

»Durch dieses Buch«, spann Hana ihren eigenen Gedanken weiter, »konnte ich dir beweisen, dass ich recht habe.«

»Und?« Er sah sie an, fragend und fast ein wenig verzweifelt. »Wie hilft uns das weiter?«

»Na ja …« Sie erwiderte seinen Blick hoffnungsvoll. »Vielleicht bin ich ja doch nicht die Einzige, die merkt, dass hier etwas vor sich geht?«

Otaku widersprach nicht, aber er stimmte auch nicht zu. »Ich weiß es nicht«, sagte er ausweichend. »Aber eins ist mir klar – wir müssen auf der Hut sein, Krümel.«

44

DIE PYRAMIDE DER MACHT, PI-RAMESSE

3300 Jahre in der Vergangenheit

Jede Gegenwehr wäre sinnlos gewesen.

Ihr Vater mochte Namira zu einer herausragenden Kämpferin ausgebildet haben und auch Jason hatte in letzter Zeit noch einige Tricks in Selbstverteidigung dazugelernt – doch gegen die Überzahl und die rohe Körperkraft von Nimrods Wächtern konnten sie nichts ausrichten.

Widerwillig hatten sie sich also ergeben, worauf Nimrods grobe Wächter sie gepackt und in denselben Käfig gesteckt hatten, in dem auch die geklonten Neandertaler gefangen waren. Noch immer drängten sie sich ängstlich aneinander und spähten argwöhnisch zu Jason und Namira herüber, die es vorgezogen hatten, sich ans andere Ende des Käfigs zu setzen. Mit angezogenen Beinen kauerten sie an der steinernen Rückwand ihres Gefängnisses und starrten trübe in das rotglühende Halbdunkel.

»Scheiße«, war alles, was Jason einfiel.

Mehr gab es nicht zu sagen.

Er war wütend – auf sich selbst, weil er so unvorsichtig gewesen war und sich hatte fangen lassen. Aber natürlich auch auf den Mann, dem sie dies alles verdankten, der seine Eltern auf dem Gewissen hatte und ohne den sie überhaupt erst gar nicht hier wären ...

Nimrod.

Immer wieder murmelte er den Namen leise vor sich hin, wie ein Mantra, wie einen Fluch. Und irgendwann – keiner von ihnen wusste, wie lange sie bereits in ihrem Gefängnis gewartet hatten – waren Schritte zu hören.

Unheimliche Gestalten tauchten aus den roten Schleiern auf, Wächter mit Anubismasken. Breitbeinig stützten sie sich auf ihre klobigen Schwerter und bezogen vor den Gitterstäben Stellung. Und schließlich schälte sich noch eine weitere Gestalt aus den Nebeln, humpelnd und unheimlich anzusehen ... Nimrod selbst.

Jason und Namira hielten den Atem an.

Aus größerer Entfernung hatten sie den Mann, der einst die Welt beherrschen würde, bereits gesehen, aber dies war das erste Mal, dass sie ihm persönlich gegenübertraten. Beide fühlten nackte Angst, doch bei Jason war es noch mehr als das. Er hatte den Eindruck, die Anwesenheit des Verräters auch körperlich zu spüren. Wie ein Schlag in die Magengrube fühlte sich das an.

Dicht vor dem Käfig blieb der Zeitreisende stehen.

Wie immer trug er sein schwarzes Gewand, seine Gesichtszüge wurden von den dunklen Schleiern seiner Priesterhaube verhüllt. Nur ein fahl blitzendes Augenpaar glaubte Jason zu erkennen. Abschätzig musterte es Namira und ihn durch die Gitterstäbe.

»Also doch«, sagte Nimrod mit einer Stimme, die heiser

war und brüchig. Für Jason hörte sie sich an, als wenn jemand mit den Fingernägeln über eine Schultafel kratzte. Ihr zuzuhören, bereitete ihm beinahe körperliche Qualen.

»Zunächst war es nur ein Gefühl, eine unbestimmte Ahnung ... Das erste Mal habe ich es in der Tundra verspürt, vor beinahe vierzig Jahrtausenden – oder, in meinem Fall, vor rund acht Jahren. Für euch, so nehme ich an, sind nur ein paar Tage vergangen. Die Zeit ist schon eine merkwürdige Angelegenheit, nicht wahr?«

Jason kniff die Lippen zusammen, eine Antwort blieb er schuldig. Die herablassende, belehrende Art ihres Gegenspielers machte ihn wütend, erinnerte ihn an seine Lehrer in der Anstalt.

»Das zweite Mal habe ich es gestern verspürt, als ich die Pyramide betrat«, fuhr der abtrünnige Zeithüter fort. »Irgendetwas war anders, ich konnte es nicht genau benennen, doch in dem Moment, da ich auf die versammelte Menge blickte, da spürte ich es ganz deutlich. Es war dasselbe Gefühl wie damals in der Tundra und mir war klar, dass etwas nicht stimmte. Dennoch war es nicht mehr als eine bloße Vermutung – nun jedoch ist sie zur Gewissheit geworden.«

»Was für eine Gewissheit?«, platzte Jason wütend heraus, seine Furcht vergaß er glatt. »Dass Sie nicht der Einzige sind, der eigentlich nicht hier sein sollte? Der in dieser Zeit nichts zu suchen hat?«

»In der Tat.« Die dunkle Gestalt nickte. Mit dem von Schleiern verborgenen Gesicht wirkte sie tatsächlich wie ein lebender Schatten. »Ich habe gefühlt, dass etwas nicht stimmte, aber es war nur eine kleine Anomalie, eine winzige Verwerfung im Ablauf der Zeit, unbedeutend und kaum wahrzunehmen. Dennoch war sie unleugbar vorhanden – und nun sehe ich endlich den Grund dafür. Mein Instinkt hat mich also doch nicht getrogen ...«

»Sie dürften nicht hier sein«, hielt Namira ihm vor.

»Dasselbe ließe sich von euch sagen, oder nicht?«, erwiderte Nimrod unbeeindruckt. »Wer hat euch geschickt?«

»Das geht Sie gar nichts an, Sie Verbrecher!«, entgegnete Namira mit dem Mut der Verzweiflung.

Der abtrünnige Zeithüter lachte nur. »Wenn du wüsstest, in welch vielfältiger Weise du dich irrst und auf wie vielen unterschiedlichen Ebenen. Nicht ich bin der Verbrecher, sondern andere – aber das ist eine lange Geschichte und vermutlich würdet ihr sie mir nicht einmal glauben, verblendet und verdorben, wie ihr seid.«

»Verblendet und verdorben?«, wiederholte Namira empört.

»Sie ticken doch nicht richtig, schauen Sie mal in den Spiegel!«, pflichtete Jason ihr bei.

»Ihr wisst so vieles nicht.« Nimrod lachte spöttisch auf. »Doch was ihr vor allen Dingen nicht zu verstehen scheint, ist, dass eure Anwesenheit hier für mich kein Grund zur Sorge ist, sondern zu ehrlicher Freude.«

»Ach wirklich«, knurrte Jason, der kein Wort davon glaubte.

»Natürlich – denn dass ihr hier seid, beweist letztendlich nur, dass das, was ich hier tue, dass all die Mühen, die ich aufgewendet habe, und all die Opfer, die ich bereits gebracht habe und noch bringen werde, in eurer Zukunft etwas bewirkt haben müssen. Meine Pläne sind offenbar aufgegangen, mein Handeln war von Erfolg gekrönt – andernfalls hätte man euch wohl nicht geschickt, um mich aufzuhalten. Das ist doch euer Anliegen, oder etwa nicht?«, fügte der zukünftige Lenker der Welt hinzu, um sich gleich darauf selbst die Antwort zu geben: »Natürlich ist es das ... die Frage ist nur, warum hat man gerade euch geschickt?«

Jason verzog das Gesicht. »Raten Sie doch.«

»Zwei Halbwüchsige, beinahe Kinder noch«, tönte der Schatten hochmütig. »Seit meine Diener mir von eurer Gefangennahme berichteten, habe ich mich gefragt, warum der Rat niemand anderen geschickt hat ... und dann, plötzlich, wurde es mir klar: Es gibt keinen anderen, nicht wahr? Irgendetwas von dem, was ich hier tue, wird in der Zukunft zur Folge haben, dass der Rat der Zeithüter, diese Zusammenkunft verlogener, selbstgefälliger Wichtigtuer, nicht mehr existiert!«

»Von wegen Wichtigtuer«, widersprach Jason entrüstet. »Die Zeithüter waren Helden!«

»Im Gegensatz zu Ihnen, Sie Verräter!«, fügte Namira wütend hinzu.

»Ich fürchte«, entgegnete Nimrod, ohne auch nur die geringste Reaktion auf die Beleidigung zu zeigen, »dass ihr die Dinge sehr einseitig seht. Offenbar seid ihr der Propaganda und den Lügen das Rates aufgesessen.«

»Was Propaganda betrifft, sind Sie ja wohl unübertroffen«, konterte Namira. »In Ihren Medien werden rund um die Uhr nichts als Lügen erzählt und in Ihren Lehranstalten bringt man jungen Menschen von Kindesbeinen an bei, wie sie zu fühlen und zu denken haben. Die freie Meinung bedeutet nichts, denn sie wird brutal unterdrückt.«

»Freiheit wurde zu allen Zeiten der Menschheitsgeschichte überbewertet, mein Kind«, beschied der Schatten ihr gönnerhaft. »Sie hat die Menschen immer nur dazu verleitet, dumme Dinge zu tun und sich am Ende selbst damit zu schaden. Deshalb sollte sie um jeden Preis unterdrückt werden – und es freut mich zu hören, dass mir dies offenbar eines fernen Tages glücken wird. Das erfüllt mich mit großem Stolz und gibt mir neue Zuversicht«, fügte er mit kehligem Lachen hinzu.

Jason und Namira sahen sich an – nun kamen sie sich erst recht dumm und übertölpelt vor. Ihr Ziel war es schließlich, Nimrods Pläne zu vereiteln, und nicht, ihn noch dazu zu ermutigen … Doch es kam noch schlimmer.

»Offen gestanden hatte ich kaum zu hoffen gewagt, dass unsere persönliche Begegnung so überaus positiv für mich verlaufen würde«, fügte ihr Erzfeind in einer Stimmung hinzu, die schon fast frohgelaunt wirkte. »Ich bereue nicht, zu euren Gunsten auf eine Nacht der Forschung verzichtet zu haben.«

»Was soll das heißen?«, fragte Jason.

»Ihr müsst wissen, gewöhnlich erhalte ich diese bizarre Maskerade nur tagsüber aufrecht und fungiere als Hohepriester des Anubis und oberster Berater des Pharao – die Nächte hingegen gehören meinen Forschungen und ich verbringe sie gewöhnlich hier in meinen Laboratorien. Um euretwillen habe ich heute Nacht jedoch darauf verzichtet und mich fortbegeben, da mir klar war, dass wir uns andernfalls wohl niemals kennenlernen würden ...«

»Soll das heißen, Sie haben uns absichtlich eine Falle gestellt?«, wollte Namira wissen.

»Sagen wir so, ich habe den Köder ausgelegt und gewartet, was geschieht«, entgegnete Nimrod und Jason hatte das Gefühl, dass das Gesicht unter den Schleiern dabei voller Genugtuung grinste. »Wie bedauerlich, dass der Rat euch jetzt nicht sehen kann«, fügte der Übeltäter hinzu. »Das letzte Aufgebot der Zeithüter, eingesperrt in einem Käfig, ein dummer Junge und ein vorlautes Mädchen. Mehr hatte der Rat nicht zu bieten. Wie traurig das ist – und wie überaus erheiternd.«

»Dafür haben Sie ja auch selbst gesorgt!«, platzte Jason zornig heraus. »Oder werden es vielmehr«, fügte er leiser hinzu. Er kam sich tatsächlich wie ein dummer Junge vor, es war ja auch alles verflixt kompliziert, wenn man erst einmal darüber nachdachte.

»Nicht, Jason«, raunte Namira ihm zu. »Er will dich nur provozieren, damit du ihm noch mehr über die Zukunft verrätst. Dabei ist schon alles schlimm genug ...«

Nimrod schien aufzuhorchen.

»Jason«, wiederholte er wie ein lebendes Echo. »Ist das dein Name?«

»Und wenn?«, raunzte Jason.

Quälende Sekunden lang musterte Nimrods rätselhaft glänzendes Augenpaar ihn durch die dunklen Schleier. Schließlich nickte der Verräter, erwiderte jedoch nichts.

»Wo ist der Timelock, Mistkerl?«, wollte Jason unvermittelt wissen.

Nimrod lachte. »Du glaubst, das werde ich dir jetzt verraten? So wie der Schurke eines billigen Romans?« Er schüttelte den Kopf. »Ich werde Bücher, die der bloßen Unterhaltung dienen, wohl einst verbieten lassen, sie bringen die Menschen nur auf dumme Ideen.« Er lachte wieder. »Törichter Junge, du solltest es nicht auf die Spitze treiben! Ich werde dir nicht sagen, wo sich der Timelock befindet. Er ist an einem Ort, wo du ihn niemals erreichen kannst. Und würdest du es doch versuchen, so wäre es dein Verderben. Ist das Auskunft genug?«

Er legte den Kopf in den Nacken und lachte. Dabei verschoben sich für einen Moment die Schleier vor seinem Gesicht. Was Jason und Namira für einen Sekundenbruchteil darunter zu sehen bekamen, erschreckte sie.

Narben, tiefe Narben.

Verbranntes Fleisch ...

»Ihr könnt mich nicht mehr aufhalten«, war Nimrod überzeugt. »Es ist dem Rat der Zeithüter damals nicht gelungen und auch jetzt nicht – und es wird ihm auch nicht in der Zukunft gelingen, weder in meiner noch in eurer. Ganz abgesehen davon, dass für euch beide die Zukunft zu Ende ist«, fügte er heiser hinzu.

»Was werden Sie mir uns tun?«, fragte Namira.

»Ja«, stimmte Jason zu. »Lassen Sie uns auch verschwinden wie all die anderen, die sich gegen Sie aufgelehnt haben?«

»Wie ich mit meinen Feinden dereinst verfahren werde,

kann ich dir jetzt noch nicht sagen, mein ungeduldiger junger Freund«, entgegnete Nimrod mit mäßig geheuchelter Höflichkeit, »doch im Hier und Jetzt ziehe ich es vor, aus meinen Gegnern treue Verbündete zu machen.«

»Verbündete? Sie meinen, so wie die da?«, fragte Jason, auf die in Reih und Glied stehenden Anubiswächter deutend.

»In der Tat. Ob ihr es glaubt oder nicht, auch jene traurigen Gestalten dort ...« Damit meinte er die Höhlenmenschen, die sich aus Furcht vor ihm bis in den letzten Winkel des Käfigs zurückgezogen hatten. »... werden mir bald schon mit ihrer ganzen Kraft und Überzeugung dienen.«

»Und wie geht das?«, hakte Namira nach.

»Durch ein spezielles, von mir entwickeltes Verfahren zur Konditionierung«, erwiderte Nimrod prompt. »Die richtige Mischung aus Anreiz und Strafe kann bei einfachen Gemütern wahre Wunder bewirken.«

»Anreiz und Strafe?« Namira verzog angewidert das Gesicht. »Das heißt, Sie fügen ihnen Schmerzen zu.«

»Ich bringe ihnen bei, was es heißt, mir zu dienen«, drückte der Schatten es anders aus. »So wie ich es auch euch beibringen werde.«

»Was soll das heißen?« Jason sprang auf, die Hände zu Fäusten geballt. »Wollen Sie uns auch zu willenlosen Sklaven machen? Ist es das, was Sie in der Zukunft tun? Was mit denen passiert, die spurlos verschwinden?«

Für einen Moment hatte es den Anschein, als wollte Nimrod ihm auf die Frage antworten.

Dann aber wandte er sich ab, wobei sich sein rabenschwarzes Gewand um ihn bauschte, und humpelte davon, wobei er leise lachte. Der rote Nebel verschlang ihn so plötzlich, wie er ihn ausgespuckt hatte, und mit ihm auch seine Leibwächter, die kehrtmachten und ihrem finsteren Herrn folgten.

Jason merkte, wie ihn unbändige Wut packte.

»Damit kommen Sie nicht durch!«, schrie er, während er wütend an den Gitterstäben rüttelte – aber natürlich rührten sie sich keinen Millimeter. »Sie werden dafür bezahlen! Für alles werden Sie bezahlen!«

Doch das Lachen des abtrünnigen Zeithüters wurde nur noch lauter, bis es schließlich unter der steinernen Decke verhallte und sich im roten Nebel verlor.

»Sie werden nicht gewinnen, hören Sie?«, brüllte Jason ihm so verzweifelt hinterher, dass sich seine Stimme überschlug, während er weiter hilflos an den Gitterstäben riss. »Nicht dieses Mal, Sie elender Mistkerl ... nicht dieses Mal!«

Doch es kam keine Antwort mehr.

45

KYOTO, JAPAN
In der Gegenwart

Am nächsten Tag brauchte Hana ihren großen Bruder nicht lange zu überreden, den Ort der geheimen Bücher aufzusuchen – auch Otaku wollte wissen, ob wieder welche verschwunden waren.

Doch sie erlebten erneut eine Überraschung.

»Seltsam«, sagte Otaku.

»Was ist?«, wollte Hana wissen.

»Dieses Buch ist gestern noch nicht dagewesen.« Er deutete auf einen der vielen Buchrücken im Regal.

»Bist du sicher?«

Otaku schnaubte. »Krümel, vielleicht kriege ich es ja nicht mit, wenn Bücher verschwinden – aber wenn eins dazukommt, dann merke ich es garantiert. Vergiss nicht, dass ich jedes einzelne dieser Bücher gelesen habe – und dieses hier gehört garantiert nicht dazu. Außerdem steht es am völlig falschen Platz.«

Er zog es heraus.

Genau wie die Ausgabe des »Zauberers von Oz« war es in gutem Zustand, fast wie neu.

»Was für ein Buch ist es?«, wollte Hana wissen.

»Sieht wie ein Reiseführer aus – über die Stadt New York«, erwiderte er und blätterte es flüchtig durch.

»Sind Bilder drin?«

»Schon.« Er nickte. »Aber warum ist es hier? Und wer hat es gebracht?« Im Schein der Taschenlampe sah sich Otaku in der Kammer um. Der Gedanke, dass jemand hier gewesen war, in diesem Raum, der ihm so viel bedeutete, gefiel ihm ganz und gar nicht. Noch nicht einmal dann, wenn dieser Jemand nichts mitgenommen, sondern etwas dagelassen hatte ...

»Steht vielleicht sonst noch was drin?« fragte Hana. »Eine Nachricht vielleicht oder ...?«

Otaku sah auf den ersten und den letzten Seiten des Buches nach. Dann nahm er es beim Rücken, hielt es hoch und schüttelte es, ob vielleicht etwas herausfiel.

Aber da war nichts.

»Ich fürchte, da erlaubt sich jemand einen fiesen Scherz mit uns«, knurrte er.

»Glaub ich nicht.« Hana schüttelte den Kopf. »Da steckt bestimmt mehr dahinter.«

»Warum? Weil du es dir so wünschst?« Er zuckte mit den Schultern und schlug das Buch erneut auf – und plötzlich stutzte er. »Das ... kann nicht sein«, murmelte er. Er machte das Buch wieder zu und sah sich den Einband an, blätterte dann nach dem Impressum. Laut Eintrag stammte der Reiseführer aus dem Jahr 1970 – aber wenn es über ein halbes Jahrhundert alt war, warum sah es dann fast wie neu aus?

Und erst die Bilder ...

Otaku wurde blass.

»Das ist nicht möglich«, flüsterte er, »das kann einfach nicht sein ...«

»Was denn?« verlangte Hana jetzt zu wissen. Sie stand bereits auf den Zehenspitzen, um einen Blick in das Buch zu erhaschen. »Was kann nicht sein?«

Otaku hielt ihr das aufgeschlagene Buch hin.

Es zeigte eine breite, von Wolkenkratzern umgebene Straße. Tausende von Menschen hatten sich auf den Bürgersteigen versammelt, überall waren Fahnen und Konfetti ... und mittendrin ein großes Auto mit drei Männern.

»Wer sind die?«, wollte Hana wissen.

»Laut Beschreibung«, erwiderte Otaku mit vor Aufregung bebender Stimme, »sind die Namen dieser drei Männer Neil Armstrong, Michael Collins und Buzz Aldrin. Und sie werden deshalb so gefeiert, weil sie die ersten Menschen waren, die zum Mond geflogen sind.«

»Zum Mond?« Seine kleine Schwester sah ihn ratlos an. »Aber es sind doch noch nie Menschen zum Mond geflogen!«

»Nein«, gab Otaku zu, »das ist es ja – hier steht, dass die erste Mondlandung am 20. Juli 1969 erfolgt ist.«

»Das ist gelogen!«, empörte sich Hana.

»Ja, natürlich ... Aber woher kommen dann diese Bilder?« Otaku blätterte weiter und zeigte Hana eine andere Fotografie.

»Und was ist das?«, wollte sie wissen.

»Die Freiheitsstatue im Hafen von New York.«

Otakus Hände bebten, während er Buch und Lampe hielt.

»Und?«

»Krümel, die Freiheitsstatue gibt es schon lange nicht mehr. Nach der Niederlage der USA im Großen Krieg wurde sie zerstört und durch eine Statue von Nimrod dem Lenker ersetzt – 1947 ist das gewesen. Aber hier steht, dass die Aufnahme von 1968 stammt!«

»Noch eine Lüge?«

»Entweder das«, erwiderte Otaku – und dann hörte er sich Worte sagen, von denen er nie gedacht hätte, dass er sie jemals aussprechen würde: »Oder du hast wirklich recht mit dem, was du sagst, und die Dinge verändern sich tatsächlich. Nicht nur hier in Japan, sondern auf der ganzen Welt ...«

»Jetzt glaubst du mir«, stellte sie fest.

»*Hai*, Krümel, jetzt glaube ich dir«, bestätigte er und ließ sich an Ort und Stelle auf den schmutzigen Boden sinken, weil seine Knie butterweich wurden. Seine Gedanken rasten, während er sich vorzustellen versuchte, was das alles bedeuten mochte, welche Auswirkungen es für ihn und seine kleine Schwester haben würde ...

»Geht es dir gut?«, fragte Hana.

»Nein, Krümel ... das heißt ja. Ich meine, ich bin froh, dass keiner von uns beiden verrückt ist, aber ...« Er schüttelte den Kopf. »Tut mir leid, dass ich dir nicht glauben wollte.«

»Ach, schon gut.« Sie machte eine wegwerfende Handbewegung. »Ich bin acht Jahre alt. Da ist man gewohnt, dass einem keiner glaubt.«

»Fast neun«, verbesserte er.

Hana strahlte übers ganze Gesicht.

»Und jetzt?«, fragte Otaku. »Was fangen wir mit unserer Erkenntnis an? Auch wenn wir wissen, dass etwas mit der Welt vor sich geht, wissen wir noch längst nicht, was geschieht ... oder warum.«

»Aber die Leute, die uns die Bücher gegeben haben, die scheinen schon etwas zu wissen«, wandte das Mädchen ein.

»Oder es ist eine Falle«, wandte Otaku ein. Seine alte Furcht war noch immer nicht ganz erloschen. »Eine List, die die Grauen Wächter sich ausgedacht haben, um Leute wie uns aus ihrem Versteck zu locken?«

»Glaub ich nicht.« Hana schüttelte den Kopf. »Wir sollten diese Leute suchen.«

»Und wie?« Otaku schüttelte noch einmal das Buch. »Wenn sie gefunden werden wollten, hätten sie uns sicherlich einen Hinweis hinterlassen, wie wir mit ihnen ...«

In diesem Moment glitt ihm das Buch aus den Fingern und fiel zu Boden, geradewegs in eine Pfütze Kondenswasser, die sich dort gebildet hatte.

»Oh nein!«, rief Hana.

Otaku stieß eine Verwünschung aus und hob das Buch sofort wieder auf, trocknete es sorgfältig mit dem Stoff seines Hoodies ab. »So ein Mist«, ärgerte er sich dabei, »es war fast neu. So ein gut erhaltenes Exemplar findet man heute nur noch sehr selten.«

»Der Einband löst sich ab«, stellte Hana fest und zupfte prüfend daran. Mit einem hässlichen Geräusch riss der aufgeweichte Einband mitten entzwei.

»Pass doch auf«, zischte Otaku, »du machst es nur noch schli…« Er verstummte.

Verblüfft sahen Hana und er auf das gefaltete Stück Papier, das zwischen Einband und Buchdeckel versteckt gewesen war und nun vor ihnen auf dem Boden lag.

Hana bückte sich und hob es auf, reichte es ihrem großen Bruder. Der legte das Buch beiseite und gab ihr die Lampe, und in ihrem Schein, der heftig wackelte, weil Hana so aufgeregt war, entfaltete er das Papier.

Linien und Kreise tauchten im flackernden Schein auf.

Dazu japanische Schriftzeichen.

Otaku betrachtete beides wie gebannt.

»Was ist das?«, wollte Hana wissen.

»Ein Plan«, antwortete er leise.

46

DIE PYRAMIDE DER MACHT
3300 Jahre in der Vergangenheit

»Geht's wieder?« Im Halbdunkel ihres Gefängnisses warf Namira Jason einen fragenden Blick zu.

Er erwiderte nichts darauf.

Ihm war klar, dass er die Beherrschung verloren und sich vor ihrem Erzfeind zum Trottel gemacht hatte, aber das war ihm ziemlich egal. Viel schlimmer war, dass ihre Mission gescheitert war … und das, ohne dass sie auch nur einen einzigen Timelock hatten beseitigen können.

»Tut mir leid«, sagte er leise.

»Wofür entschuldigst du dich?« Sie schüttelte den Kopf. »Ich habe das hier ebenso wenig kommen sehen wie du.«

»Dein Vater hat gesagt, dass wir keine zweite Chance kriegen, die Timelocks zu zerstören. Beim ersten haben wir schon versagt und jetzt …«

»… sieht es ganz so aus, als würden wir auch beim zweiten versagen«, fügte sie leise hinzu.

Jason nickte.

»Weißt du«, gestand er dann, ohne sie dabei anzusehen, »ich habe mir das alles ganz anders vorgestellt.«

»Wie anders?«

»Leichter«, erwiderte er und lachte freudlos auf. »Dort in der Anstalt, bei all den Typen, die mich hassten, und den Lehrern und den Schuldienern, die mich immerzu beobachteten, da hatte ich irgendwann das Gefühl, ein Versager zu sein, der nichts auf die Reihe kriegt, und irgendwie hatte ich mich damit abgefunden, irgendwann einmal ein beschissenes kleines Rädchen in der Maschinerie der Erwachsenen zu sein. Aber dann seid ihr gekommen, dein Vater und du, und ihr habt mir all diese Dinge erzählt. Von Zeitreisen und Zeithütern und was weiß ich noch alles ...«

»Es war die Wahrheit«, versicherte sie.

»Ich weiß.« Er nickte. »Aber dadurch habt ihr mir Hoffnung gegeben. Ganz plötzlich hatte ich das Gefühl, dass es vielleicht doch etwas geben könnte, was ich gut kann, einen Grund, warum ich hier bin ...«

»Warum auch nicht?«, meinte Namira. »Wir alle suchen nach einem höheren Sinn. Nach einem Grund, für den wir kämpfen.«

»Eine Weile lang hatte ich das Gefühl, ich hätte diesen Grund gefunden«, erwiderte Jason. »Diese Zeitreisegeschichte ... es ist wirklich seltsam, weißt du? Ich meine, obwohl ich erst seit ein paar Wochen davon weiß, kommt es mir vor, als hätte ich nie etwas anders getan. Wenn ich dieses Dings mache und ...« Er zögerte, es auszusprechen, es kam ihm noch immer ziemlich seltsam vor. »... die Raumzeit falte ... dann fühlt es sich zwar seltsam an, aber auch natürlich und irgendwie vertraut. Was ziemlich verrückt ist, wenn man darüber nachdenkt ...«

»Das stimmt – und doch auch wieder nicht. Schließlich bist du der Sohn zweier legendärer Zeithüter.«

»Bin ich das?« Er lächelte dünn. »Ehrlich gesagt weiß ich es nicht, denn ich bin ihnen nie begegnet. Und trotz all der tollen Fähigkeiten, die sie mir offenbar mitgegeben haben, ist es mir nicht gelungen, auch nur einen einzigen Timelock zu vernichten.«

»Aber du hast sie aufgespürt.«

»Und? Was nützt uns das?« Er lachte bitter auf.

»Wir könnten zum nächsten Timelock springen und dort unser Glück versuchen«, schlug Namira vor. Wie um zu demonstrieren, was sie meinte, sprang sie auf und streckte ihm die Hände entgegen. Doch Jason machte keine Anstalten, sie zu ergreifen.

»Und wenn es dann schon zu spät ist?«, fragte er dagegen. »Wenn die ersten beiden schon genügt haben, um die Geschichte so zu verändern, dass Nimrod die ganze Welt beherrscht?«

»Das kannst du nicht wissen.«

»Aber es wäre möglich, richtig?«

»Das stimmt«, gab sie zu. »Aber ich sehe nicht, wie hierzubleiben etwas daran ändern sollte. Du hast gehört, was Nimrod mit uns vorhat …«

»Ich kann nicht einfach abhauen und diesen Mistkerl gewinnen lassen!«, platzte Jason wütend heraus. »Nimrod hat meine Eltern getötet, du weißt nicht, wie das ist …«

»Ist das dein Ernst?« Namira sah ihn befremdet an. »Ich habe keine Ahnung, wie es um meinen Vater steht, aber

King und viele andere, die mir etwas bedeutet haben, sind tot! Sie waren meine Freude, verstehst du? Also erzähl mir nichts von Verlust und Trauer, damit kenne ich mich nämlich bestens aus. Und was meine Familie angeht, so mussten wir uns all die Jahre verstecken, ständig in der Angst, dass die Grauen Wächter uns entdecken und wer weiß was mit uns machen. Und willst du wissen, was eines Tages passiert ist?«

»Was?«, fragte Jason leise.

»Sie haben uns tatsächlich gefunden, als wir am wenigsten damit rechneten. Wir feierten gerade meinen Geburtstag und ich hatte soeben mein Geschenk bekommen, als sie kamen. Meine Mutter und mein kleiner Bruder, sie …« Namira unterbrach sich und schüttelte den Kopf, die Erinnerung schien ihr unerträglich zu sein. Dabei sah sie Jason wütend an, in ihren Augen glänzte es feucht. »Du bist nicht der Einzige, der jemanden verloren hat.«

Eine Weile hielt er ihrem Blick stand.

Dann wich er ihr aus und starrte auf den steinernen Boden, kam sich plötzlich dumm und egoistisch vor.

»Tut … mir leid«, brachte er nach einer Weile zögernd hervor. »Du hast recht mit allem, was du sagst … ich will nur nicht, dass Nimrod gewinnt, das ist alles.«

»Das will ich auch nicht«, versicherte sie und wischte energisch eine Träne von ihrer Wange. »Aber ich sehe keine Möglichkeit, wie wir ihm noch schaden sollen, wenn wir in dieser Zeit stranden und zu … zu seinen willenlosen Dienern gemacht werden«, fügte sie leiser und mit Blick auf die Höhlenmenschen hinzu.

»Auch damit hast du leider recht«, gab Jason zögernd zu. Es kostete ihn Überwindung, das zu sagen.

»In dieser Zeit, können wir nichts mehr ausrichten«, sagte sie und reichte ihm abermals die Hände. »Aber wenn mein Vater recht hatte, dann verbleiben noch weitere vier Timelocks und vielleicht können wir in der Zukunft doch noch etwas ausrichten ...«

»Ich habe wirklich keine Ahnung, wo die anderen Timelocks sind«, gab Jason offen zu. »Es ist immer nur ein Impuls, dem ich folge. Ich weiß selbst nicht, woher er kommt.«

»Mein Vater sagte, dass niemand außer dir in der Lage wäre, die Timelocks aufzuspüren – das ist deine Berufung, Jason«, erwiderte Namira und lächelte. »Dein Sinn, verstehst du? Dein Grund zu kämpfen.«

Er nickte und erwiderte ihr Lächeln flüchtig und für einen kurzen Moment war etwas zwischen ihnen, ein wortloses Verstehen, ein stilles Vertrauen.

Er ergriff ihre Hände und sie zog ihn auf die Beine. Einen Augenblick lang standen sie nur da und sahen einander an. Dann schloss Jason die Augen.

Konzentration, sagte er sich.

Es gab keinen Nimrod, keine Neandertaler und keine Gitterstäbe. Noch nicht einmal Namira durfte es in diesem Augenblick für ihn geben ...

Die Nebel des Vergessens zogen auf und er begann sich schwerelos zu fühlen, spürte den Sog der Unendlichkeit.

Gleich würde es so weit sein.

Jeden Augenblick ...

»Da seid ihr ja!«

Eine Stimme, wie von fern.

Sie kam Jason bekannt vor, aber sie interessierte ihn nicht, nicht mehr ...

»Jason!« Nun war es Namira, die zu ihm sprach – und im nächsten Moment riss sie sich von ihm los.

In der Angst, sie in Zeit und Raum zu verlieren, zwang er sich ins Jetzt zurück, riss panisch die Augen auf – nur um eine dürre kleine Gestalt zu erblicken, die auf der anderen Seite der Gitterstäbe stand.

Sie trug schäbige Sklavenkleidung und starrte Jason und Namira aus weit aufgerissenen Augen an.

»Dem Herrn sei Dank!«, rief Kinya aus. »Bin ich froh, dass ich euch endlich gefunden habe!«

47

KYOTO, JAPAN
Unterdessen

Dass es ein Plan war, den sie im Einband des alten Buchs gefunden hatten, war Otaku schnell klar gewesen – aber nicht, was er darstellen sollte oder wohin er führte.

Bis er entdeckt hatte, dass eine bestimmte Stelle mit »Zuhause« markiert war – die alte U-Bahn-Station, in der Hana und er lebten. Von dort war ein Weg eingezeichnet, der kreuz und quer durch die Unterwelt von Kyoto führte, zu einem Ort, der wie auf einer Schatzkarte mit einem X markiert war.

»Wie auf der Schatzinsel«, war Hanas begeisterter Kommentar.

Otaku teilte ihre Abenteuerlust keineswegs. Zumal sie ja nicht einmal wussten, was das X kennzeichnete. Um einen Piratenschatz handelte es sich dabei ganz sicher nicht – aber worum dann? Fest stand, dass die Urheber der Karte seine Schwester und ihn an jenen Ort locken wollten – aber aus welchem Grund? Was wollten diese Leute von ihnen? Wer waren sie überhaupt?

Die Sache gefiel ihm nicht.

Trotzdem sah er ein, dass sie keine andere Wahl hatten, als den Dingen auf den Grund zu gehen. Ihre Gegenspieler – wer auch immer sie waren – hatten alle Vorteile auf ihrer Seite: Sie wussten, wo Hana und Otaku wohnten, kannten sogar den Ort der geheimen Bücher. Und inzwischen zweifelte Otaku auch nicht mehr daran, dass dies die Leute waren, die sie im Tunnel verfolgt hatten und deren unsichtbare Augen er seit ein paar Tagen in seinem Nacken fühlte.

Wenn er nun im Gegenzug auch etwas über sie herausfinden wollte, musste er sich zumindest zum Schein auf ihr Spiel einlassen und der roten Linie folgen, die auf dem Plan eingezeichnet war. Hana hätte er eigentlich lieber in ihrer Behausung gelassen, statt sie mitzunehmen und sie womöglich in Gefahr zu bringen. Aber so, wie die Dinge inzwischen lagen, bot auch ihr Versteck in der alten Wartungskammer keine sichere Zuflucht mehr. Am besten konnte er auf seine kleine Schwester vermutlich dann aufpassen, wenn sie bei ihm war ...

»Ist das nicht wunderbar?«, schwärmte sie, während sie neben ihm her durch einen dunklen Gang hopste. Dabei drehte sie ständig an ihrem Würfel, obwohl sie im Halbdunkel kaum etwas sehen konnte.

»Was meinst du?« Otaku schnüffelte. »Die Luft hier unten wohl eher nicht.«

»Nein.« Sie kicherte, der Gefahr schien sie sich gar nicht bewusst zu sein. Anders als er schien sie ihren unbekannten Gegenspielern blind zu vertrauen. »Ich meine, es ist wunderbar, dass wir nun nicht mehr länger nach den Leuten suchen müssen, die uns die Bücher geschenkt haben – sie wollen selbst gefunden werden.«

»Vielleicht«, räumte Otaku ein, während er angespannt vorausging und mit der Taschenlampe ihren Weg beleuchtete. Immer wieder wurden Ratten vom Lichtschein erfasst und ergriffen die Flucht. »Vielleicht ist es aber auch eine Falle der Grauen Wächter.«

»Warum sollten sie das tun?«

»Uns in eine Falle locken?« Otaku schnaubte. »Weil sie fiese Typen sind, die im Auftrag der Regierung jeden einfangen sollen, der nicht genau das tut, was der Lenker verlangt? Wenn sie uns schnappen, Krümel, ist es vorbei mit dem Leben in Freiheit ...«

»Das weiß ich«, versicherte sie. »Aber warum sollten die Grauen uns erst Bücher schenken und uns dann in eine Falle locken? Ich meine, wenn sie schon wissen, wo unser Schlafplatz ist und wo du deine Bücher versteckst, warum haben sie uns dann nicht längst geholt, so wie sie es bei anderen Leuten gemacht haben?«

»Weiß ich nicht«, gab Otaku zu. »Aber ich verstehe vieles nicht, was dort an der Oberfläche vor sich geht. Und du auch nicht mit deinen acht Jahren.«

»Fast neun«, verbesserte sie ein bisschen beleidigt.

»Schon gut. Ich meine ja nur, wir müssen vorsichtig sein. Selbst wenn nicht die Grauen dahinterstecken, wissen wir nicht, wer es tatsächlich ist ... und ich kenne mich nicht aus in dem Stadtteil, in den die Karte führt. Wir bewegen uns auf unbekanntem Boden, Krümel, und das ist nicht gut. Überhaupt ist es keine freundliche Gegend, in die wir da gehen.«

»Wenn du immer mehr Geschichten vergisst, ist es auch nicht gut«, kam es leise und ein wenig schmollend zurück. »Oder wenn die Welt sich immer mehr verändert ... die Leute, die uns die Bücher und die Karte geschickt haben, scheinen das genauso zu spüren wie ich.«

»Selbst wenn.« Otaku blieb stehen und wandte sich zu ihr um. »Reicht das schon aus, um ihnen zu trauen?«, fragte er und sah Hana dabei forschend an.

Das Mädchen musste nicht lange überlegen. »Ich traue ihnen«, erklärte sie mit voller Überzeugung.

»Schön für dich«, erwiderte er. »Dann wollen wir hoffen, dass du damit recht hast.«

Damit wandte er sich um und ging weiter.

Und hatte wieder das Gefühl, dass sie beobachtet wurden.

48

DIE PYRAMIDE DER MACHT
3300 Jahre in der Vergangenheit

Sie waren auf der Flucht.

Mit fliegenden Schritten rannten sie durch die schmalen, von elektrischem Licht beleuchteten Korridore der Pyramide, froh darüber, ihrem Gefängnis entkommen zu sein.

»Kinya«, stieß Jason im Laufen hervor, »das werden wir dir nie vergessen.«

»Nicht in dreitausend Jahren?«, fragte Kinya atemlos.

»Nicht in dreitausend Jahren«, bestätigte Namira.

Den Käfig zu öffnen, war nicht weiter schwierig gewesen – ein in die steinerne Wand eingelassener Hebel hatte dies über eine einfache Mechanik bewirkt. Doch ohne die Hilfe ihres jungen Freundes wären die Zeitreisenden niemals an diesen Hebel herangekommen und ihnen wäre nur die Flucht in die Zukunft geblieben.

Dank Kinya waren sie nun wieder im Spiel.

Irgendwie …

In den Tiefen der Anlage erklang plötzlich ein dumpfes Signal, wie wenn ein Horn geblasen wurde.

»Sie geben Alarm«, meinte Namira. »Ob sie schon gemerkt haben, dass wir weg sind?«

»Vielleicht.« Jason grinste verwegen. »Aber erst mal dürften sie damit beschäftigt sein, die geklonten Neandertaler wieder einzufangen, die wir freigelassen haben.«

Das war, kurz gesagt, ihr Plan.

Und zugleich ihre einzige Hoffnung.

Wenn die Höhlenmenschen in Nimrods Labor Verwirrung stifteten, würde das seine Wächter fürs Erste beschäftigen. Und sie würden dadurch wertvolle Zeit gewinnen, um sich um ihren eigentlichen Auftrag zu kümmern.

»Da entlang, Kleiner«, sagte Jason, als sie die Kammer erreichten, wo der Gang sich teilte.

»Aber – *dort* geht's raus!« Keuchend war der Junge stehen geblieben und deutete auf einen anderen Stollen. »Das weiß ich genau!«

»Und damit hast du auch recht. Aber wir können noch nicht gehen.« Jason schüttelte den Kopf.

»Wieso nicht?«

»Weil wir noch was zu erledigen haben«, erwiderte Namira, »aber für dich gilt das nicht. Du hast mehr für uns getan, als wir dir je zurückgeben können. Jetzt musst du verschwinden, hörst du?«

»Nein!« Kinya schüttelte kategorisch den Kopf. »Ich bleibe bei euch, ihr seid meine Freunde.«

»Auf jeden Fall«, bestätigte Namira. »Aber wo wir hingehen, kannst du nicht mit. Wir …«

»Still, da kommt jemand«, fiel Jason ihr ins Wort und tatsächlich waren aus dem Gang, der nach draußen führte,

trampelnde Schritte und metallisches Klirren zu hören.
»Soldaten«, stellte er fest.

»Schnell weg«, zischte Namira, während sie schon dabei war, in den anderen Gang zu flüchten. Sie packte Kinya kurzerhand am Kragen seiner Tunika und zog ihn mit sich.

Jason folgte ihnen, ein gutes Stück den Stollen hinab. In den weiter oben gelegenen Bereichen der Pyramide gab es keine Beleuchtung und ihre Taschenlampen hatten sie nicht mehr. Fast vollständige Dunkelheit umgab sie, nur vom oberen Ende des Ganges her drang spärliches Licht. Dort marschierten Nimrods Wachen vorbei, mit brennenden Fackeln in den einen und gefährlich aussehenden Schwertern in den anderen Pranken.

Es waren Tempelwachen, genveränderte und entsprechend konditionierte Urzeitbewohner, die ihrem verbrecherischen Herrn willenlos gehorchten.

Und es waren viele.

Das Hornsignal hatte sie wohl alarmiert und sie kamen ihren Artgenossen im Inneren der Pyramide zu Hilfe. Die Anubismasken, die sie trugen, waren nur Tarnung, die die Menschen Ägyptens täuschen sollte, vom Pharao bis zum einfachsten Sklaven. In Wahrheit gab es nur eine Gottheit, der dieses Bauwerk gewidmet war – ein Zeitreisender namens Nimrod, der sich selbst dazu ernannt hatte.

Da sie nicht wissen konnten, ob nicht einige der Kerle vielleicht den Abzweig nehmen und in den Stollen kommen würden, zogen sich Jason, Namira und Kinya noch tiefer in den Gang zurück, der steil bergab führte, hinein ins Innere der Pyramide.

Atemlos und mit vor Aufregung hämmernden Herzen tasteten sie sich voran. Jason schalt sich einen Narren dafür, dass er nicht irgendwo eine Fackel mitgenommen hatte. Andererseits bedeutete Licht, leicht entdeckt werden zu können … Sich in absoluter Finsternis zu bewegen und nicht zu wissen, was sie in der Schwärze vor ihnen erwartete, war allerdings nicht besonders beruhigend.

Längst hatten sie einander bei den Händen genommen und nicht nur, damit sie sich nicht verloren. Da war auch etwas Unheimliches und Bedrohliches, das dort in der Finsternis zu lauern schien, und schließlich waren wieder heisere, elende Schreie zu hören …

»Was geht da vor sich?«, flüsterte Kinya.

»Schätze, sie haben unsere Höhlenfreunde gefunden«, mutmaßte Jason.

»Sie tun mir leid«, erklärte Namira. »Nimrod wird sie sicher dafür bestrafen, dass sie ausgebrochen sind, und sie können doch eigentlich nichts dafür.«

»Sie werden es schaffen, das sind Überlebenskünstler«, versicherte Jason. »Um uns mache ich mir gerade wesentlich mehr Gedanken …«

»Wir sollten umkehren«, schlug Namira vor.

»Und dann was tun?«, fragte Jason dagegen, während er sich weiter vorantastete, die linke Hand stets an der Stollenwand und vorsichtig einen Fuß vor den anderen setzend. »Ich werde nicht gehen, ohne den Timelock gefunden zu haben. Nimrod hat zugegeben, dass er ihn bereits gesetzt hat, und ich würde alles darauf wetten, dass er hier irgendwo ist.«

»Das verdammte Ding könnte doch überall sein«, gab Namira zu bedenken.

»Es ist hier«, beharrte Jason, während er sich weiter durch die Dunkelheit tastete und die anderen hinter sich herzog.

»Woher weißt du das? Kannst du ... ihn fühlen?«

»Nein, aber es erscheint mir logisch.«

»Inwiefern?«

»Na, denk doch mal nach«, erwiderte Jason. »Dem Pharao hat Nimrod weißgemacht, dass er ein Grabmal für ihn errichtet, aber in Wirklichkeit dient die Pyramide nur einem einzigen Zweck ...«

»Als Labor?«

»Auch das hätte er notfalls woanders unterbringen können. Nein, er brauchte einen absolut sicheren Ort ...«

»... um dort den Timelock zu verbergen«, brachte Namira den Gedanken zu Ende. »Natürlich, du hast recht. In ganz Ägypten könnte es einen sichereren Ort dafür geben, vermutlich nicht in der gesamten damaligen Welt!«

»Das Ding ist hier«, beharrte Jason grimmig. »Alles, was wir tun müssen, ist es finden und ...«

Jäh brach er ab, als sein Fuß ins Leere trat.

Jason taumelte und hätte wohl das Gleichgewicht verloren und wäre nach vorn in die dunkle Leere gestürzt, hätte Namira nicht seine Hand festgehalten und Kinya wiederum die ihre. Die beiden reagierten sofort und rissen Jason zurück, sodass ihm der Sturz erspart blieb. Alles in ihm verkrampfte sich, mit pochendem Herzen stützte er sich an der Stollenwand ab.

»Danke, Leute«, stieß er keuchend hervor.

»Der Gang geht hier in eine Treppe über«, stellte Namira fest, die im Dunkeln ihre Umgebung abtastete. »Es geht steil hinab, du hättest dir alle Knochen gebrochen.«

Jason schnaubte. »Dann bin ich froh, dass ihr nicht losgelassen habt.«

»Also ist es wahr«, folgerte Namira.

»Was ist wahr?«

»Die Gerüchte, die es in der Metropole gegeben hat ... Dass die Pyramide der Macht ebenso weit in den Boden reicht, wie sie sich in den Himmel erhebt«, brachte sie in Erinnerung. »Weißt du nicht mehr? Eigentlich müssten wir den Grund der Pyramide längst erreicht haben, aber diese Treppe führt offenbar noch sehr viel tiefer hinab ...«

»Richtig«, stimmte Jason zu und dachte einen Moment nach. »Wenn du Nimrod wärst, wo würdest du den Timelock verstecken?«

»Ganz klar«, erwiderte Namira flüsternd. »Am tiefsten Punkt der Pyramide, wo er am sichersten ist und niemand mehr an ihn herankommt.«

»Niemand außer uns«, verkündete Jason entschlossen und begann bereits, sich durch die Dunkelheit weiter voranzutasten. »Wir gehen da runter.«

»Bin dabei«, stimmte Namira zu und folgte ihm.

»Leute«, wandte Kinya ein, der vorsichtig hinter ihnen herschlich, »ich verstehe nichts von diesen Dingen und habe Angst, danach zu fragen – aber was ist ein Timelock ...?«

49

Die Stufen waren schmal und steil, aber auch eben und regelmäßig, sodass sie trotz der Dunkelheit rasch vorankamen. Immer tiefer ging es hinab und je tiefer sie gelangten, desto kühler würde es und desto feuchter die Luft, die sie umgab. Zu Beginn hatte Jason die Stufen noch in Gedanken mitgezählt, bei fünfhundert hatte er aufgehört. An die siebzig Meter mussten die drei Gefährten inzwischen zurückgelegt haben, waren bis ins Herz der zweiten Pyramide vorgedrungen, die unter der ersten lag und sich mit ihrer Spitze in den Boden bohrte. Vom Timelock allerdings fehlte weiterhin jede Spur.

Waren sie auf der richtigen Fährte?

Oder jagten sie einem Gespenst hinterher?

Immer wieder kamen Jason Zweifel, manchmal derart heftig, dass er am liebsten umgekehrt wäre. Aber er sagte den anderen nichts davon und stieg immer weiter hinab. Wenn sie umkehrten, würden sie jede Chance aufgeben, den Timelock doch noch zu finden, mit dem Nimrod die Veränderung im Lauf der Geschichte fixiert hatte.

Längst waren keine anderen Geräusche mehr zu hören als ihr eigener Atem und der Klang ihrer Schritte. Ob das Hornsignal und die Schreie verstummt waren oder ob sie nur nicht bis in diese Tiefe zu hören waren, wussten die Freunde nicht zu sagen. Je länger sie sich in der dunklen und feuchten Tiefe aufhielten, desto mehr hatten sie das Gefühl, dass ihre Augen sich daran gewöhnten und sie doch etwas sehen konnten. Schemenhaft glaubten sie, ägyptische Symbole an den Wänden zu erkennen und sogar die Stufen zu ihren Füßen ausmachen zu können – bis ihnen klar wurde, dass es nicht an ihren Augen lag.

Es wurde tatsächlich heller!

Das Ende der Treppe schien nicht mehr fern und von unten drang spärlicher, aber gleichmäßiger Lichtschein herauf. Je tiefer sie kamen, desto heller wurde es.

Als sie endlich das Ende der Treppe erreichten, mussten die drei Freunde eine kurze Rast einlegen. Nicht nur, weil sie erschöpft waren und ihre Knie weich vom endlosen Hinabsteigen, sondern insbesondere, weil ihnen seltsam schwindelig war. Ihre Herzen schlugen heftig und das Blut pumpte fühlbar durch ihre Adern.

»Das ... kommt von der Tiefe«, stieß Namira hervor. »Die Luft ist anders hier unten ... so feucht.«

»Hier ... können wir hier nicht lange bleiben«, stimmte Jason zu und sah sich in der Kammer um, die am Fuß der Treppe lag.

Sie maß vielleicht vier mal vier Meter.

Drei der Wände waren aus Sandstein gemauert.

In die vierte war eine Pforte eingelassen, ein Schott aus

Metall, das so gar nichts Altägyptisches an sich hatte und das im Schein der Deckenbeleuchtung schimmerte.

»Was ... ist das?«, fragte Kinya.

»Ein Gruß aus der Zukunft, so wie's aussieht.« Jason trat an das Metall und befühlte es. Es war völlig glatt und fugenlos. Und es war kalt ...

»Wie kriegen wir es auf?«, fragte Namira hustend. Die schlechte Luft setzte ihr immer mehr zu.

»Ich weiß es nicht«, erwiderte Jason, der die Tür hektisch absuchte. »Da ist kein Schloss oder so dran!«

»Müssen ... hier weg.« Namira krümmte sich in einem weiteren Hustenanfall, in den auch Kinya mit einfiel.

Gehetzt schaute Jason sich um. Auch er bemerkte das Brennen in Rachen und Lungen. Die Luft hier unten schien toxisch zu sein, womöglich irgendein giftiges Gas, das sich in der Tiefe gebildet hatte. Aber noch wollte er nicht aufgeben. Fieberhaft suchte er nach einem Weg, das Schott zu öffnen, das Nimrod offenbar aus der Zukunft mitgebracht oder zumindest mit zukünftigem Wissen erbaut hatte. Eine weitere Veränderung, die der verräterische Zeithüter in der Vergangenheit vorgenommen hatte.

»Jason ...«

Namira und Kinya stützten sich gegenseitig. Ihre Züge waren gerötet, es ging ihnen erkennbar schlecht. In aller Eile wog Jason ihre Chancen ab – die Treppen wieder hinaufzusteigen, konnte er den beiden nicht zumuten, dazu waren sie zu schwach, und er selbst vermutlich auch. Es gab also nur einen Weg und den auch nur, solange er sich genug konzentrieren konnte ...

Aber was wurde dann aus dem Timelock?

Und was aus der Zukunft?

Er wollte noch nicht gehen. Ein Gefühl sagte ihm, dass er noch nicht alles gegeben, noch nicht alles versucht hatte ...

»Jason, bitte ...«

Sein Blick fiel auf eine Vertiefung in der steinernen Wand. Einem Impuls gehorchend, ging er hin und befühlte das Gestein, steckte seine Hand in die Öffnung.

Sein Unterarm verschwand bis zum Ellbogen darin und er hatte das Gefühl, dass seine Hand für einen Moment von Wärme gestreift wurde – dann ein metallisches Geräusch und einen Lidschlag später hob sich das Schott!

Jason konnte sein Glück kaum fassen: Beinahe lautlos und wie von Geisterhand glitt das schimmernde Tor nach oben und verschwand in der Decke.

Der Weg war frei ...

»Leute, raus hier!«, rief er seinen Freunden zu.

Kinya mit dem einen, Namira mit dem anderen Arm stützend, schleppte er sie auf die andere Seite des Schotts, während er selbst nun ebenfalls von einem Hustkrampf geplagt wurde. Auf der anderen Seite des Schotts gab es eine weitere Vertiefung. Er steckte seine Hand hinein und die metallene Pforte schloss sich wieder.

Keuchend sanken die drei nieder, husteten den Rest der verdorbenen Luft aus ihren Lungen, ehe sie wieder frischen Atem schöpften. Schon nach wenigen Augenblicken fühlten sie sich besser.

»Seid ... ihr in Ordnung?«, erkundigte sich Jason.

Beide nickten. Sie waren wohlauf, aber erschöpft. Die Röte in ihren Gesichtern war einer matten Blässe gewichen.

»Wie hast du das gemacht?«, wollte Namira wissen. »Wie hast du das Tor geöffnet?«

Jason zuckte mit den Schultern. »Ich habe meine Hand in diese Öffnung gesteckt und plötzlich ging es auf ...«

»Ein Handflächenscanner«, vermutete sie. »Aber wieso hat er auf dich reagiert?«

Die beiden sahen sich fragend an – und begriffen.

»Eine Falle«, knurrte Namira.

»Vermutlich.« Jason nickte. »Wir müssen vorsichtig sein ...«

Trotz der Benommenheit, die sie noch immer verspürten, sahen sie sich um.

Ein kurzer, breiter Gang lag vor ihnen. Die Wände waren schräg, sodass die Decke breiter war als der Boden, und Leuchtröhren erhellten ihn. Auf beiden Seiten mündeten Eingänge aus den schrägen Wänden. Die Gefährten fassten sich ein Herz und nahmen sich einen nach dem anderen vor.

Der erste Eingang führte in eine Art Archiv, soweit sich das sagen ließ – Dutzende schimmernder Metallhülsen, jede etwa so lang und dick wie Jasons Arm, waren entlang der Wände aufgereiht. Sie alle waren mit ägyptischen Schriftzeichen versehen, die in das Metall eingraviert waren. Einige davon – etwa das Zeichen für »Schlange« oder das für »Käfer« – konnten Jason und Namira lesen, weil sie genauso aussahen wie das, was sie bezeichneten. Andere konnten sie nur mit Kinyas Hilfe entziffern.

»Das hier ist ein Wels«, erklärte der Junge, auf eines der Symbole zeigend. »Und das hier eine Kaulquappe ...«

Jason hob die Brauen. »Was soll das? Was fängt Nimrod mit Kaulquappen an? Will er jetzt Frösche züchten?«

»Vermutlich sind das alles Genproben«, meinte Namira.

»Du meinst, wie das Blut, das er dem Mammut abgezapft hat?«

»Genau.« Sie nickte. »Nimrod sammelt das Erbgut verschiedenster Spezies – vermutlich, um daraus neue, andere Kreaturen zu züchten.«

»So langsam glaube ich, der Kerl hält sich wirklich für einen Gott«, knurrte Jason.

»Mit jedem Timelock, den er setzt, verliert er ein wenig mehr von seiner Seele – und damit auch seinen Verstand«, erwiderte Namira und dachte schaudernd an ihre Begegnung mit dem Zeitreisenden zurück. »Hast du seine Augen durch den Schleier gesehen?«

»Allerdings« bestätigte Jason düster. »Die Augen eines Wahnsinnigen ...«

Für einen Moment fühlte er sich an seinen Traum erinnert, an die Gestalt mit den leuchtenden Augen, und erschauderte dabei bis ins Mark. Rasch verdrängte er den Gedanken wieder. »Aber wo hat er den Timelock versteckt?«

Sie verließen die Kammer und gingen weiter zur nächsten, wo ebenfalls metallene Hülsen mit Genproben lagerten. In den Räumen auf der anderen Seite des Ganges hingegen reihten sich Sarkophage aneinander – nicht aus Holz wie die ägyptischen, sondern aus Metall gefertigt. In Reih und Glied standen sie nebeneinander, über von der Decke hängende Kabel mit Elektrizität versorgt. An der Vorderseite hatten sie kleine runde Sichtfenster, die infolge der hohen Luftfeuchtigkeit beschlagen waren.

»Und was haben wir hier?«, fragte Jason.

»Hoffentlich nicht noch mehr Mumien«, flüsterte Kinya. Man konnte sehen, wie angespannt der Junge war. Das alles musste für ihn wie ein Traum wirken, den er nicht begreifen konnte. »Es ist kalt hier drin und unheimlich«, fügte er bang hinzu. »Sieht so etwa die Zukunft aus?«

Jason biss sich auf die Lippen.

Was sollte er auf diese Frage erwidern?

Dass jene Zukunft, die Nimrod für die Menschheit geschaffen hatte, noch um einiges schlimmer war? Ein Wirklichkeit gewordener Albtraum, ein Ort brutaler Unterdrückung?

»Nicht, wenn wir es verhindern können, Kleiner«, entgegnete er ausweichend und klopfte dem Jungen ermutigend auf die schmalen Schultern.

Vorsichtig bewegten sie sich auf einen der Sarkophage zu. Damit sie überhaupt durch das Sichtfenster in gut zwei Metern Höhe schauen konnten, musste Jason mit den Händen eine Räuberleiter für Namira formen. Mit den Ellbogen wischte sie das Bullauge sauber und spähte hinein.

»Und?«, wollte Jason wissen. »Was siehst du?«

»Eine von Nimrods Wachen ... aber der hier sieht schon eher nach den Grauen Wächtern aus, die wir kennen. Und er scheint tief und fest zu schlafen.«

»Im Stehen?«, fragte Kinya zweifelnd.

»Es scheint eine Art Kühlkammer zu sein, das Metall ist eiskalt ... Ich frage mich, ob Nimrod sie in einen Kälteschlaf versetzt hat.«

»Natürlich, du hast recht«, meinte Jason, während er sie wieder herunterließ. »Deshalb ist dies auch die Pyramide der Macht – Nimrod hat sie genutzt, um sich ein Heer von Grauen Wächtern zu erschaffen, und sie auf Eis gelegt. Dann hat er ein paar Jahrhunderte übersprungen und sie wieder aufgetaut ...«

»... oder wird es erst noch tun, je nachdem, wie man es sieht«, ergänzte Namira.

»Wie bitte?« Kinya sah sie verwirrt an. »Bitte redet nicht so, ich verstehe das nicht!«

»Ich auch nicht, Kleiner – und ich bin ein Zeithüter«, meinte Jason achselzuckend. »Oder sollte es zumindest sein«, fügte er leiser hinzu. »Aber wenn wir den Timelock nicht ausfindig machen, dann wird alles genau so kommen, wie wir es bereits erlebt haben, und Nimrod ist am Ende der lachende Sie...«

Sie verließen die Kammer wieder und befanden sich genau in der Mitte des Korridors, auf halber Strecke zwischen den Zugängen – als Jason plötzlich innehielt.

»Was ist denn?«, wollte Namira wissen.

»Da, am Boden«, erwiderte er und deutete auf das Gestein, auf dem er stand. »Was sind das für Zeichen? Irgendwie kommen sie mir bekannt vor, aber ...«

Kinya huschte zu ihm und ließ sich auf die Knie nieder, um die Symbole in Augenschein zu nehmen.

»Das eine sieht so aus«, erklärte er und machte eine Geste, bei der er die Unterarme quer vor die Brust nahm und die zu Fäusten geballten Hände aneinanderpresste. »Es stellt einen doppelten Türriegel dar und ist das Zeichen für ›Schloss‹.«

»Und das andere?«, fragte Namira.

Kinya brauchte nur flüchtig hinzusehen. »Das ist *Neheh*, das Zeichen für ›Zeit‹«, erklärte er.

Jason sah ihn prüfend an. »Bist du ganz sicher?«

»Ja.« Kinya zuckte mit den Schultern. »Wieso?«

»Ein Zeichen für ›Schloss‹ und eines für ›Zeit‹«, überlegte Namira laut. »Das bedeutet ›Timelock‹«, folgerte sie, überrascht über ihre Entdeckung.

»Volltreffer«, knurrte Jason.

Er hatte sich bereits auf die Knie niedergelassen und war dabei, den Boden abzuklopfen, mal hier und mal dort. »Da ist ein Hohlraum«, stellte er fest. »Unmittelbar unter den Schriftzeichen …«

Und plötzlich begriff er!

»Ich Idiot«, schalt er sich selbst. »Dass ich daran nicht eher gedacht habe!«

»Was meinst du?«

»Weißt du noch, was Nimrod sagte, als ich ihn nach dem Timelock fragte?«

Namira brauchte nicht zu überlegen. »Dass du ihn niemals erreichen könntest.«

»Ja, aber er sagte auch, dass ich es nicht auf die Spitze treiben soll. Auf die Pyramidenspitze, verstehst du?« Jason sah sie triumphierend an. »Er hat es uns gesagt und wir haben es nicht verstanden. Der Mistkerl hat die ganze Zeit mit uns gespielt!«

»Die Spitze der unterirdischen Pyramide«, stimmte Namira zu. »Natürlich, sie ist *unter* uns ...«

»Kleiner«, wandte sich Jason an Kinya, »such ein Werkzeug, irgendwas, womit sich der Boden einschlagen lässt.«

Der Junge flitzte los, Namira allerdings war von der Idee nicht sehr angetan.

»Weißt du auch noch, was Nimrod außerdem sagte?«, wollte sie von Jason wissen. »Er sagte, wenn du doch versuchen würdest, den Timelock zu finden, so wäre es dein Verderben.«

»Der Kerl lügt, Namira! Denk an all die Propaganda, mit der er die Menschen unserer Zeit überschüttet! Der Schatten beeinflusst die Leute, wie es ihm gefällt, und schafft auf diese Weise seine eigene Wahrheit. So hat er es zu allen Zeiten gehalten, so ist es immer gewesen, ohne dass die Menschen etwas dagegen tun konnten – aber hier und jetzt, in diesem Moment, ist es einzig und allein unsere Wahrheit, auf die es ankommt, deine und meine! Für King und alle anderen, die im Kampf gegen Nimrod ihr Leben geopfert haben. Für meine Familie ... und für deine!«

Namira erwiderte nichts, aber ihre Blicke begegneten sich, und für einen kurzen Moment war etwas zwischen ihnen, das sich nicht in Worte fassen ließ und dennoch da war, so mächtig und wirklich wie dieser Augenblick selbst.

»Wird das gehen?« Kinya kam angewetzt, in seinen Händen eines der klobigen Schwerter, die die Tempelwachen zu tragen pflegten und das er kaum hochheben konnte.

»Dort drin sind noch mehr davon«, meinte er, auf die Kammer mit den Sarkophagen deutend. »Wir hatten sie vorhin nur nicht gesehen.«

»Das ist perfekt, Kleiner«, versicherte Jason und nahm die Waffe entgegen, während Namira loszog, um sich auch eine zu holen.

Jason umfasste den Schwertgriff mit beiden Händen und ließ die klobige Waffe wie ein Fallbeil niedergehen. Es klirrte und Funken sprühten, doch der Boden nahm keinen Schaden. Jason wiederholte den Versuch, mit demselben schwachen Ergebnis. Dann änderte er seine Technik und begann, mit dem Knauf der Waffe auf die Steinplatte einzuhämmern.

Diesmal bekam sie Risse!

Doch es war auch der Moment, in dem sich die Ereignisse zu überschlagen begannen ...

Ein Hornsignal erklang, tief und markerschütternd, ganz ähnlich dem, das oben im Labor ertönt war. Aus der Kammer der Sarkophage drang ein entsetzter Schrei.

»Namira?« Erschrocken sprang Jason auf, die kiloschwere Klinge in den Händen.

»Jason!« Sie erschien im Durchgang, aus ihren kreidebleichen Gesichtszügen sprach namenloses Entsetzen. »Die Sarkophage ... sie öffnen sich. Nimrods Wächter erwachen zum Leben!«

50

UNTERWELT VON KYOTO
In der Gegenwart

Bei der Stelle, die auf der Karte mit einem großen X markiert war, handelte es sich um ein Tor.

Es befand sich am Ende eines Tunnels, der offenbar schon lange nicht mehr genutzt wurde – Leitungen und Kabel hingen von der Decke, Unrat lag überall herum. Wie tief sie unter der Erde waren, konnte Otaku nur vermuten. Immer wieder waren sie unterwegs auf Treppen gestoßen, die sie hinabgestiegen waren – sicher befanden sie sich vier, fünf Stockwerke tief unter der Oberfläche.

Die Pforte selbst bestand aus Metall. Früher war sie sicher ganz glatt und blankpoliert gewesen, jetzt war sie verbeult und fleckig. Das Schild, das darüber angebracht war, war rostig und hing schräg, einige Buchstaben fehlten:

UN VER IT KY O

»Was bedeutet das?«, wollte Hana wissen.

»Ich nehme an, dieser Eingang hat einmal zur Universität von Kyoto gehört«, erwiderte Otaku.

»Und was ist das?«

»Eine Universität war ein Ort, wo die Gelehrten forschten und sich mit ihren Schülern trafen, um sie zu unterrichten.«

»Also so wie in der Anstalt?«, fragte das Mädchen erschrocken.

»Nein. Ganz und gar nicht wie in der Anstalt. Universitäten waren Stätten des freien Austauschs von Wissen und Meinungen – das ist vermutlich auch der Grund, warum Nimrod sie irgendwann verboten hat. Heute ist Forschung nur noch in seinen Denkfabriken erlaubt – und auch nur in den Bereichen, die der Lenker vorgibt. Zum Wohl des Volkes und der Gemeinschaft, wie es heißt.«

»Und die Universitäten?«

»Wurden alle geschlossen. Die Grauen Wächter haben sie geplündert, danach wurden sie dem Erdboden gleichgemacht und man hat Denkfabriken darauf errichtet.«

»Aber ... es gab hier doch sicher viele Bücher«, wandte Hana ein. »Was ist mit ihnen geschehen?«

»Manches davon hat man mitgenommen, das meiste wohl verbrannt, zusammen mit vielen Gemälden und anderen Kunstwerken, die es hier gab.« Otaku legte den Kopf in den Nacken und sah sich in der düsteren Tunnelröhre um. »Meine Großmutter hat mir erzählt, dass der gesamte Westen der Stadt früher einmal ein Ort der Kunst, des Wissens und der Begegnung war. Heute wird er von den Grauen kontrolliert, deshalb ist es auch keine gute Idee, hierherzukommen. Noch dazu, wenn man vor einer verschlossenen Tür steht.«

In seiner Frustration ballte er die Hand zur Faust und hämmerte gegen das Metall. Dumpf und hallend tönte es sehr viel lauter durch die Gänge, als er beabsichtigt hatte.

»Los, verziehen wir uns«, zischte Otaku erschrocken und wich bereits zurück. »Wenn das jemand gehört hat, dann …«

In diesem Moment erklang ein lautes metallisches Knacken.

Und dann bewegte sich das Tor!

Zur Verblüffung der ungleichen Geschwister hob es sich mit einem elektrischen Summen. Auf etwa einem Meter Höhe blieb es stehen.

»I-ich glaube, wir sollen reinkommen«, flüsterte Hana.

»Sollen wir?« Otaku zögerte.

Da drin mochten Antworten auf sie warten.

Oder das Verderben …

Seine kleine Schwester nickte ihm auffordernd zu. Im nächsten Moment war sie schon unter dem halb offenen Schott hindurchgetaucht.

»Warte«, zischte Otaku, »du kannst nicht …«

Aber Hana konnte eben doch.

Und weil er sie auf keinen Fall allein lassen wollte, folgte er ihr mit einer leisen Verwünschung und schlüpfte ebenfalls unter dem Schott hindurch. Er hatte sich noch nicht ganz aufgerichtet, als das Summen erneut erklang und das Tor sich schon wieder schloss. Mit dumpfem Krachen traf das Metall auf dem Boden auf.

»Endstation«, sagte Otaku in die Stille.

Ohne die Taschenlampe in seiner Hand wäre es stockdunkel gewesen. Aber selbst so verlor sich das Licht schon nach wenigen Schritten in der Dunkelheit. Das lag an dem vielen Staub, der in der Luft lag.

Otaku und Hana mussten husten.

Wo, in aller Welt, waren sie hier?

Mit der Taschenlampe leuchtete Otaku umher, aber wegen des vielen Staubs, der den Lichtschein reflektierte, war es nicht möglich, die Abmessungen des Raumes abzuschätzen. Vorsichtig gingen sie weiter – und erkannten plötzlich Formen, die sich vor ihnen aus der Dunkelheit schälten!

Zuerst erschraken sie, weil sie dachten, dass es Menschen wären, die dort in der Schwärze standen und auf sie lauerten, aber das war nicht der Fall.

Es waren Standbilder ... Statuen von Menschen und Tieren, aus Stein gehauen oder aus Metall geformt, einige sehr naturgetreu, andere so verfremdet, dass sie einem Menschen nur noch entfernt ähnelten und im Licht der Lampe ziemlich gruselig aussahen. Hana drehte hektisch an ihrem Spielzeugwürfel, wie immer, wenn sie aufgeregt war oder etwas ihr Angst einflößte.

Dennoch ging sie weiter.

Die nächsten Skulpturen, die aus der Dunkelheit auftauchten, stellten keine Menschen oder Tiere mehr da, sondern abstrakte Gebilde, geometrische Formen, die zahllose Ecken hatten oder wild ineinander verschlungen waren.

So etwas hatten Otaku und Hana noch nie gesehen – die Standbilder, die vor dem Rathaus von Kyoto und an anderen öffentlichen Plätzen standen, stellten immer nur den

Lenker dar oder die Große Pyramide. Dass Kunst so vielfältig sein konnte, hätte Otaku niemals vermutet …

»Hörst du das auch?«, fragte Hana plötzlich.

Er blieb stehen und lauschte.

Tatsächlich war etwas zu hören – eine Stimme, die durch die finsteren Räume hallte.

Es klang ziemlich unheimlich.

Das knirschende Geräusch des Würfels verstummte und Otaku merkte, wie Hanas kleine Hand in der Dunkelheit nach ihm tastete. Er wechselte die Taschenlampe in die Linke und griff nach ihrer Hand, die ganz kalt war und zitterte.

»Keine Angst«, raunte er ihr zu.

»Ha-hab ich ni-nicht.«

Vorsichtig gingen sie weiter, der Quelle der Stimme entgegen, die weiter mit ruhigem, aber sehr ernstem Tonfall sprach. Es war die Stimme einer Frau. Sie sprach Interanto – und sie schien das, was sie sagte, nach einer Weile zu wiederholen, denn alles begann wieder von vorn, wie in einer niemals endenden Schleife …

»Was soll das?«, hauchte Hana in der Dunkelheit. »Warum tut sie das?«

»Weiß ich nicht, Krümel«, erwiderte Otaku wahrheitsgemäß. Er war selbst zu angespannt, um sich noch eine Lüge auszudenken. Wohin, in aller Welt, waren sie gelockt worden?

Immer wieder lenkte er den Lichtkegel der Lampe nach links und rechts, und halb erwartete er, dass jemand hinter den Skulpturen hervorspringen und sich auf Hana und ihn stürzen würde. Was er dann tun würde, wusste er nicht – vermutlich mit der Lampe zuschlagen und Hana zurufen, dass sie schnell davonlaufen sollte. Das war es aber auch schon. Der ganze bescheidene Plan, den er als großer Bruder hatte.

Ein mieses Gefühl beschlich ihn.

»Wir hätten nicht herkommen sollen«, flüsterte er. »Das war keine gute Idee ...«

»Da vorn ist es hell«, stellte Hana fest.

Tatsächlich war ein gutes Stück voraus ein rechteckiger Ausschnitt aus blauem Licht zu erkennen, der seltsam flackerte. Als sie sich näherten, wurde klar, dass es keine Lampe war oder ein Lichtschacht, sondern der Bildschirm eines altmodischen Fernsehgeräts.

Und als sie noch ein wenig näher kamen, konnten sie eine Frau auf dem Bildschirm erkennen. Zu ihr gehörte auch die Stimme, die sie schon die ganze Zeit über hörten. Es schien eine Aufzeichnung zu sein, die dort ablief und immer wieder neu startete, wenn sie am Ende angekommen war.

»Wer ... ist das?«, fragte Hana und einmal mehr konnte Otaku ihr keine Antwort geben. Das alles war mehr als seltsam.

Vorsichtig bewegten sie sich auf den Fernseher zu, der auf einem metallenen Gestell stand. In der Dunkelheit sah es fast so aus, als würde die Frau, von der man nur das Gesicht sah, vor ihnen stehen und ihnen durch ein kleines Fenster entgegenblicken.

Sie war vielleicht vierzig Jahre alt. Ihr Haar, das rötlich

braun war wie das von Hana, fiel offen auf ihre Schultern. Das Gesicht, das es umrahmte, war freundlich, ebenso wie ihre Augen, die ihnen erwartungsvoll entgegenzublicken schienen. Und endlich konnten Otaku und Hana auch verstehen, was die Frau sagte.

»… gezwungen waren zu tun, was wir tun mussten«, sagte die Frau mit bedauerndem Blick. »Wir sind nicht stolz darauf, aber zu jenem Zeitpunkt hatten wir keine andere Wahl. Wir können nur hoffen, dass du uns verzeihen wirst, wenn du diese Aufzeichnung vielleicht eines Tages hörst. Denke bitte immer daran, dass wir stets nur dein Wohl im Sinn hatten – und das der Welt, in der wir alle leben, in dieser Zeit und in allen, die bereits waren. Wir werden dich niemals vergessen und dich immer in unserem Herzen tragen, Helena – auch wenn wir dir heute einen anderen Namen geben müssen, denn sie sind uns auf den Fersen und wir können nicht riskieren, dass du in ihre Hände fällst. Deshalb tun wir schweren Herzens, was wir tun müssen – doch wisse, dass wir dich über alles lieben. Und vergiss niemals, wer du wirklich bist, H-1776. Niemals, hörst du?«

51

DIE PYRAMIDE DER MACHT
3300 Jahre in der Vergangenheit

Die Zeit schien stillzustehen.

Mechanische Geräusche waren aus der angrenzenden Kammer zu hören, als sich ein Sarkophag nach dem anderen öffnete und die Männer entließ, die noch bis vor wenigen Augenblicken reglos und schlafend darin geruht hatten.

»Das ist nicht gut! Überhaupt nicht gut!« Namira hatte sich auf halber Strecke zwischen dem Durchgang und jener Stelle postiert, wo Jason und Kinya am Boden knieten und auf die Steinplatte einschlugen, in deren Oberfläche die Hieroglyphen für »Zeit« und »Schloss« gemeißelt waren.

Timelock ...

Man konnte bereits erkennen, dass Jasons Schlussfolgerung richtig gewesen war und es tatsächlich einen Schacht gab, der unterhalb der Deckplatte noch weiter in die Tiefe führte – doch noch war die Öffnung nicht groß genug, um auch nur den schmächtigsten von ihnen durchschlüpfen zu lassen.

Und so, wie die Dinge lagen, würden sie vielleicht gar nicht mehr dazu kommen, die Öffnung zu vergrößern ...

Jason warf der Freundin einen gehetzten Blick zu. Namira hatte Verteidigungshaltung eingenommen. Die Hände hatte sie zu Fäusten geballt, eine hielt sie unten, die andere über dem Kopf, während sie tief ein- und ausatmete. Einmal mehr bewunderte Jason sie für die scheinbare Ruhe, die sie vor einem Kampf ausstrahlte.

Im nächsten Moment tauchte der erste von Nimrods Schergen im Durchgang auf. Anders als die Höhlenmenschen oben im Käfig hatten diese hier ihre Konditionierung bereits durchlaufen und waren willens, jeden Befehl ihres Herrn bedingungslos auszuführen – so wie der Typ, der mit drohendem Knurren auf Namira zuwankte.

Er war ein wahrer Koloss.

Wie die ägyptischen Soldaten trug auch er nur einen Lendenschurz, sodass die Muskeln unter seiner behaarten Haut deutlich zu sehen waren. Seine Gesichtszüge waren eine grobe Maske, die Mundwinkel grausam nach unten verzerrt. In seiner rechten Pranke hielt er eins der klobigen Schwerter.

»Namira! Vorsicht!«, schrie Jason. Er befürchtete schon, dass der Kerl Kleinholz aus ihr machen würde, und wollte ihr zu Hilfe kommen – doch er hatte Namira unterschätzt.

Statt zu warten, bis der Riese heran war, ging sie zum Gegenangriff über!

Mit einem gewaltigen Satz sprang sie auf ihn zu, katapultierte sich mit den Füßen voraus gegen die breite Brust des Wächters, noch ehe dieser dazu kam, sein Schwert zu heben. Der Tritt traf den Mann mit voller Wucht – trotzdem sah es so aus, als würde Namira auf ein unsichtbares Hindernis prallen. Der Riese wankte für einen Moment, aber er kam nicht zu Fall, während Namira, die ihre ganze Kraft in den Angriff gelegt hatte, wie ein Gummiball von ihm abprallte und gegen die Wand geschleudert wurde. Halb benommen sank sie daran herab und sah in diesem Moment vermutlich Sterne vor den Augen – doch sie wäre nicht Yussufs Tochter gewesen, hätte sie nicht schon im nächsten Moment wieder auf den Beinen gestanden.

»Wohin willst du, du Scheißkerl?«, rief sie dem Wächter zu, der knurrend weitergewankt war, um sich auf Jason und Kinya zu stürzen. Mit einem Keuchen fuhr der Koloss herum und schwang die Klinge nach Namiras Beinen.

Der Hieb war mörderisch, aber sie wich ihm blitzschnell aus, indem sie senkrecht in die Höhe sprang. Die Klinge erwischte nichts als leere Luft und der Wächter, der seine ganze Kraft in den Schlag gelegt hatte, bekam leichtes Übergewicht nach vorn. Indem Namira abermals in die Luft sprang und ihm einen Abwärtstritt mit dem Fußballen versetzte, brachte sie ihn tatsächlich zu Fall!

Doch schon drängten seine Kumpane aus dem Durchgang, jeder einzelne von ihnen nicht weniger groß und breit als ihr Vorgänger. Ohne Vorwarnung griffen sie an, die klobigen Schwerter schwingend.

Namira sog scharf die Luft ein. Ihr Oberkörper pendelte hin und her wie eine Feder, während sie den wütenden Hieben auswich – aber lange würde es nicht mehr gutgehen ...

»Jason!«, rief sie, während sie immer weiter vor ihren monströsen Gegnern zurückwich. »Wie weit bist du?«

»Gleich, jeden Augenblick …«

Noch einmal schlug Jason mit dem Knauf seines Schwertes zu und ein weiteres, handtellergroßes Stück Gestein brach aus der Platte – nun war die Öffnung groß genug!

Kinya stieß einen Triumphschrei aus, Jason packte das Schwert und sprang auf.

»Runter mit dir, Kleiner!«, befahl er, während er Namira zu Hilfe kam, die von mehreren Wächtern gleichzeitig bedrängt wurde – doch noch immer hatte es keiner geschafft, an ihr vorbeizukommen.

Bald war sie auf der einen, bald auf der anderen Seite des Korridors, und ihre Fäuste und Füße flogen so schnell, dass die grobschlächtigen Wachen Mühe hatten, ihren Bewegungen zu folgen. Doch die Treffer, die Namira landete, waren nur Nadelstiche, die meisten prallten wirkungslos an ihren riesenhaften Gegnern ab, die weder Furcht noch Schmerz zu kennen schienen. Auch dafür hatte Nimrod gesorgt.

Namira war klar, dass sie den Kampf nur verlieren konnte. Entsprechend erleichtert war sie, als Jason neben ihr auftauchte.

»Los, verschwinden wir!«, raunte er ihr zu, während er das Schwert nach den Wachen schwang, um sie zurückzutreiben.

»Du zuerst«, verlangte sie.

Er schüttelte den Kopf. »Diesmal nicht.«

Sie warf ihm einen undeutbaren Blick zu, dann wirbelte sie geschmeidig herum. Indem sie mit den Füßen voraus über den Boden schlitterte, glitt sie in einer einzigen fließenden Bewegung durch die Öffnung und verschwand.

Jason, der nun als Einziger noch übrig war, sah die Wächter näher kommen. Mit dem Mut der Verzweiflung schwang er noch einmal die Klinge. Funken sprühten, als sie auf das Schwert eines der Wächter traf. Jason hatte das Gefühl, als würde ihn ein elektrischer Schlag durchzucken, so hart war das Aufeinandertreffen der beiden Waffen, bevor die Klinge in seinen Händen zerbrach!

Den nutzlos gewordenen Griff in den Händen, duckte er sich unter dem nächsten Hieb hinweg, rollte über den Boden ab und verschwand ebenfalls in der Öffnung. Keinen Augenblick zu früh! Dort, wo er eben noch gewesen war, pflügte das Schwert des Wächters über den Boden, durchschnitt jedoch nur noch leere Luft.

Für Jason ging es bergab – wortwörtlich. Denn unterhalb der Öffnung wand sich eine Treppe steil in die Tiefe, und da Jason nicht darauf gefasst gewesen war, verlor er das Gleichgewicht und stürzte einige Stufen hinab und holte sich üble blaue Flecke, ehe er auf Namira und Kinya traf, die auf der Treppe standen und ihn auffingen.

»Was hast du vor?«, fragte Namira. »Willst du dir alle Knochen brechen?«

Er wollte etwas Passendes erwidern, doch er kam nicht dazu – ein dumpfes Bersten erklang über ihnen!

Ein flüchtiger Blick empor zeigte einen Wächter, der mit wutverzerrter Miene auf die Bodenplatte einschlug und die Öffnung vergrößerte, sodass auch er und seine Artgenossen hindurch passen würden.

»Weiter, los!«, drängte Jason und sie hasteten die Stufen hinab in die ungewisse Tiefe, während Staub und Gesteinsbrocken auf sie herabregneten.

Immer weiter ging es hinunter. Wie ein Bohrer schraubte sich die Treppe senkrecht in die Tiefe. So schnell sie konnten, hasteten die Freunde über die Stufen. Die Angst, dass Nimrods Wächter sie einholen und schnappen könnten, saß ihnen im Nacken. Spätestens dann würde es aus mit ihnen sein ...

Doch die Wächter kamen nicht.

Entweder hatten sie es nicht geschafft, die Öffnung im Boden so zu erweitern, dass sie selbst hindurchpassten, oder die Lust an der Verfolgung war ihnen vergangen. Jason dachte nicht weiter darüber nach, was er schon wenig später bitter bereuen sollte. Für den Augenblick waren die dumpfen Schläge verstummt und es wurde still im Schacht, nur noch die Tritte ihrer eigenen Füße waren zu hören und das Keuchen ihrer eigenen hektischen Atemzüge.

Obwohl der Treppenschacht nicht beleuchtet war, wurde es nicht vollständig dunkel. Das lag an dem Licht, das von unten heraufdrang – ein seltsam unwirklicher, orangeroter Schein wie von einem flackernden Feuer, der eisigen Kälte zum Trotz, die im Schacht herrschte. Trotz ihrer Todesangst und der anstrengenden Flucht froren die drei erbärmlich, als sie endlich das Ende der Treppe erreichten – und damit die Spitze der Pyramide, die tief im Boden von Pi-Ramesse steckte.

Die Kammer hatte die Form eines Würfels mit einer Kantenlänge von vielleicht drei Metern.

Die Wände waren glatt, ohne irgendwelche Symbole daran, allerdings schienen auf allen Seiten Lüftungsschächte von schräg oben in die Kammer zu münden.

Und inmitten des würfelförmigen Raums, in einem großen Glaszylinder, der vom Boden bis zur Decke der Kammer reichte, lag auf einer steinernen Stele die Quelle des orangeroten Lichts.

Noch nie zuvor hatte Jason solch einen Gegenstand gesehen. Dennoch wussten er sofort, worum es sich handelte.

Es war der Timelock.

52

Die Freunde verharrten wie vom Donner gerührt.

Wenn überhaupt, so ließ sich der Timelock nur mit einem Seelenwürfel vergleichen – er war von ähnlicher Größe und aus demselben Material gemacht, dem geheimnisvollen Tempurit, und es ging ein ähnliches Leuchten von ihm aus.

Aber es gab auch Unterschiede.

Der augenfälligste war, dass der Timelock nicht die Form eines Würfels hatte, sondern die einer Pyramide. Und anders als bei dem Seelenwürfel, den Yussuf Jason gezeigt hatte, hatte das orangerote Schimmern, das aus dem Inneren drang, nichts Warmes oder Reines, im Gegenteil ... Es wirkte schmutzig, wie bei einer Laterne, deren Fenster blind und fleckig waren. Dunkle Schatten schienen darin auf und ab zu tanzen, huschten hierhin und dorthin, so als ob sie im Inneren eingesperrt wären und nach einem Weg nach draußen suchten.

Und vielleicht war das ja auch so ...

Mit Beklemmung musste Jason an das denken, was Namiras Vater ihm über die Timelocks erzählt hatte und welchen hohen Preis es forderte, sie zum Ändern der Vergangenheit zu benutzen: Wann immer Nimrod einen Timelock setzte, ließ er darin etwas von sich selbst zurück, einen Teil seiner Seele, der fortan von ihm getrennt war – und der im Inneren der kleinen Pyramide Qualen zu leiden schien und verzweifelt nach einem Weg hinaus suchte.

So jedenfalls kam es Jason vor.

Und es war auch das, was er empfand, während er wie gebannt auf den Timelock starrte.

Schmerz.

Trauer.

Leid.

Ein eisiges Schaudern überzog ihn vom Scheitel bis zur Sohle, das nicht nur von der Kälte rührte, die in der unterirdischen Kammer herrschte. Noch viel mehr schien hier unten nicht in Ordnung zu sein, denn eine unheilvolle Aura umgab diesen Ort. Das Gefühl, das Jason einst beim Anblick der Mammuts oder der Großen Pyramide empfunden hatte, der Eindruck, dass etwas falsch war und ganz und gar nicht stimmte, war hier noch tausendmal stärker ...

Kinya war wie versteinert, mit vor Staunen weit aufgerissenen Augen stand er da. Wenn der Anblick des Timelocks schon für Namira und Jason überwältigend war, obwohl sie seine Herkunft und seine Bedeutung kannten, um wie viel mehr musste er da erst den Jungen überwältigen, der von all diesen Dingen keine Ahnung hatte und sie folgerichtig für pure Magie halten musste? Vermutlich konnte man darüber den Verstand verlieren ...

»Rasch«, raunte Namira Jason zu. »Lass uns das Ding zerstören und dann schnell wieder verschwinden! Das ist kein Ort, um lange zu bleiben!«

»Du hast recht.« Jason kam es vor, als würde er aus tiefer Trance erwachen. Er riss sich vom Anblick des Timelocks los, was ihm schwerer fiel, als er erwartet hatte, und trat entschlossen an den Glaszylinder. Jason nahm alle Kraft zusammen und holte aus. Dann schlug er mit dem Knauf des abgebrochenen Schwertes, dessen Griff er noch immer in der Hand hatte, auf das Glas ein.

Einmal.

Zweimal.

Dreimal.

Doch ein paar oberflächliche Kratzer waren alles, was er damit erreichte. Keine Splitter, keine Sprünge. Noch nicht einmal Haarrisse zeigten sich im Glas.

»Das Ding muss zentimeterdick sein«, vermutete Namira. »So kommen wir da nicht durch!«

»Wie denn dann?« Jason drosch erneut mit aller Kraft dagegen, doch es half nichts. »Das darf doch nicht wahr sein«, ächzte er. »Nun haben wir das verdammte Ding endlich gefunden und jetzt kommen wir nicht ran?«

Namira sah sich in der Kammer nach irgendetwas um, das sich als Werkzeug gebrauchen ließ. Als sie nichts fand, begann sie, das Glas mit Fußtritten zu traktieren, und Kinya kam ihr zu Hilfe und tat es ihr gleich.

Aber es war, als werfe man Wattebäusche gegen eine Betonmauer.

»Mist!«, fluchte Jason und warf sich in seiner Frustration mit der Schulter gegen das Glas, so als ob er eine Tür einrennen wollte. Er prallte ab, fiel hin und blieb vor Erschöpfung keuchend auf dem Boden liegen.

»Wir schaffen es nicht«, stellte Namira fest, Tränen der Enttäuschung in den Augen.

»Das darf doch nicht wahr sein.« Ächzend richtete sich Jason wieder auf. Seine Arme schmerzten, er konnte den Stumpf des Schwertes kaum noch heben – aber der Zylinder aus Glas wies nach wie vor kaum Schäden auf und dahinter flackerte der Timelock ungestört vor sich hin und entfaltete seine verderbliche Wirkung auf den Lauf der Geschichte.

»Es ... geht nicht«, hauchte Namira atemlos. »Wir haben alles versucht, aber es geht einfach nicht ...«

»Von wegen.« Jason schüttelte trotzig den Kopf. »Wir müssen da rein, irgendwie ...«

»Hast du nicht gesagt, dass du durch die Zeit reisen kannst?«, fragte Kinya unbedarft. »Dann reise doch zurück und bring das nächste Mal einen Hammer mit.«

Jason grinste schief. »So einfach ist das nicht, Kleiner, ich kann nicht in meine eigene Verg...« Er verstummte plötzlich.

»Was?«, fragte Namira.

Jason starrte vor sich hin, überlegte fieberhaft. »Kinya hat recht«, murmelte er.

»Womit?«

»Ich kann nicht in meine eigene Vergangenheit springen – aber in die Zukunft schon.«

»Nicht wirklich.« Sie schüttelte den Kopf. »Mein Vater

hat es dir doch erklärt, selbst die besten Zeithüter können höchstenfalls ein paar Augenblicke in die Zukunft springen ...«

»... weil sie sich diese Zukunft in allen Einzelheiten vorstellen mussten – und wer kann schon mehr als ein paar Sekunden vorausahnen?«, räumte Jason ein. »Aber ich sehe meine Zukunft ganz deutlich vor mir – und zwar da drin!«

»Was?« Namira sah ihn zweifelnd an. »Du willst ...?«

»Ein Wurmloch überwindet nicht nur die Zeit, sondern auch den Raum«, erklärte Jason. »Selbst dann, wenn es nur ein paar Zentimeter sind.«

»Das Risiko ist zu groß.« Namira schüttelte den Kopf. »Du könntest in der Raumzeit verloren gehen – oder mitten im Glas materialisieren. Hast du eine Ahnung, was dann passiert?«

»Nein.« Er schüttelte den Kopf. »Und du auch nicht, weil so etwas noch keiner versucht hat, richtig?«

»Nicht ... dass ich wüsste«, gab sie zögernd zu.

»Wünsch mir Glück«, verlangte Jason und schloss die Augen, um sich zu konzentrieren. Ob es an der Kraft der Verzweiflung lag oder daran, dass der Timelock die Raumzeit an diesem Ort ohnehin beeinträchtigte: Schon im nächsten Moment merkte Jason, wie ihn jene unbeschreibliche Leichtigkeit überkam, das Gefühl, sich von Zeit und Raum zu lösen ...

Das Letzte, was er hörte, war Kinyas entsetzter Schrei, als er sich vor den Augen des Jungen aufzulösen begann, und ein tonloses »Viel Glück« von Namira.

Als er die Augen wieder öffnete, nahm er seine Umgebung völlig verzerrt wahr – gebrochen durch das gewölbte Glas des Zylinders, in dem er sich nun befand.

Durch Zeit und Raum zu springen, war noch immer eine seltsam unwirkliche Erfahrung – sich in der Eiszeit in Gesellschaft eines riesigen Mammuts wiederzufinden oder inmitten des alten Ägypten war etwas, das den Verstand an seine Grenzen brachte.

Doch dieser Moment übertraf alle bisherigen.

Nicht nur, weil es der kürzeste Sprung war, den Jason bislang gemacht hatte, sondern auch, weil es seine erste Reise in die Zukunft war … in eine Zeit, die er sich nur hatte vorstellen können bis zu dem Zeitpunkt, da sie tatsächlich geschah.

Wie lange die Reise gedauert hatte – Sekunden? Minuten? –, wusste er nicht, aber durch das gewölbte Glas konnte er Namira und Kinya sehen, beide seltsam verzerrt wie Fische in einem Aquarium. Sie winkten ihm zu.

Und vor ihm lag der Timelock.

Aus der Nähe betrachtet wirkte der Timelock noch fremdartiger und die Aura des Unheils, die von ihm ausging, war noch deutlicher zu spüren. Mit bebenden Händen griff Jason danach, konnte selbst kaum glauben, dass das Objekt, dessentwegen sie so vieles auf sich genommen hatten, nun endlich in Reichweite war …

Doch in dem Moment, da er die kleine Pyramide berührte, wechselte das Leuchten des Kristalls von Orange zu einem tiefen Rot, das die Kammer in düsteres Licht tauchte. Gleichzeitig erklang ein unheilvolles Brummen, das das gesamte Bauwerk in seinen Grundfesten erbeben ließ. Nicht nur Jason, auch Namira und Kinya sahen sich erschrocken um. Vermutlich war das grässliche Rumoren außerhalb des Zylinders noch viel lauter.

Und plötzlich begann Sand zu rieseln ...

Feiner weißer Wüstensand kam sowohl aus dem Treppenschacht als auch aus den Öffnungen, die rings in die Wände der Kammer eingelassen waren und die Jason für die Mündungen von Lüftungsschächten gehalten hatte.

Ein Irrtum, wie sich nun zeigte.

Ein folgenschwerer Irrtum ...

Zuerst war es nur eine Handvoll Sand, dann wurde ein steter Fluss daraus, der stetig anschwoll. Innerhalb weniger Augenblicke stürzten ganze Ströme von Sand aus den Schächten, die im roten Lichtschein wie Blut aussahen und sich auf den steinernen Boden der Pyramidenkammer ergossen.

Und Namira und Kinya waren mittendrin.

53

ALTE UNIVERSITÄT VON KYOTO
In der Gegenwart

Hana stand wie versteinert.

»Was hat sie gerade gesagt?«, flüsterte sie.

Die Aufzeichnung hatte inzwischen wieder von vorn begonnen. »Diese Nachricht«, sagte die Frau auf dem Bildschirm, »ist für unsere geliebte Tochter. Helena, wenn du diese Worte hörst, werden womöglich viele Jahre vergangen sein, und du bist nicht mehr das kleine Mädchen, als das wir dich heute hier zurückgelassen haben, aus Gründen, die zu erklären zu viel Zeit in Anspruch nehmen würde. Du sollst nur wissen, dass wir keine andere Wahl hatten und gezwungen waren zu tun, was wir tun mussten …«

An dieser Stelle begann der Teil, den sie bereits kannten, aber Hana und Otaku hatten ohnehin nur noch mit einem halben Ohr zugehört …

»Hat … sie wirklich H-1776 gesagt?«, fragte das Mädchen mit tonloser Stimme.

»Hat sie«, bestätigte Otaku tonlos und schluckte.

»A-aber … das bin ja ich …«

»*Hai*, und sie hat dich Helena genannt ... und gesagt, dass du ihre Tochter bist«, erwiderte Otaku und sah seine kleine Schwester bedeutsam an.

»Aber ... das kann nicht sein«, beharrte Hana, während sich ihre Augen mit Tränen füllten. »Du bist meine Familie! Du hast mich gefunden, am Ort der verbotenen Bücher, als ich zwei Jahre alt war ...«

»Das stimmt – aber hast du dich nie gefragt, wo du zuvor gewesen bist? Oder wie du dorthin gekommen bist? Die Frau in der Aufzeichnung spricht davon, dass sie gezwungen war, etwas zu tun, das sie nicht tun wollte – vielleicht ist damit gemeint, dass sie dich in jenem Raum zurücklassen musste ...«

»Diese Frau«, flüsterte Hana, während sie zum Fernseher emporblickte, »sie ist ...«

»... deine Mutter«, ergänzte Otaku nickend. »Ich weiß nicht, wie das alles zusammenhängt, aber es scheint tatsächlich so zu sein. Sie sieht dir sogar ein wenig ähnlich.«

Das Mädchen legte den Kopf schief und betrachtete die Frau auf dem Bildschirm, die gerade wieder dabei war zu erklären, dass sie sie liebte und sie ihre wahre Herkunft niemals vergessen solle. Und tatsächlich spürte Hana in diesem Moment tief in ihrem Inneren etwas Warmes, Vertrautes.

»Diese Stimme«, flüsterte sie, »ich glaube, ich kenne sie ...«

»Meine Großmutter hat immer behauptet, dass Stimmen das Erste sind, das wir als kleine Menschen erkennen«, sagte Otaku. »Noch lange bevor wir unsere Eltern sehen, können wir sie bereits hören, schon im Mutterleib.«

»Warum geschieht das, Otaku?« Hana sah ihn fragend an, Tränen rannen dabei über ihre Wangen. »Warum sind wir hier? Was geht hier vor?«

»Ich weiß es nicht, Krümel. Aber ich denke, wir ...«

Er verstummte, als es in der Dunkelheit flackerte und weitere Bildschirme ansprangen. Noch mehr Aufzeichnungen waren darauf zu sehen und auch sie hatten alle Audiospuren, sodass schon im nächsten Moment ein dumpfes Gewirr aus Stimmen, Geräuschen und Musik den Raum erfüllte. Und mit jedem Monitor, der flackernd zum Leben erwachte, wurde es ein wenig heller, sodass die beiden sehen konnten, dass sie sich in einem weitläufigen Saal befanden, dessen glatter Boden den blauen Schein der Bildschirme spiegelte.

Otaku und Hana sahen sich an, dann gingen sie zum nächsten Fernseher, der nur wenige Meter entfernt war. Kinder und Erwachsene waren darauf zu sehen, die auf einer Wiese Decken ausgebreitet hatten. Sie saßen darauf, speisten gemeinsam und schienen Spaß dabei zu haben ...

»Sind das ...?«, fragte Hana leise.

»Ich glaube schon.« Otaku nickte. »Das sind Kinder mit ihren Eltern, ihren Vätern und Müttern.«

»Aber ... das ist verboten!«

»Ich weiß, Krümel. Ich weiß.«

Wie in einem Traum gingen sie weiter, wandelten von einem Monitor zum nächsten. Die kleinen Filme, die darauf abliefen und die sich ständig wiederholten, hatten scheinbar keinen Zusammenhang: Einer zeigte einen Strand, an dem Jugendliche auf den hereinrollenden Wellen surften; ein anderer zeigte Kinder, die ausgelassen in Regenpfützen sprangen; ein weiterer Radfahrer, die auf einer schmalen Straße um die Wette fuhren; eine Bühne war zu sehen, auf der ein weiß gekleideter Sänger ein Lied vortrug, während Tausende von Menschen ihm zuhörten; ein riesiges Gebäude, das wie ein großes Paket in Papier eingeschlagen war; ein großer Saal mit Hunderten von Bildern darin ... und schließlich ein hell erleuchteter Weihnachtsbaum, genau wie in der Geschichte vom Grinch.

Aber eines hatten sie doch alle gemeinsam.

Sie zeigten eine Welt, in der Kinder bei ihren Eltern waren; in denen sie keine roten Uniformen trugen, sondern gemeinsam spielten und lachten; in der es keine Anstalten gab, keine Bürotürme und keine Denkfabriken, keine Flugdrohnen und keine Grauen Wächter ... und vermutlich auch keinen Lenker, der all dies befahl.

Es war eine Welt, die schön war und bunt und voller Abenteuer.

Eine Welt, die *frei* war ...

»Was genau sehen wir hier?«, fragte Otaku. »Was ist das? Und vor allem: Wo ist das?«

»Die Frage ist eher, *wann* ist das«, meinte Hana.

»Krümel, was meinst du damit?«

Sie wandte den Blick und sah ihn traurig an. »Du weißt doch, dass ich etwas spüre ... dass die Welt dabei ist, sich zu verändern.«

»Und?«

»Bisher dachte ich immer, dass diese Veränderungen etwas Böses bewirken, aber ich glaube, das Böse ist schon vor langer Zeit geschehen. Die Welt hat sich bereits verändert, Otaku, alles ist falsch geworden. So wie wir es hier sehen, sollte es eigentlich sein«, fügte sie hinzu, auf die Bildschirme deutend. »Eltern mit ihren Kindern, die zusammen Spaß haben und spielen ...«

Otaku war nicht sicher, ob er verstand, was sie damit meinte. In diesem Moment kam sie ihm nicht wie eine Achtjährige vor, auch nicht wie eine fast Neunjährige ... sondern wie jemand, der sehr viel älter und klüger war und mit einer Weisheit weit jenseits ihrer Jahre sprach. So, als würde sie tief in ihrem Inneren über ein geheimes Wissen verfügen, das das seine weit überstieg ...

»Du denkst, die Welt ist früher so gewesen?«, fragte er unsicher. »Und dass etwas sie verändert hat?«

»*Hai.*« Sie nickte, Tränen in den Augen.

»Dann ... müssen wir es den Menschen unbedingt sagen! Alle sollten erfahren, was wir gerade erfahren haben ...«

»Sie würden uns nicht glauben«, versicherte Hana und wischte die Tränen weg. »So wie du mir nicht geglaubt hast, weil du es nicht bemerkst, genau wie sie es ni...«

»Krümel«, fiel Otaku ihr heiser ins Wort.

Die Dinge, von denen Hana sprach, mochte er tatsächlich nicht empfinden – aber dafür hatte er einen gesunden Instinkt dafür, wann Gefahr drohte. Und dieser Instinkt warnte ihn in diesem Augenblick.

»Wir müssen hier weg«, raunte er ihr zu und nahm sie

bei der Hand, um sie aus dem flackernden Licht der Bildschirme und zurück zum Ausgang zu ziehen – doch in diesem Moment musste er erkennen, dass es bereits zu spät dafür war.

Kaum hatten sie den flackernden Schein der Monitore verlassen, sahen sie die großen schattenhaften Gestalten, die sich gegen die Schwärze abzeichneten.

Entsetzt fuhr Otaku herum und wollte in die andere Richtung fliehen, doch auch dort traten bedrohliche Schemen aus der Dunkelheit und verstellten ihnen den Weg.

In diesem Moment wurde ihm klar, dass sich seine ärgsten Befürchtungen bestätigt hatten.

Es war doch eine Falle gewesen.

Und nun waren sie gefangen.

54

DIE PYRAMIDE DER MACHT
3300 Jahre in der Vergangenheit

Alles, was Jason jemals über ägyptische Pyramiden von der Wölfin im Geschichtsunterricht eingetrichtert worden war, kam ihm jetzt zu Bewusstsein.

Zu spät ...

Pyramiden wie jene aus der Gegend von Gizeh waren einst Grabmäler gewesen, die man großen Königen errichtet hatte. Die Technik war dabei stets dieselbe gewesen: War die Mumie des Pharao erst in der Pyramide beigesetzt worden, so lösten treue Priester oftmals im Inneren des Bauwerks verborgene Mechanismen aus, die die Zugänge der Pyramide verschlossen.

Bewerkstelligt wurde dies durch ein ausgeklügeltes System von Sand, der durch Schächte und Röhren verlief und entweder große Quader bewegte, die die Gänge verschlossen, oder selbst dazu benutzt wurde, Kammern und Zwischenräume zu versiegeln, auf dass sie niemals wieder geöffnet würden.

Ein toter Pharao war in der unterirdischen Pyramide von Pi-Ramesse nicht zu finden, aber dafür etwas anderes, das zumindest für Nimrod ungleich wertvoller war und das er ebenso endgültig schützen wollte ...

Der Timelock.

Das also hatte Nimrod gemeint, als er gesagt hatte, dass der Augenblick, in dem Jason den Timelock finden würde, gleichzeitig auch sein Verderben sein würde – und auch das seiner Freunde ...

Entsetzt sah Jason durch das Glas, wie Namira und Kinya gegen die hereinbrechenden Sandmassen ankämpften, die von allen Seiten in die Pyramidenkammer stürzten. Der Rückweg war ihnen verwehrt, auch aus dem Treppenschacht ergoss sich feiner Sand. Schon lag er an einigen Stellen kniehoch und breitete sich immer weiter aus.

Deshalb also waren die Wächter ihnen nicht gefolgt ... Nicht weil ihnen die Lust oder der Mut dazu gefehlt hätte, sondern weil es ihnen befohlen worden war.

Der Timelock war eine Falle gewesen und durch sein Eindringen hatte Jason sie ausgelöst, so wie die Priester der alten Zeit, die sich geopfert hatten, damit ihr Pharao in alle Ewigkeit ruhen konnte.

Die Sache war nur, Jason hatte nicht vorgehabt, sich zu opfern. Und seine Freunde ebenfalls nicht.

Gehetzt sah er zu Namira und Kinya hinaus. Er sah die Panik in ihren Gesichtern, ihre Münder waren zu Hilfeschreien geöffnet, die er wegen des dicken Glases nicht hören konnte.

War dies sein Schicksal?

Den Tod seiner Freunde mitansehen zu müssen und zu wissen, dass er es war, der sie auf dem Gewissen hatte?

Vermutlich hatte es sich Nimrod genau so vorgestellt – doch das würde Jason nicht zulassen! Mit vor Aufregung bebenden Händen hob er das abgebrochene Schwert und ließ es mit aller Kraft auf den Timelock niedersausen.

In dem Augenblick, da das geborstene Metall auf das Tempurit traf, hatte Jason das Gefühl, von reiner Energie durchzuckt zu werden, aber er ließ nicht locker und hieb ein zweites Mal zu – und anders als das Glas des Zylinders zeigte die Oberfläche des Kristalls plötzlich Risse. Und nicht nur das, ein fürchterlicher Schrei war auch zu hören – oder war er nur in Jasons Kopf? Doch diesmal war es nicht eine gequälte, der Urzeit entrissene Kreatur, die schrie.

Es war Nimrod selbst.

Aus Überraschung.

Aus Verzweiflung.

Aus Wut ...

Jason fühlte sich dadurch beflügelt. Mit zusammengebissenen Zähnen hieb er weiter zu, zerstörte die kristallene Hülle des pyramidenförmigen Gegenstands und entließ, was auch immer sich im Inneren befand ... und plötzlich zerbarst der Timelock!

Myriaden von winzigen Splittern regneten nach allen Seiten, als der Kristall zerbrach, ein Regen roter Funken brach daraus hervor, gefolgt von solchen, die rabenschwarz waren und das Licht eher zu schlucken schienen. Das Geschrei in Jasons Kopf steigerte sich zu einem entsetzlichen Kreischen und für einen Moment hatte er das Gefühl, Nimrods Wut und seinen Schmerz über diesen Verlust am eigenen Leib zu spüren.

Im nächsten Moment begann der Boden unter seinen Füßen zu beben, so stark, dass Jason das Gleichgewicht verlor und gegen die Innenseite des Glaszylinders prallte. Doch das Beben schien nicht aus den Tiefen der Erde zu kommen, sondern aus der Pyramide selbst. Geradeso, als würde sie sich gegen ihre eigene Existenz wehren, nun, da der Timelock zerstört war.

Jason war klar, dass er verschwinden musste.

Aber nicht allein!

Trotz des Bebens, das das Gewölbe weiter erschütterte, trotz der Funken, die wie Schwärme von Insekten um ihn flogen, schloss er die Augen und konzentrierte sich, griff in eine Zukunft, die nur wenige Augenblicke vor ihm lag, außerhalb des gläsernen Zylinders ...

»Jason! Endlich!«

Namiras Stimme war plötzlich ganz nah. Er riss die Augen auf, sah die Freundin neben sich, genau wie Kinya bis über die Hüften im Sand versunken, der sich weiter ungehemmt in die Kammer ergoss. Das Beben ging unterdessen weiter, Risse bildeten sich in Decke und Wänden, Gesteinsbrocken fielen auf die Freunde herab.

Nicht mehr lange und die unterirdischen Gewölbe würden einstürzen und mit ihnen auch die Pyramide, die sich über ihnen in den sternklaren Nachthimmel Ägyptens reckte. Denn beides durfte es eigentlich nicht geben, war mit Mitteln erbaut worden, die den Lauf der Geschichte betrogen – und nun, da der Timelock zerstört war und es nichts mehr gab, das die Veränderungen in Raum und Zeit hielt, kehrten die Dinge in ihre gewohnten Bahnen zurück –

was wohl bedeutete, dass kein Stein auf dem anderen bleiben und all jene in der Pyramide begraben würden, die es nicht rechtzeitig schafften, daraus zu entkommen ...

»Hilfe!«, schrie Kinya, der unter Sand und Gestein zu versinken drohte. »Der Sand ist überall! Ich bekomme keine Luft mehr ...!«

Jason und Namira wechselten Blicke. Beiden war klar, dass sie damit gegen die Regeln verstoßen würden, gegen den Kodex der Zeithüter – aber Kinya würde sterben, wenn sie ihn zurückließen, und sie verdankten ihm ihr Leben.

Also kam das nicht infrage ...

Die beiden Zeitreisenden nickten einander entschlossen zu. Dann gaben sie sich eine Hand – und reichten die andere Kinya, der sie in seiner Not ergriff. Panik sprach aus seinen Augen, er murmelte Worte in der Sprache seines Volkes, vermutlich ein verzweifeltes Gebet.

»Hab keine Angst«, rief Namira ihm zu, »wir verschwinden.«

»Verschwinden?« Er sah sie zweifelnd an, am Sand würgend und spuckend. »Aber wie ... und wohin?«

Jason hatte unterdessen die Augen geschlossen und konzentrierte sich und die ganze Welt – die Kammer, der Sand, die in sich zusammenstürzende Pyramide und das alte Ägypten selbst – verschwand hinter grauen Schleiern.

»Die Zukunft wird es zeigen, Kleiner«, erwiderte er ruhig. »Die Zukunft wird es zeigen ...«

55

ALTE UNIVERSITÄT VON KYOTO
In der Gegenwart

Es war vorbei.

Diese Erkenntnis dämmerte Otaku in dem Moment, da er Hana und sich von den Schatten umzingelt sah.

Sicher waren es Graue Wächter.

Oder Nimrods Soldaten.

Sie würden seine Schwester und ihn registrieren, sie voneinander trennen und in unterschiedliche Anstalten stecken und niemals wieder würden sie einander wiedersehen ... Das alles war Otaku in diesem Moment bewusst.

»Wer sind Sie?«, fragte er dennoch, vielleicht auch nur, um sich mit dem Klang seiner Stimme Mut zu machen. Aber in der dunklen Weite hörte sie sich dünn und lächerlich an. »Was wollen Sie von uns?«

Die Schatten antworteten nicht, dafür traten sie näher. Otaku und Hana wichen vor ihnen zurück, zurück in den blauen Schein der Bildschirme, die weiter vor sich hinflackerten und ihre immergleichen Filme aus einer anderen, besseren Welt abspielten. Allerdings war der Ton schlagartig verstummt und geisterhafte Stille herrschte in dem halbdunklen Saal.

»Warum haben Sie uns hergelockt?«, wollte Otaku wissen. »Was soll das alles?«

»Und wer ist die Frau?«, fügte Hana hinzu, was sie am meisten interessierte. »Ist sie wirklich … meine Mutter?«

»Ja«, kam es zurück.

Otaku und Hana wechselten Blicke.

»Wer sind Sie, verdammt noch mal?«, wollte er wissen.

»Das werden wir euch sagen, wenn wir erfahren haben, wer ihr seid«, erwiderte die Stimme, die einer jungen Frau zu gehören schien. Sie sprach ruhig und nicht wirklich bedrohlich, aber sehr bestimmt.

»Aber wenn Sie wissen, dass das dort meine Mutter ist«, meinte Hana, auf den Bildschirm deutend, »dann wissen Sie doch auch, wer ich bin? Und dies hier ist mein großer Bruder!«

»Wer du bist, wissen wir«, gab die Frau zu. »Aber dieser da ist nicht dein Bruder.«

»Nicht wirklich«, gab Otaku zu, »aber ich bin das, was einem großen Bruder am nächsten kommt. Ich habe mich um die Kleine gekümmert, seit ich sie damals gefunden habe.«

»Zusammen sind wir eine Familie«, fügte Hana fast ein bisschen trotzig hinzu und drückte seine Hand ganz fest.

»Wenn das wahr ist, dann sind wir dir zu großem Dank verpflichtet, O-1411«, drang es aus dem Halbdunkel zurück.

»Otaku«, verbesserte Hana. »*Das* ist sein Name.«

»Und deiner lautet Helena … jedenfalls ist das der Name, den deine Eltern dir gegeben haben.«

»Sie … Sie haben meine Eltern gekannt?«

»Ein paar von uns, ja.«

»Und wo sind meine Eltern?«, wollte Hana wissen.

»Ich weiß es nicht.«

»Sind sie etwa …?«

»Auch das kann ich dir nicht sagen. Ich weiß nur, dass sie uns den Auftrag gegeben haben, nach dir zu suchen und dich zu finden, Helena.«

»Sie … haben nach mir gesucht?«

»So ist es. Allerdings ist es nicht einfach, ein kleines Mädchen in einer Millionenstadt ausfindig zu machen. Dein … großer Bruder … hat gut auf dich aufgepasst.«

»Das hat er.« Hana sah zu Otaku empor und schenkte ihm ein dankbares Lächeln.

»Wie haben Sie uns gefunden?«, wollte dieser wissen.

»Wir haben abgewartet und beobachtet, eine sehr lange Zeit. Dein Interesse für Bücher hat uns schließlich auf deine Spur gebracht.«

»Dann waren Sie das mit den Büchern?«, fragte Hana.

»In der Tat. Wir sind euch gefolgt und waren uns dann schnell darüber im Klaren, dass du das Mädchen bist, das wir suchen.«

»Warum haben Sie uns das nicht einfach gesagt?«, wollte Otaku wissen. »Warum das Versteckspiel?«

»Weil wir auf der Hut sein müssen. Nimrods Drohnen und Spione sind überall. Wir fürchten die Grauen Wächter ebenso, wie ihr es tut.«

»Warum? Wer sind Sie?«

»Habt ihr die Videos gesehen?«, fragte die Frau dagegen.

»Und ob.« Otaku nickte. »Hat Hana recht?«, wollte er wissen. »Zeigen sie wirklich eine andere Zeit?«

»Mehr noch, sie zeigen eine andere Wirklichkeit. Sowohl diese Aufzeichnungen als auch der Reiseführer, den wir euch geschickt haben, stammen direkt von dort.«

»Dann ... sind Sie dort gewesen?«, fragte Otaku ungläubig.

»Nein, keiner von uns. Das können nur sehr wenige – so wie deine Eltern, Helena. Das ist auch der Grund, warum du nicht bist wie andere Mädchen in deinem Alter.«

»Dann wissen Sie, was mit ihr vor sich geht?«, hakte Otaku nach. »Können Sie Hana helfen?«

»Zumindest können wir ihr sagen, warum sie empfindet, was sie empfindet ...«

»Auch, warum ich so komische Träume habe?«, wollte Hana wissen. »Und warum ich das Gefühl habe, dass sich alles verändert?«

»Es ist nicht nur ein Gefühl, kleine Helena«, erwiderte die Frau sanft. »Die Welt verändert sich tatsächlich ... weil die Vergangenheit sich ändert.«

»Aber es verschwinden Menschen!«, wandte Hana ein.

»Weil ihre Vorfahren in der Vergangenheit sterben und sie folglich auch niemals existieren werden«, erklärte die Frau.

»Und die Bücher?«, wollte Otaku von ihr wissen. »Warum sind sie verschwunden?«

»Weil sie entweder nie geschrieben wurden – oder weil die Menschen, die sie euch gaben, verschwunden sind«, lautete die ebenso einfache wie bestürzende Antwort.

»Himari«, flüsterte Hana und fühlte einen Stich im Herzen.

»Woher wissen Sie das alles? Wer sind Sie?«, wollte Otaku jetzt endlich wissen.

Die Antwort kam diesmal nicht sofort, die Frau schien sich erst mit den anderen Schatten austauschen zu müssen. Flüsternd unterhielten sie sich miteinander.

»Wir sind das, was man den Widerstand nennt«, eröffnete sie dann. »Wir sind Zeitrebellen.«

»Was heißt das?«, fragte Otaku. »Dass Sie den Lenker und seine Grauen Wächter bekämpfen?«

»In der Tat«, gab die Frau zu. »Doch dies ist nur ein kleiner Teil unseres Kampfes. Denn die letzte und eigentliche Schlacht gegen Nimrod und seine Schergen wird nicht hier in der Gegenwart ausgetragen, Otaku. Sondern vor langer Zeit – in der Vergangenheit …«

EPILOG

IRGENDWO
Irgendwann ...

Im letzten Augenblick, nur wenige Sekunden, ehe die Decke des Gewölbes nachgab, der Glaszylinder in tausend Scherben barst und Sand und Erdreich die Kammer begruben, zusammen mit allem, was vom Timelock übrig war, hatte Jason Wells die Raumzeit zugefaltet.

Innerhalb eines Lidschlags waren er und seine Freunde davongerissen worden, nicht nur Namira, sondern auch Kinya, der die ganze Zeit über vor Angst und Verwirrung schrie und erst damit aufhörte, als der Zeitfluss sie wieder entließ, an einem neuen Ziel, das Jason einmal mehr instinktiv gewählt hatte.

Warum seine Wahl auf diese Zeit gefallen war, wusste er nicht zu sagen. Genau wie bei den vorangegangenen Sprüngen war er erneut seinem Gefühl gefolgt und hatte darauf vertraut, dass es ihn von den Trillionen möglichen Zielen, die es gab, an das richtige führen würde.

In dem Augenblick, als die Schleier sich lichteten und er wieder festen Boden unter den Füßen spürte, wusste er noch nicht einmal, wann und wo sich dieses Ziel genau befand. Aber alles war besser, als in den dunklen Tiefen einer antiken Pyramide unter Massen von Sand lebendig begraben zu werden.

Oder?

»I-ich lebe ja noch«, war das Erste, was Kinya hervorstieß, nachdem er zu schreien aufgehört hatte. Sein Staunen schien grenzenlos zu sein.

»So war's geplant, Kleiner«, bestätigte Jason, während er die Benommenheit loszuwerden versuchte, die er stets nach einem Sprung verspürte, so als wäre er aus einem tiefen, traumdurchwobenen Schlaf erwacht. »Ich habe nur ehrlich gesagt keine Ahnung, wo wir gelandet sind ...«

Er versuchte sich umzusehen und blinzelte in blendend helles Sonnenlicht. Er erheischte einen Blick auf blauen Himmel, in den hohe Säulen aus Marmor ragten und prunkvolle Portale.

»In Rom«, stellte Namira fest.

»Woher weißt du ...?«

In diesem Moment war ringsum ein hässliches mechanisches Klicken zu hören, das sie alle drei endgültig ins Hier und Jetzt holte, so als würden sie jäh erwachen.

Tatsächlich waren sie von Säulenhallen und antiken Tempeln umgeben, von prächtigen Standbildern und prunkvollen Palästen, über denen purpurfarbene Banner wehten. Jason erkannte den Ort aus dem Geschichtsunterricht, es war das Forum Romanum, jener alte Versammlungsort im Herzen der ewigen Stadt, wohl zur Zeit der römischen Kaiser ... aber das war es nicht, was ihn und seine beiden Begleiter so erschreckte.

Sehr viel alarmierender war, dass ihre Ankunft offenbar nicht unentdeckt geblieben war.

Ein Kreis von grimmig aussehenden Gestalten umgab sie, römische Soldaten, die die schimmernde Rüstung der Prätorianergarde trugen, mit purpurnen Umhängen und Federbüschen auf den Helmen.

Und mit Gewehren in den Händen, mit denen sie auf Jason, Namira und Kinya zielten.

»Korrekt, wir sind im alten Rom«, bestätigte Jason leise. »Aber irgendetwas sagt mir, dass hier was ganz und gar nicht in Ordnung ist ...«

FORTSETZUNG FOLGT

Der spannende MYSTERY-THRILLER quer durch die Zeit geht weiter!

MICHAEL PEINKOFER
TIME LOCK
ZEITHÜTER

Band 2
erscheint im Sommer 2025

MICHAEL PEINKOFER
TIME LOCK
ZEITMEISTER

Band 3
erscheint im Frühjahr 2026

Ravensburger

© Privat

MICHAEL PEINKOFER wurde 1969 geboren. Er liebt es, sich fantastische Geschichten auszudenken, und hat bereits über 100 Bücher für Kinder, Jugendliche und Erwachsene geschrieben, darunter die »Sternenritter«-Abenteuer, die »Orks«-Saga und die »Gryphony«-Reihe. Mit einer Gesamtauflage von über 3,5 Mio. Büchern gilt er als einer der erfolgreichsten Fantasy-Autoren Deutschlands. Michael Peinkofer lebt mit seiner Frau und seiner Tochter im Allgäu.

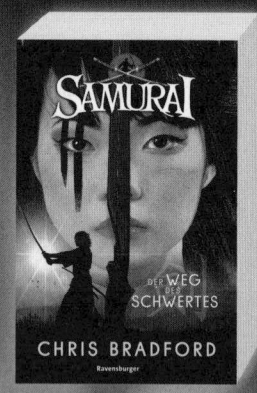

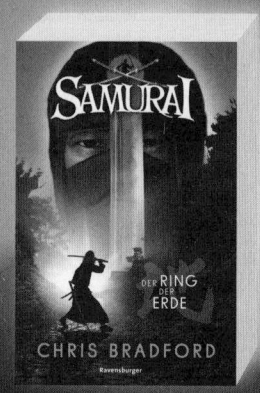